MORTARION

DER FAHLE KÖNIG

THE HORUS HERESY®

VALDOR: DIE GEBURT DES IMPERIUMS
Chris Wraight

LUTHER: DER ERSTE GEFALLENE
Gav Thorpe

MACCRAGES EHRE
Eine Graphic Novel
von Dan Abnett & Neil Roberts

THE HORUS HERESY®
SAMMELBAND

SAMMELBAND 1 (BUCH 1-3)
Dan Abnett, Graham McNeill & Ben Counter

SAMMELBAND 2 (BUCH 4-6)
James Swallow, Graham McNeill & Mitchel Scanlon

SAMMELBAND 3 (BUCH 7-9)
Dan Abnett, Ben Counter & Graham McNeill

SAMMELBAND 4 (BUCH 10-12)
Nick Kyme & Lindsey Priestley (Hrsg.),Mike Lee & Graham McNeill

SAMMELBAND 5 (BUCH 13-15)
James Swallow, Aaron Dembski-Bwoden & Dan Abnett

SAMMELBAND 6 (BUCH 16-18)
Christian Dunn (Hrsg.), Graham McNeill & Gav Thorpe

SAMMELBAND 7 (BUCH 19-21)
Dan Abnett, Christian Dunn (Hrsg.) & James Swallow

SAMMELBAND 8 (BUCH 22-24)
Christian Dunn & Nick Kyme (Hrsg.), Graham McNeill & Aaron Dembski-Bowden

SAMMELBAND 9 (BUCH 25-27)
Laurie Goulding (Hrsg.), Nick Kyme & Dan Abnett

THE HORUS HERESY®

Weitere Primarchs-Romane von Black Library

BUCH 1 – ROBOUTE GUILLIMAN: DER LETZTE SCHLACHTENKÖNIG
David Annandale

BUCH 2 – LEMAN RUSS: DER GROSSE WOLF
Chris Wraight

BUCH 3 – MAGNUS: DER HERR VON PROSPERO
Graham McNeill

BUCH 4 – PERTURABO: DER HAMMER VON OLYMPIA
Guy Haley

BUCH 5 – LORGAR: DER VERKÜNDER DES WORTES
Gav Thorpe

BUCH 6 – FULGRIM: DER PALATIN-PHÖNIX
Josh Reynolds

BUCH 7 – FERRUS MANUS: DER GORGONE VON MEDUSA
David Guymer

BUCH 8 – JAGHATAI KHAN: DER KRIEGSFALKE VON CHOGORIS
Chris Wraight

BUCH 9 – VULKAN: DER DRACHENFÜRST
David Annandale

BUCH 10 – CORAX: DER HERR DER SCHATTEN
Guy Haley

BUCH 11 – ANGRON: DER SKLAVE VON NUCERIA
Ian St. Martin

BUCH 12 – KONRAD CURZE: DER JÄGER DER NACHT
Guy Haley

BUCH 13 – LION EL'JONSON: DER HERR DER ERSTEN
David Guymer

BUCH 14 – ALPHARIUS: DER KOPF DER HYDRA
Mike Brooks

DIE SÖHNE DES IMPERATORS
Diverse autoren

THE HORUS HERESY®
PRIMARCHS

DAVID ANNANDALE

MORTARION

DER FAHLE KÖNIG

BLACK LIBRARY

EINE PUBLIKATION VON BLACK LIBRARY

Englische Erstausgabe 2022 in Großbritannien herausgegeben
von Black Library.
Diese Ausgabe herausgegeben 2022.
Black Library ist eine Abteilung von Games Workshop Ltd.,
Willow Road, Nottingham, NG7 2WS, UK.

Vertreten durch: Games Workshop Limited, Zweigstelle Irland,
Unit 3, Lower Liffey Street, Dublin 1,
D01 K199, Irland

10 9 8 7 6 5 4 3 2 1

Titel des englischen Originalromans: *Mortarion: The Pale King.*
Deutsche Übersetzung: Bent Jensen.
Produziert von Games Workshop in Nottingham.
Titelbild: Mikhail Savier.
Vertrieb: EGMONT Verlagsgesellschaften mbH.

Druck und Bindung: CPI Group (UK) Ltd, Croydon, CR0 4YY

ISBN13: 978-1-80026-648-3

Besuche Black Library im Internet auf

blacklibrary.com

Weitere Infos zu Games Workshop
und den Welten von Warhammer:

games-workshop.com

Gedruckt und gebunden in Großbritannien.

Für Margaux, auf die Glückseligkeit unseres Behagens.

THE HORUS HERESY®

Es ist eine Zeit der Legenden.

Mächtige Helden kämpfen um das Recht, die Galaxis zu beherrschen. Die gewaltigen Armeen des Imperators der Menschheit erobern die Sterne in einem Großen Kreuzzug die unzähligen Xenosvölker werden von seinen Elitekriegern vernichtet und aus den Geschichtsbüchern getilgt.

Ein neues Zeitalter der Herrschaft bricht an. Glänzende Zitadellen aus Marmor und Gold gedenken der vielen Siege des Imperators, während ein System nach dem anderen wieder unter seine Kontrolle gebracht wird. Auf einer Million Welten werden Monumente errichtet, um die epischen Taten seiner größten Champions zu feiern.

Die bedeutendsten unter ihnen sind die Primarchs, übermenschliche Wesen, die die Legiones Astartes in die Schlacht führen. Sie sind so unaufhaltsam wie prächtig, der Höhepunkt der genetischen Experimente des Imperators, während die Space Marines die mächtigsten menschlichen Krieger darstellen, welche die Galaxis je gesehen hat. Jeder von ihnen ist hundert Menschen im Kampf überlegen.

Es gibt viele Sagen über diese legendären Wesen. Ihre Taten sind von den Hallen des Imperialen Palastes bis zum Rand des Segmentum Ultima bekannt, haben sie doch die Zukunft der gesamten Galaxis geprägt. Doch können ihre Seelen auf ewig frei von Zweifel und Verderbnis bleiben? Oder wird sich die Versuchung nach größerer Macht selbst für die treuesten Söhne des Imperators als zu stark erweisen?

Die Saat der Häresie ist bereits gesät und der größte Krieg in der Geschichte der Menschheit ist nur noch wenige Jahre entfernt

PROLOG

Absyrtus brannte. Die dichte, trübe Atmosphäre verbarg das Feuer zunächst. Die Oberfläche war vom Orbit aus nicht zu sehen und die erste Phase der Einäscherung hatte an einem wesentlich tieferen Ort begonnen. Vom Kommandodeck der Angriffsbarke *Vierter Reiter* blickte Mortarion auf den Planeten hinab, den er verurteilt hatte. Er wusste, was unter ihm geschah, denn es war, was er angeordnet hatte. Er würde die Früchte seines Urteils früh genug sehen.

Absyrtus brannte von innen nach außen. Der *Vierte Reiter* hatte Zweiphasen-Zyklonentorpedos abgefeuert. Die Raketen durchbrachen dank gigantischer Meltersprengsätze die Oberfläche beim Aufschlag und drangen zum Kern des Planeten vor. Die Torpedos bohrten sich immer tiefer durch Kruste und Mantel; die Hitze, mit der sie vorstießen, war größer als die des Planeten.

Mortarion wusste, wann die Torpedos den Kern erreichten. Er wusste es, ohne die Sekunden zu zählen oder auf eine Chronoanzeige zu schauen. Er wusste es, weil er der

Tod von Absyrtus war, und die Zyklonentorpedos waren eine Erweiterung seines Willens, seines Arms. Er führte sie ebenso vollkommen, wie er seine Sense führte.

»Jetzt«, sagte er leise und kündigte damit die Explosionen der zyklonischen Plasmaladungen im Planetenkern an.

Neben ihm nickte Cinis und beobachtete in respektvollem Schweigen, wie sich das Urteil manifestierte. Die Bedienstete war ihm besonders lieb, eher eine Schülerin als eine Dienerin. Sie nahm sämtliche Lehren Mortarions auf und verbreitete wiederum seine Grundsätze unter all den Tausenden, die für die Legion schufteten. Da sie weder von Terra noch von Barbarus stammte, symbolisierte sie die Einheit aller Aspekte der Death Guard, und sie verfügte über ein enormes Wissen.

Der Tod brach aus dem Zentrum von Absyrtus. Er erhob sich, während sich der Kern destabilisierte und zerstörerische Kräfte um sich schlugen. Die Kruste war eine dünne und höchst brüchige Haut und sie zerfiel unter dem wütenden Schrei aus dem Inneren. Der kurze Augenblick verging, in dem das Leben auf der Oberfläche Zeit hatte, den kommenden Untergang zu spüren und zu wissen, dass er gerecht war.

»Und jetzt«, sagte Mortarion und hob eine Hand.

Als Antwort auf seine Geste entflammte die Atmosphäre in einem grellen Orange, durchzogen von Adern aus gleißendem Licht.

Dann kam der Schrei, stumm in der Leere und über die Entfernung hinweg. Absyrtus explodierte. Durch den Hauptsichtschirm beobachtete Mortarion, wie eine winzige Sonne entflammte; der Augenblick ihrer Geburt war gleichzeitig der Augenblick ihres Todes. Und als sich das weiße Licht in ein drohendes Rot verwandelte, wurden die Fragmente des Planeten sichtbar, die nun wie Kometen, wie Tränen davonströmten; trudelnde Gesteinsmassen zogen Feuerstriemen durch die Leere, bevor sie einer nach dem anderen in der Dunkelheit verschwanden.

»Es ist vollbracht«, sagte Mortarion. Absyrtus existierte nicht mehr und ebenso wenig seine Verbrechen. Diese Welt, die sich der Hexerei hingegeben hatte, war nicht mehr zu retten gewesen. »Sag mir«, bat Mortarion Cinis, »was siehst du dort draußen?«

»Ich sehe eine hervorragend vollendete Aufgabe, mein Lord«, sagte Cinis. Die rechte Hälfte ihres Gesichtes war eine metallene Rekonstruktion und verlieh ihrer Stimme einen Widerhall. Ihr rechtes Bein war ebenfalls bionisch, keine künstliche Haut zierte oder verbarg sein wahres Wesen. Ihr Arm an jener Seite war ein Mechadendrit und inzwischen war sie gut darin, mit dieser ausfahrbaren Gliedmaße ihre Gefühle auszudrücken.

»Ziehst du daraus eine Lehre?«, fragte Mortarion sie.

»Eine Lehre der Bestätigung, mein Lord«, antwortete Cinis, ohne zu zögern. »Ihr tut, was getan werden muss, wie immer.«

»Wie immer«, wiederholte Mortarion flüsternd. Absyrtus war eine Prüfung gewesen, und zwar eine nötige. Er hatte versucht, bei diesem Planeten anders vorzugehen. Er hatte seine Kräfte während der ersten Landungen zurückgehalten. Er hatte den Bewohnern eine bessere Chance gegeben als er es in der Vergangenheit getan hatte. Zunächst hatte es so ausgesehen, als würde Absyrtus sich der Konformität ohne Probleme beugen und als wäre seine experimentelle Gnade ein Erfolg. Aber die Kapitulation war eine Finte gewesen, um darüber hinwegzutäuschen, dass die Bevölkerung ihre Ansichten nie aufgeben würde.

Mortarion hatte versucht, einem Pfad zu folgen, auf den ihn seine Brüder gedrängt hatten. Das war falsch gewesen. Mit der Vernichtung von Absyrtus hatte er seinen Fehler korrigiert und die Zweifel aufgelöst, die ihn genährt hatten. »Wir sind die Sense des Imperators«, sagte er. »Uns zurückzuhalten bedeutet den Tod zurückzuhalten. Das ist unnatürlich.«

»Darf ich frei sprechen, mein Lord?«, fragte Cinis.

»Das darfst du.«

»Ihr klingt …« Cinis zögerte und suchte nach den richtigen Worten.

»Ich rate dir, nicht *zufrieden* zu sagen«, warnte Mortarion sie. »Die Zerstörung von Absyrtus ist keine erfreuliche Tat.« *Aber welche Tat ist das schon?*

»Es liegt keine Freude im Tod«, sagte Cinis, »aber Notwendigkeit.«

»Und indem wir die Notwendigkeit anerkennen, empfinden wir Befriedigung. Ja. Fahre fort.«

»Was ich sagen wollte, mein Lord, ist, dass ich in Euch eine neue Art von Entschlossenheit wahrnehme.«

»Entschlossenheit«, wiederholte Mortarion. Er schnaubte, was für ihn schon ein Ausdruck starker Amüsiertheit war. *Entschlossenheit, das stimmt. Und eine Art Gewissheit.* Aber mit der Gewissheit kamen auch Zweifel und Fragen. Manche davon plagten ihn schon seit einem Jahr. Manche hatten sich schon viel länger in seinem Herzen eingenistet, aber er hatte sie erst damals langsam ausformuliert, und sie führten alle zu Antworten, über die er nicht sinnieren konnte. Noch nicht.

Mortarion sah sich auf der Brücke des *Vierten Reiters*

um. Es war ein gutes Schiff und dazu noch brutal. Es hatte ihm auf Galaspar gute Dienste geleistet, und die Art und Weise, wie es das getan hatte, war eine Lektion für sich, auch wenn er das erst jetzt begriff.

»Ja«, sagte Mortarion. »Meine Entschlossenheit wurde geprüft und sie wurde geschärft. Absyrtus symbolisiert das Ende einer Diskussion.«

»Mit wem, mein Lord?«

»Mit mir selbst. Und mit anderen.« *Diskussion,* dachte er. *Was für ein missbrauchtes Wort.* »Du bist nicht Zeugin dieser Diskussion gewesen, Cinis. Sie begann während meiner Rückreise nach Galaspar.« Sein Kiefer verspannte sich vor Zorn, der so frisch war wie an jenem Tag. »Während meiner triumphalen Rückkehr.« Er spuckte die Worte aus und jede Silbe triefte vor Gift.

EINS

Ein Jahr zuvor

Auf der Schlachtbark Sense des Schnitters

Mortarion schritt durch die Gänge und die Besatzung eilte ihm aus dem Weg wie Vögel, die vor einem Sturm flohen. Er war gerade auf das Schiff zurückgekehrt und befand sich nun auf dem Weg von der Andockbucht zu seinem Quartier. Er hatte einen Zwischenhalt auf der Brücke eingelegt, um dem Schiffsmeister einsilbig Anweisungen zu geben, und jetzt war die *Sense des Schnitters* auf dem Weg zu den neuen Koordinaten und ließ den Rest der Flotte der Death Guard zurück. Während er durch das Schiff schritt, breitete sich vor ihm Stille aus und hinter ihm blieb Beklemmung zurück. Er war kalte Wut und die Verheißung des Todes, die durch das Dunkel der gewölbten Gänge seines Flaggschiffes fegten. Selbst seine Söhne wussten, dass man sich ihm jetzt nicht nähern sollte. Sie alle sahen das brodelnde Unwetter über seiner blassen Stirn und ließen ihm die Abgeschiedenheit, die sein Zorn verlangte.

Alle bis auf Calas Typhon. Er war Mortarion von der Brücke aus gefolgt. Der Primarch war sich seiner Anwesenheit zwei Schritte hinter sich bewusst. Typhon respektierte Mortarions Wut, blieb jedoch hartnäckig anwesend. Vor der Tür zu seinem Quartier blieb Mortarion endlich stehen und würdigte den Krieger eines Blickes.

»Stell deine Frage«, sagte er. Sie waren allein. Mortarions Stimme hallte von den knochenweißen Säulen wider, die wie die Rippen einer gigantischen Bestie den großen Gang säumten.

»Warum kehren wir nach Galaspar zurück, mein Lord?«, fragte Typhon.

»Weil es der Imperator so will.«

Typhon schaute verwirrt drein. »Aber die Eroberung ist doch beendet. Galaspar ist konform.«

»Die Lektionen, die wir daraus ziehen können, sind noch nicht beendet.«

Typhon schwieg eine Zeit lang. Er verengte nachdenklich die Augen. Es waren dunkle Augen, die unter seinen schweren Brauen tief in ihren Höhlen lagen. Sein Mund war zum Teil von seinem Bart verborgen. Typhon behielt seine Gedanken für sich und es gab nur wenige, die sie erahnen konnten, solange er es nicht wollte.

Schließlich sagte er: »Ich hatte gedacht, wir wären diejenigen, die anderen die Lektionen von Galaspar erteilen.«

Anderen. Typhons Gedanken gingen in die richtige Richtung. Er hatte eine gewisse Ahnung, wer möglicherweise auf Galaspar auf die *Sense des Schnitters* wartete. Mortarion fragte sich, was er außerdem erahnte und lediglich vorsichtigerweise verschwieg.

Er überlegte, was er Typhon sagen könnte, aber er blieb stumm. Er würde nicht über das Treffen mit seinem Vater an Bord der *Bucephelus* sprechen.

Er hatte sich an Bord der Schlachtbark seines Vaters nie wohlgefühlt. Das goldene Schiff war ein Koloss des Ruhms. Es war Pracht und Herrlichkeit, geschaffen aus kriegerischer Kraft und handwerklichem Genie. Wer in seinen Hallen wandelte, befand sich in der vollkommenen Manifestation von Stärke und Kunst. Es präsentierte sich als Versprechen des Großen Kreuzzuges und als Traum des Imperators für die Menschheit. Und in diesem Traum hatte Mortarion eine Rolle zu spielen. Aber so, wie er sie verstand und so, wie er an sie glaubte, hatte diese Rolle nur wenig mit Ruhm zu tun. Gold war Luxus, und Luxus war Mortarion fremd. Auf Barbarus war dafür kein Platz gewesen. Es lag kein Luxus in der Notwendigkeit, die ihn antrieb.

Daher hatte er keine Lorbeeren erwartet, als er auf die *Bucephelus* gekommen war, um sich nach seiner ersten Eroberung mit seinem Vater zu treffen. Er hatte Galaspar eingenommen, weil es notwendig gewesen war, nicht nur für den Fortschritt des Großen Kreuzzuges, sondern auch für sich selbst. Er hatte das gefallene Reich nicht eingenommen, weil er auf das Lob seines Vaters gehofft hatte.

Was er nicht erwartet hatte, war Kummer.

Das hatte ihn überrascht. Das hatte ihn verwirrt.

Habe ich nicht getan, was von mir verlangt wurde?

Das langsame Nicken des Imperators. Die Bestätigung, dass, ja, Mortarion seine Aufgabe ausgeführt hatte. Aber diese Augen. Die Augen dieses goldenen Wesens, das Mortarion in vielerlei Hinsicht noch immer genau so fremd war wie bei seinem ersten Erscheinen auf Barbarus. Die

Augen, die ihn voller Kummer angesehen hatten. Und mit einem neuen Gebot.

»Vielleicht werden wir eine Lektion erteilen«, sagte Mortarion zu Typhon, in dem Wissen, dass keiner der beiden diese Aussage für wahr hielt. »Zwei meiner Brüder warten dort auf uns.«

Noch immer brannten Welten im Galaspar-Sternhaufen. Die glimmende Asche des kurzen Krieges warf Funken und flammte immer wieder auf, wie es die gelegentlichen Signalfetzen belegten, die der Voxoffizier der *Sense des Schnitters* aufschnappte und weiterleitete. Von der Kommandokanzel aus, die vom erhöhten Strategium über das Zentrum der Brücke ragte, konnte Mortarion den Tod des Reiches der Ordnung in der Leere beinahe riechen. Er war durch den Galaspar-Sternhaufen gezogen und überall fanden sich Anzeichen seiner Anwesenheit. Sie zeigten sich in den Voxfragmenten als letzte Auflösungserscheinungen der Tyrannei. Sie zeigten sich in den Transpondersignalen imperialer Schiffe, die eine Region durchquerten, die noch vor Kurzem den sicheren Tod bedeutet hatte.

Die Anzeichen seiner Anwesenheit waren außerdem im großen Brückenfenster sichtbar, während sich die *Sense des Schnitters* Galaspar näherte. Der Raum um den Planeten, jenseits seiner unmittelbaren Umlaufbahn, war voller Trümmer. Dunkle, verbrannte Trümmer, die einst Panzerfestungen gewesen waren, trudelten an der Schlachtbark vorbei; eine stumme Anerkennung von Mortarions Arbeit. Manche der Wracks waren noch groß genug, um in ihnen Geister ihrer ursprünglichen Form zu erkennen. Mortarion beobachtete, wie ein sich langsam überschlagender Bug vorbeizog. Etwas weiter entfernt befand sich ein Rumpffragment, an dem noch mehrere Decks hingen, ein Querschnitt der Zerstörung. Doch der Großteil der Trümmer war nicht mehr zu identifizieren. Die Stücke waren schartige, verzerrte Abstraktionen. Sie alle waren stumme und kalte Monumente des Krieges und Denkmäler für Mortarions Sensenhieb. Sie waren die wahre Lektion von Galaspar. Sie waren das Zeichen des ersten großen Aktes der vereinten Death Guard.

Ich habe das alles getan, und zwar völlig zu recht.

»Die Zeichen unserer Reise«, bemerkte Typhon wenige Meter hinter ihm im Strategium.

»Die Zeichen unserer Errungenschaften«, sagte Mortarion. Er verspürte keinen Stolz über die ästhetische Perfektion seiner Strategie, ganz anders als zum Beispiel Fulgrim. Das war Eitelkeit. Er war stolz darauf, dass er erkannt hatte, was notwendig gewesen war, und dass er genau das getan hatte.

Je näher die *Sense des Schnitters* Galaspar kam, desto mehr imperiale Schiffe wurden sichtbar oder signalisierten ihre Ankunft.

»So viele Neuankömmlinge«, sagte Typhon. »Ich vermute, ihnen gefällt die ruhige Reise.«

»Sie sollten dankbar sein«, sagte Mortarion. *Mir sollten sie dankbar sein, mir und meiner Legion.*

»Ich erinnere mich an unsere erste Reise zu diesem Planeten«, sagte Typhon. »Sie war nicht ruhig.«

Ich erinnere mich an die Opfer. »Es war nötig.«

»Mehrere Rufe, mein Lord«, meldete der Voxoffizier.

»Von wem?«

»Vom *Geist der Rachsucht* und der *Roten Träne,* mein Lord.«

»Flaggschiffe«, sagte Typhon. »Vielleicht ist die Versammlung eine Ehrenbezeugung?«

Mortarion sagte nichts.

»Eine *Prüfung*?«, flüsterte Typhon ungläubig.

ZWEI

»Eine Einöde«, sagte Sanguinius besorgt. »Eine Einöde auf einer Einöde.«

Dem konnte Horus nicht widersprechen. Er stand mit Sanguinius auf einem Grat, der aus zwei miteinander verschmolzenen Wracks bestand, und blickte auf eine Ebene der Zerstörung. Für einen Sterblichen wäre die Strahlung tödlich gewesen, und die Atmosphäre hätte ihn innerhalb weniger Minuten vergiftet. Die Luft bestand aus bräunlichen und grünen Strudeln, zwischen denen träge Schichten aus öligen Regenbogenfarben wie schwebende Sümpfe hingen. Krater überlappten einander. Sie waren von den Überresten geschundener Kriegsmaschinen umgeben. Auf der Ebene lagen ehemalige Panzer, Tausende und Abertausende. Ihre schwarzen, aufgerissenen Wracks waren miteinander verschmolzen und schufen ein Netz aus erstarrtem Metall, das bis zum Horizont reichte.

»Es ist fast so, als würden wir eine Skulptur betrachten«, sagte Sanguinius leise. »Es ist beinahe ein absichtliches Kunstwerk. Ich frage mich, was Fulgrim davon halten würde.« Nach einer Pause fuhr der Engel fort. »Nein, ich glaube nicht, dass er es zu schätzen wüsste.«

Kurzzeitig fragte sich Horus, ob Sanguinius einen Scherz machte. Er warf dem Engel einen Blick zu und sah seinen grimmig geschlossenen Mund und die sorgenvoll gerunzelte Stirn.

»Eine Einöde«, sagte Sanguinius erneut.

»Schlimmer als die Monde von Baal?«, fragte Horus.

»Auf ihre Weise schon, ja. Deren Wüsten sind die Ergebnisse gefallener Zeitalter, der Morast, aus dem unser Vater uns alle erhebt. Sie sind kein heutiges Werk von einem von uns.« Er zeigte auf etwas hinter ihnen. »Und sie sind kein Werk von dieser Art.«

Sie befanden sich ein paar Kilometer vor den Außenmauern von Galaspars Hauptmakropole. Monate nach dem Ende des Krieges stieg noch immer Rauch aus der gewaltigen Arkologie auf. Die Kegelform der Makropole war zusammengesackt, die Stadt hatte sich unter Mortarions Hammerschlag verformt. Sie befanden sich auf der falschen Seite der Makropole, um die kompletten Ausmaße der Schäden begutachten zu können, aber Horus hatte sie auf dem Flug zur Oberfläche im Stormbird *Wolfsauge* mit prüfendem Blick betrachtet. Die Verwüstung war kolossal.

Dann waren da noch die Leichenhügel. Sie waren die Ausläufer des größeren Makropolberges, manche über fünfzehn Meter hoch. Arbeiter in Strahlenschutzanzügen kletterten auf ihnen herum und gingen keiner bestimmten Tätigkeit nach, soweit Horus es beurteilen konnte. Es entstanden neue Hügel, da immer mehr Leichen in Frachttransportern aus der Makropole befördert oder mithilfe von Räumfahrzeugen von der Ebene herangeschoben wurden.

»Was hat er getan?«, fragte Sanguinius.

»Um das herauszufinden sind wir hier«, antwortete Horus.

»Wir sehen doch bereits, dass es sich hier um ein Massaker handelt.«

»Es hat zumindest den Anschein, das gebe ich zu.« Horus versuchte, vorsichtig zu formulieren.

»Den Anschein?«

»Vergiss nicht, aus welchen Gründen Mortarion hierhergeschickt wurde. Der Kampf um die Konformität des Galaspar-Sternhaufens hätte noch viel länger dauern und viel kostspieliger sein können.«

»Ich sehe nicht, wie es für Galaspar noch kostspieliger hätte sein können«, sagte Sanguinius.

»Ganz genau«, sagte Horus. »Wir sehen das große Ganze noch nicht. Wir dürfen kein vorschnelles Urteil fällen, solange wir nicht alle Informationen haben. Und wir sind gerade erst eingetroffen.«

»Und haben jetzt schon Leichenberge gesehen.«

»Ich weiß«, sagte Horus. Er verzog das Gesicht und legte dem Engel eine Hand auf die Schulter. »Wir sollten uns für unser Urteil jedoch Zeit lassen. Ich verstehe die Verlockung. Glaube mir, ich spüre sie ebenfalls. Ich bin überzeugt, dass uns unser Vater aus diesem Grund hierhergeschickt hat, um uns mit Mortarion zu treffen. Wir können unsere jeweiligen ersten Impulse gegenseitig zügeln, ohne uns zu verletzen.«

»Meinst du, dass wir die von Mortarion ebenfalls zügeln können?«

»Ich weiß es nicht. Ich weiß aber, dass ich verstehen will, was geschehen ist, und warum.« Horus breitete die Arme aus, um die Zerstörung, die sie umgab, einzufassen. »Das hier ist möglicherweise die beste Vollstreckung der Konformität, die in Anbetracht der Natur der Ordnung möglich war.«

»Glaubst du das wirklich?«, fragte Sanguinius. Als Horus zögerte, legte er nach. »Hätte unser Vater uns hierhergeschickt, wenn er sich über die Geschehnisse gefreut hätte?«

»Ich weiß, was ich zu glauben *versucht* bin «, sagte Horus. »Von dort ist es allerdings noch ein weiter Weg bis zum Wissen und Verstehen.«

»Du hast recht. Aber es ist auch nur richtig, dass wir ausdrücken, was diese Verwüstung für uns bedeutet.«

»Da stimme ich dir zu«, sagte Horus. »Und ich glaube, es ist gut, dass wir Zeit haben, darüber nachzudenken, bevor Mortarion eintrifft.«

Sanguinius lächelte. »Um unsere ersten Impulse besser zu zügeln?«

Horus erwiderte sein Lächeln. »Ich denke, es ist am besten, wenn wir ihn ruhig begrüßen, meinst du nicht?«

»Ich denke, da er zurückbeordert wurde, wird sein Gemütszustand wahrscheinlich nicht der Beste sein.« Sanguinius betrachtete erneut die Arbeiter, die über die Hügel der Toten strömten. »Was tun sie nur?«, murmelte er.

Sie hörten die tosenden Triebwerke des Storm Eagles lange, bevor sie ihn sahen. Die Atmosphäre war eine dichte Brühe und das erste, was sie vom Landungsflieger *Endgültigkeit* sahen, war ein feuriger Striemen in der trüben Dunkelheit. Wolken entzündeten sich, wo die Triebwerke sie berührten. Der Boden erzitterte unter der Kraft seiner Bremsdüsen, als er langsamer wurde und sich auf der Beute niederließ, die sein Meister erlegt hatte. Er setzte ein wenig von den Landungsfliegern entfernt auf, mit denen die anderen Primarchen gekommen waren.

Das Schiff erschien im Vergleich zu jenen seiner Bruderlegionen schmucklos. Der olivgrüne Streifen des Emblems auf den Flügeln ließ die Knochenfarbe des restlichen Rumpfes umso deutlicher hervortreten. Es handelte sich um eine bis auf das Metall abgeschliffene Maschine. Sie war, dachte Horus, ein passender Streitwagen für seinen Bruder, und das machte ihn traurig.

Die Seitentür öffnete sich und Mortarion trat heraus. Allein. Er schritt durch die Dämpfe und die Asche der Ebene auf die Primarchen zu.

»Lass mich ihn zuerst begrüßen«, sagte Horus.

Sanguinius nickte.

Horus schritt den Grat hinab und ging über die Trümmer auf den Herrn der Death Guard zu.

Mortarions Rüstung, der Harnisch von Barbarus, war ein Artefakt, dessen Messing es irgendwie schaffte, nicht glänzend auszusehen, sondern stattdessen eher dem abgenutzten Knochenfarbton der *Endgültigkeit* zu ähneln. Es war das Messing von Denkmälern, von Sarkophagen, von der Erinnerung an verlorene Dinge. Er trug einen grauen Umhang, dessen Kapuze er sich über den Kopf gezogen hatte, und in diesem Schatten traten seine Gesichtszüge so markant hervor wie eine Vorahnung. Er war dürr, haarlos und seine Augen lagen tief in ihren Höhlen. Tiefe Furchen an seinen Wangen betonten seinen Schädel umso mehr, als wäre seine Haut altes, straffes Pergament, ein dünner Schleier über der dunklen Realität darunter. Er war ernst wie ein trauervolles Morgengrauen. Die untere Hälfte seines Gesichtes war hinter seiner Atemmaske verborgen. Sie bestand aus demselben kränklichen Messing wie seine Rüstung. Nach jedem Atemstoß spie sie giftige Gase aus. Mortarion atmete die Atmosphäre von Galaspar, vermischt mit Spuren der schädlichen Luft von Barbarus. Es war, dachte Horus, als würde Mortarion, egal, wohin er ging, niemals ganz die toxische Welt verlassen, auf der er aufgewachsen war.

Mortarions Blick huschte an Horus vorbei zu Sanguinius, dann wieder zurück. In seinem Blick funkelte Argwohn.

»Ich freue mich sehr, dich zu sehen«, sagte Horus, als er nahe genug herangekommen war.

Mortarion blieb stehen. »Bist du hier, um mich willkommen zu heißen, wo ich es doch sein sollte, der euch auf Galaspar willkommen heißt?«

»Ich bin hier, um dich als Bruder zu begrüßen, und ich denke, das weißt du auch. Du weißt auch, dass niemand von uns die Konformität dieser oder irgendeiner anderen Welt für sich beanspruchen will.« Er streckte eine Hand aus. »Sag mir, dass du dich auch freust, mich zu sehen, Mortarion.«

Er freute sich, Horus zu sehen. Das stimmte, und so trat er vor und umarmte ihn. Er beendete die Umarmung schnell wieder, nicht aus Feindseligkeit, sondern weil ihm die Geste an sich missfiel. Eine Umarmung versprach Einheit und Behaglichkeit. Und damit war dieses Versprechen eine Illusion. Es war eine Lüge. Er wusste, dass Horus die Dinge anders sah. Das veränderte jedoch nicht die Tatsachen. Horus log, und er belog nicht nur Mortarion. Er belog sich selbst.

Mortarion vertraute viel mehr auf seine Giftzeremonie. Einen Schluck konzentrierter Giftstoffe mit einem seiner Krieger zu teilen bedeutete, die Realität seines Lebens anzuerkennen. Er und seine Legionäre standen sich gegenseitig bei, sie kämpften als Einheit, aber sie machten sich niemals vor, dass der Krieg letztendlich etwas anderes als der Tod war. In dem Anstoßen mit Giften lag kein Versprechen, das nicht erfüllt werden konnte. Es war eine Hinnahme der Risiken und der Unausweichlichkeit des Endes.

Mortarion blickte an Horus vorbei, den Trümmerhang hinauf, wo der Engel wartete. Mortarion war weniger erfreut, ihn zu sehen. Sanguinius war so sehr von der Illusion der Erhabenheit eingenommen, dass Mortarion das Gefühl hatte, der Engel würde ständig von oben auf sie alle herabschauen, während er um ein unerreichbares Ideal kreiste. Warum hatte ihr Vater den Engel angewiesen, nach Galaspar zu kommen? Warum nicht jemanden wie Perturabo? Er wäre vielleicht ein Verbündeter gewesen. Und Sanguinius und Horus standen sich so nah. Mortarion spürte eine Verbindung zu Horus, aber er wusste, dass sie nicht so stark war wie jene, die Horus mit dem Engel verband. Er sah sich einer vereinten Front gegenüber, egal, ob die anderen beiden sich diese Tatsache selbst eingestanden oder nicht.

»Nun«, sagte er zu Horus. »Bin ich hier, um über meine Taten Rechenschaft abzulegen?«

»Das bist du«, sagte Horus. »Es erfreut mich nicht, dir das sagen zu müssen.«

»Und mich noch weniger, es zu hören«, blaffte Mortarion.

Er marschierte die Trümmer zum Engel hinauf. »Sanguinius«, sagte er monoton und kühl. »Also?«, fragte er seine Brüder. »Was glaubt ihr, habe ich hier getan?«

»Die Frage ist nicht, was wir glauben«, sagte Sanguinius. »Oder zumindest sollte sie das nicht sein.«

»Wir sind hergekommen, um zuzuhören, nicht nur, um zu beobachten«, sagte Horus. »Wir sind hergekommen, um zu verstehen.«

»Rede nicht so herablassend mit mir, Horus«, sagte Mortarion. »Ich dachte, du wärst darüber erhaben.«

»Ich rede nicht herablassend. Wenn das jemals der Fall sein sollte, dann bin ich im Unrecht und man sollte mich auf meine Fehler hinweisen. Aber ich habe genau das gemeint, was ich gesagt habe, Bruder. Ich muss verstehen, was hier geschehen ist. Wir beide müssen das.«

»Du sprichst, als wäre das Ergebnis des Krieges ein Rätsel. Ich bin hierhergekommen, um Galaspar in die Konformität zu bringen. Das habe ich geschafft.«

»Die Geschehnisse auf Galaspar sind beispiellos«, sagte Sanguinius. »Sie unterscheiden sich von allen anderen Konformitätsfeldzügen.«

»Da sind wir einer Meinung«, sagte Mortarion.

»Es muss daher viel geben, was wir daraus lernen können.« Sanguinius machte eine bedeutende Pause. »Wir *alle*.«

Hältst du dich für subtil, Sanguinius? Ich hoffe, nicht. »Ich bin nur *allzu gern* bereit, euch beim Verstehen zu helfen«, sagte Mortarion. Er spuckte jede Silbe aus und starrte den Engel mit kaltem Blick an.

Sanguinius erwiderte den Blick. »Dann hilf mir doch, Folgendes zu verstehen«, sagte er. Er zeigte auf einen der Leichenhügel. »Diese Sterblichen zum Beispiel. Was tun sie dort?«

»Sie zählen die Toten der Ordnung«, sagte Mortarion.

»Warum?«

»Weil ich es so befohlen habe.«

Sanguinius schüttelte den Kopf. Er öffnete den Mund, um noch etwas zu sagen, aber Horus kam ihm zuvor.

»Genau um so etwas zu verstehen, sind wir hier«, sagte Horus. Er nickte Sanguinius zu, welcher mit den Schultern zuckte und fürs Erste seine Einwände beiseiteschob. »Wir haben Fragen über den Feldzug und über das, was du hier zurückgelassen hast. Klarheit wird uns helfen. Dir auch, Mortarion.«

»Ich glaube an Klarheit«, erklärte Mortarion ihm. Er sprach weiterhin in einem wohlüberlegten, kühlen und monotonen Tonfall.

»Also wirst du uns helfen zu verstehen?«

»Ja, das werde ich.« Trotz seiner Abwehrhaltung verspürte er ein gewisses ungeduldiges Verlangen. Ja, sie *sollten* verstehen. Ja, sie *sollten* die ganze Wahrheit über Galaspar erfahren. Danach konnten sie über ihn urteilen. Vielleicht würde ihr Vater dann auch klarer sehen. »Ich habe nichts zu verbergen.«

»Das wollten wir auch nicht andeuten«, sagte Horus.

»Wir sind nicht um deine Ehrlichkeit besorgt«, sagte Sanguinius.

»Um was dann? Mein Urteilsvermögen?«

»Ganz genau.«

Sie sahen sich stumm an. Horus beendete das Schweigen schließlich. »Es wäre hilfreich«, sagte er, »wenn unsere Memoratoren die Gelegenheit hätten, mit Mitgliedern der Ordnung zu sprechen. Wo werden die Gefangenen gehalten?«

»Es gibt keine«, sagte Mortarion.

»Du hast sie freigelassen?«, fragte Horus erschrocken.

Mortarion prustete. »Natürlich nicht. Es gibt keine Gefangenen, weil kein Mitglied der Ordnung überlebt hat.«

»Du hast sie alle getötet«, sagte Sanguinius. Er hielt es scheinbar für nötig, das Offensichtliche anzumerken.

»Ja.«

Mortarions Bestätigung traf auf erneutes Schweigen. Es dauerte so lange, dass seine Brüder unruhig wurden.

»Die Ordnung hat Aufzeichnungen erstellt«, sagte Mortarion und ignorierte die unangenehme Situation. »Ihre Archive sind außerordentlich. Jene, die den Krieg überstanden haben, wurden bewahrt. Ich gehe davon aus, dass sie euch mit dem versorgen werden, was ihr benötigt.«

»Das werden sie«, sagte Horus.

»Wir können diese Unterhaltung an Bord der *Sense des Schnitters* weiterführen, wenn dir das lieber ist«, sagte Sanguinius, der jetzt mitfühlend klang. Etwas in seinem Blick erinnerte Mortarion an den Kummer ihres Vaters, und das gefiel ihm nicht.

»Nein«, sagte Mortarion. Er zeigte auf die zerstörte Makropole. »Unser *Verstehen* soll dort geschehen. Dort begann die Schlacht auf Galaspar und dort wurde sie entschieden. Geht dorthin, meine Brüder. Seht euch alles an, was es zu sehen gibt. Ihr wollt wissen, wie und warum ich den Krieg geführt habe? Dann sollt ihr es erfahren.«

DREI

Mortarion zeigte seinen Brüdern den Planeten, wie er war. Wenn seine Gegenwart sie beunruhigte, würde er sie dazu bringen, sich seine Vergangenheit anzusehen. Er führte die anderen Primarchen zum höchsten Turm der Hauptmakropole Protarkos. In deren Spitze befand sich die Hauptkommandozentrale. Sie war nur noch eine Hülle ihrer selbst. Ein paar Kabel hingen aus den Überresten der Decke und erinnerten kaum noch an das alles sehende Nervenzentrum, das allein auf dem Heimatplaneten des Reiches dreißig Milliarden Einwohner kontrolliert hatte. Der Boden war von Rissen durchzogen und die Decke war geschmolzen, wodurch der Raum dem giftigen Wind ausgesetzt war.

Auf ein Nicken von Mortarion hin beschworen Techadepten die Vergangenheit von Galaspar herauf. Sie riefen sie mithilfe eines Dutzends Servoschädel herbei, die Vid- und Pictkanäle auf die Bildschirme übertrugen, die in dem zerstörten Panoptikum noch funktionierten. Die Servoschädel hatten Zugang zu den Archiven der Ordnung, auf

Aufzeichnungen in jedem Medium, Redundanzen und Duplikate, zahllose Dokumente, auf sämtliche peniblen Details der Tyrannen, die nun deren Reich überlebten. Die Archive waren ein Selbstporträt einer Zivilisation, gefangen in tödlicher Stagnation, und Mortarion hatte befohlen, sie zu bewahren. Das Porträt sollte bleiben, um seine Erschaffer noch lange nach ihrer Vernichtung zu verdammen.

Die Primarchen versammelten sich um die Bildschirme, nahmen die Bilder-, Ton- und Datenströme auf, und die Welt, die gewesen war, nahm in ihren Köpfen Gestalt an.

»Das ist es, was hier geherrscht hat«, sagte Mortarion. »Das zu zerstören war der Grund meiner Reise.«

Die Servoschädel folgten den Befehlen der Primarchen in ihrer Präsentation der Archivdaten. Das Wesen Galaspars unter der Ordnung stellte sich zunächst in groben Strichen dar, dann zeigte sich das Leid immer detaillierter.

Vom Orbit aus gesehen, war Galaspar eine dreckige, braune Kugel, die zähe Atmosphäre voller Partikel, die Wolken schwefelgelb von industriellen Abgasen. Unter den Wolken war es eine Welt ohne Ozeane und ohne fruchtbares Land. Weite Wasserflächen und grüne Pflanzen waren nicht einmal mehr Legenden, ihre Existenz war vollkommen vergessen, ihr Tod unbetrauert. Die Luft war ein Sammelbecken für Giftstoffe. Das Land bestand aus zerklüftetem Felsgestein voller Müllberge, die sich nahe der Makropolen häuften und eine wachsende Topografie des Schmutzes bildeten.

Galaspars Luft zu atmen, kam einem Todesurteil gleich. Der Planet war schon seit Jahrhunderten unbewohnbar, dennoch lebten hier dreißig Milliarden Seelen eingepfercht in den Arkologien, die die Oberfläche wie Vulkankegel überzogen.

Die Makropolen erstreckten sich in die Höhe, ihre Spitzen durchbohrten sogar den Wolkenbrei. Es gab keine Fenster in ihren Außenmauern. Es war Jahrhunderte her, dass ein Bewohner des Planeten, der nicht der Elite angehörte, einen Blick auf die Landschaft geworfen hatte. Die Makropolen umschlossen die Leiber der Bewohner von Galaspar. Die Ordnung umschloss ihren Geist.

In den Spitzen florierten die Herren des Reichs. Es gab Reichtum auf dem Planeten. Es gab Luxus. Die Hierarchie der Ordnung war präzise und genau so unflexibel wie eine Pyramide. Die größten und prächtigsten Wohnräume und der größte Reichtum gehörten jenen mit der meisten Macht. Das war nicht einfach nur das unausweichliche Ergebnis ungleicher Machtverteilung. Es war das Gesetz.

Falls es eine Ideologie gegeben hatte, die ursprünglich die Gründung der Ordnung vorangetrieben hatte, ein Glaubenssystem, das die Form des Reichs rechtfertigte und das diese Form in das Gewand von etwas hüllte, das vorgab, eine Moral zu sein, dann war sie genauso in Vergessenheit geraten wie die Ozeane der Welt. Niemand erinnerte sich daran, wie sich die Ordnung entwickelt hatte, wie sie an die Macht gekommen war und was sie einst repräsentiert haben mochte. Selbst die obsessiv geführten Aufzeichnungen ihrer Herrscher gingen nicht so weit zurück. Die Ordnung war zu einer perfekten Tautologie der Macht geworden. Jene, die an der Macht waren, waren dort, weil sie dort waren. Niemand konnte ihre Rechte infrage stellen, da Galaspar das Konzept von Recht fremd war.

Eigentum hingegen nicht. Eigentum konnte man auf dem Planeten genauso wenig als *Recht* definieren, wie man von einem Stein sagen konnte, er hätte das Recht, hart zu sein. Eigentum war eine Unbedingtheit. Es stand über allem. Es wurde durch einen bürokratischen Apparat kodifiziert und reguliert, der nur existierte, um sich selbst und die Strukturen, die ihn stützten, aufrechtzuerhalten.

Die Auditoren der Ordnung waren die Herren an der Spitze der Pyramiden. Sie hausten in den Gipfeln der Makropolen, in Gemächern voll geradlinigem Luxus.

»Das Kunstverständnis auf Galaspar ist ausgestorben, wie ich sehe«, sagte Sanguinius.

Es gab weder Statuen noch Gemälde, keine Fresken und keine Schmucksteine, die die Räume der Auditoren schmückten. Kunst existierte jenseits der Kategorisierungen und Bewertungen der Bürokraten. Man konnte sie nicht sinnvoll in Nutzwerteinheiten einteilen und so war sie im Laufe der Jahrhunderte aus der Vorstellung der Ordnung verschwunden. Sie hatte sie ignoriert, bis sie ganz vergessen war.

Mortarion schnaubte. Um diese Abwesenheit scherte er sich nicht. Es gab auch auf Barbarus keine Kunst. Inmitten der brutalen, elenden Existenz der menschlichen Bevölkerung des Planeten war kein Platz gewesen, in dem sich Kunst hätte entwickeln können. Es war nicht die fehlende Kultur, die den Zorn zurückbrachte, als er an die Ordnung dachte. »Kunst ist Luxus«, sagte er. »Zwischen den wahren Erfordernissen des Lebens und des Todes ist kein Platz für Luxus. Sicher bist du anderer Meinung.« Der kurze Blick, den er Sanguinius zuwarf, sollte vermitteln, dass ihn die Meinung des Engels nicht interessierte.

Sanguinius sagte nichts.

»Die Ordnung besaß allerdings Luxus«, sagte Mortarion mit einem tiefen Knurren.

Der Luxus auf Galaspar war messbar. Er wurde durch die Größe der Stockwerke und die Höhe der Wände definiert. Er wurde durch die Größe der Betten definiert. Er wurde durch die Menge an Lebensmitteln und Kleidung definiert. Und vor allem wurde er durch die Anzahl der Arbeitseinheiten definiert, die das direkte Eigentum eines jeden Auditors waren. Sie waren das Mittel, noch mehr Reichtum und Macht zu generieren. Die Verwaltung dieser Mittel war anspruchsvoll. Auf Galaspar gab es keine Freizeit, nicht einmal für die Hohen Auditoren. Sie lebten, um ihre eigene Macht aufrechtzuerhalten, und diese Macht existierte nur um ihrer eigenen Kontinuität halber.

»Arbeitseinheiten«, sagte Horus und wiederholte damit die Bezeichnung der Ordnung für Zivilisten.

»Sklaven«, sagte Mortarion. »Sie werden nur als Zahlen wahrgenommen, sonst nichts. Seht sie euch an. *Seht sie an.* Unter den von den Auditoren bewohnten Spitzen arbeiteten auf Hunderten Ebenen administrative Funktionäre. Die Millionen, die hier schufteten, gaben der Ordnung ihren Charakter. Das hier war Bürokratie in voller, verrotteter Blüte.« Er rief Bilder von Lagerhallen mit niedrigen Decken auf, eine jede so anonym grau wie die andere. »Hier«, sagte er. »Rasterförmig angeordnete Arbeitsstationen. Das Leben der Funktionäre definierte sich einzig durch ewige Monotonie. Von oben kamen Anweisungen, dann wurden die Edikte auf ihrem Weg durch die Hierarchie hinab aufgespalten und unterteilt, und Aufgaben wurden in so viele Fragmente delegiert, bis nichts mehr eine Bedeutung hatte, sobald sie ausgeführt wurden. Am Ende einer solchen Kette erhielt ein Arbeiter dann vielleicht die Aufgabe, mit einem Schreibgriffel jede dritte Zeile auf einem langen Pergament durchzustreichen, das er nicht lesen konnte. Dann zog er eine Linie nach der anderen, Stunde um Stunde, Tag um Tag, ohne zu verstehen und ohne Neugier.

Es war hier, auf dieser Funktionärsebene, wo die Substanzmittel-Abhängigkeiten ihren Anfang nahmen.« Er sprach ruhig, kühl und stellte die Schrecken der Ordnung mit gnadenloser Deutlichkeit dar. »Die vorgeschriebenen Drogendosen waren wesentlich geringer als auf den unteren Ebenen, allerdings waren sie allgegenwärtig. Die Tabletten mussten vor jeder Achtzehn-Stunden-Schicht mit der zugewiesenen Nahrung eingenommen werden. Sie betäubten die Sinne – nicht so stark, dass die Arbeit darunter litt, aber es reichte aus, damit die Arbeiter friedlich blieben. Sie standen an ihren Stationen und waren nicht in der Lage, ihre Aufmerksamkeit über ihre unmittelbaren Aufgaben hinaus zu lenken. Sie konnten nicht vorausdenken. Sie konnten sich keine Zukunft vorstellen, und schon gar keine Rebellion. Die Ordnung war ihre ganze Existenz. Sie taten, was von ihnen verlangt wurde, und das war ihr ganzes Leben. Sie führten aus, was ihnen diktiert wurde, und unter ihnen bewegte sich die Maschine.«

Mortarion zischte angewidert. »Unter ihnen bewegte sich die Maschine«, sagte er, »und die Funktionäre, die schreiben konnten, fertigten Berichte über diese Bewegungen an. Macht wurde ausgeübt und diese Ausübung wurde aufgezeichnet, eine sich ewig wiederholende Endlosschleife des Stumpfsinns, der Banalität und der Unveränderlichkeit.

Schaut jetzt unter das nicht endende Gekritzel der Bürokratie. Blickt auf die Wirkung eines jeden hingekratzten Buchstabens und eines jeden zertifizierten Ediktes. Mit jeder durchgestrichenen Zeile starben Leute. Durch jede stumpfsinnige Handlung weiter oben geschah unten Leid. Hier herrschte das komplette Elend der Ordnung. Unter den Millionen befanden sich Milliarden. Die Arbeitseinheiten. Die Posten, deren Bewegungen, Verfügungen, Aufgaben und Verteilungen von Pergament und Griffel gesteuert wurden.

Die Milliarden existierten in den unteren, breiteren Hälften der Makropoltürme. Ich sage *existierten*. Man kann nicht sagen, dass sie *gelebt* hätten. Zum Schlafen rollten sie sich in winzigen Alkoven in den Wänden zusammen, wie Larven in einer Bienenwabe, oder sie lagen aufeinandergestapelt in überfüllten Haltetanks, die nach Schweiß und Schmutz und Leid stanken.«

»Sie waren wie Ameisen«, sagte Horus.

»Noch schlimmer«, erklärte ihm Mortarion. »Ameisen arbeiten für einen bestimmten Zweck. Sie sind ein Kollektiv. Diese Leute waren nicht einmal Maden. Sie hatten nicht einmal die Freiheit, sich am Aas des Planeten zu laben. Sie waren etwas Niederes als Insekten. Sie waren Besitz.«

Die Arbeitseinheiten hatten jede wache Stunde in den völlig verqualmten Manufactorien von Galaspar geschuftet. Die Manufactorien produzierten die Rohmaterialien für die Makropole. Sie stellten die Kleidung für die Bewohner her, von den einheitlichen Sackleinentunikas der Niederen bis zu den Seidenroben der Auditoren. Sie produzierten am laufenden Band Luxusmöbel. Sie stellten viel mehr her als man verwenden konnte. Vieles von dem, was ein Manufactorum produzierte, wurde für die Aufzeichnungen katalogisiert und anschließend zu einer anderen Anlage transportiert, wo es in Einzelteile zerlegt und auf die Müllberge außerhalb der Makropolen geworfen wurde.

»Nun seht euch das hier an«, sagte Mortarion.

Die Vidaufzeichnung einer Sicherheitsüberwachung aus einem Manufactorum erschien auf den Bildschirmen.

Die dargestellten Arbeiter plagten sich an den gigantischen Maschinen ab, wie Fliegen auf einem weidenden Koloss. Die Aufnahme schwenkte auf das, was die Maschine ausspuckte. Aus ihrer Mündung strömte zähflüssiger, grauer Brei. Ein Fließband beförderte schwere Eisenbehälter langsam unter der speienden Mündung entlang. Die Behälter füllten sich mit dem Brei, dann zogen zu einem anderen Raum des Manufactorums weiter. Sie waren auf dem Förderband nicht vollkommen mittig ausgerichtet. Die schwappende Flüssigkeit schlug von innen so stark gegen die Wände, dass die Behälter heftig wackelten. Einer fiel vom Band. Er landete auf dem Boden des Manufactorums und verteilte seinen grauen Morast, durch den sich die Arbeiter nur schwer bewegen konnten. Unter dem Behälter lagen fünf tote Sklaven der Ordnung, von dessen Gewicht erschlagen.

Hebemaschinen rollten auf Ketten heran, hoben den Behälter und stellten ihn wieder auf das Band, damit er ein zweites Mal die Mündung passieren konnte.

Eine Stimme plärrte aus den Voxlautsprechern an den Wänden. »Warnung: ineffektive Arbeitseinheiten. Alle funktionsunfähigen Einheiten unmittelbar entfernen.«

Andere Arbeiter mühten sich zu den Toten und zerrten sie fort. Die Leichen wackelten eigentümlich, sobald sie bewegt wurden, da ihre Knochen zu Staub zermalmt worden waren.

»Der Blick der Arbeiter ist unfokussiert«, bemerkte Horus.

»Durch Substanzen verstärkte Fügsamkeit«, sagte Mortarion. »Viel höhere Dosen als auf den oberen Ebenen. Diese Leute ähnelten in ihrer Auffassungsgabe Servitoren.«

Die Bewegungen der Arbeiter waren träge und ungenau. Hunger, Elend und Drogenstumpfsinn sorgten für Unfälle, und die Vidaufnahmen waren voll von industriellen Blutbädern. Die Unfälle wurden zudem durch das Verhalten der Vollstrecker verstärkt. Uniformierte Aufseher trieben die Sklaven mit Peitschen und Schockstäben zu größerer Eile an. Die Möchtegern-Tyrannen genossen die Autoritätsfetzen, die ihnen die Struktur der Ordnung verlieh. Es war nicht nötig, sie mit Substanzen zu kontrollieren, doch es gab entsprechende Maßnahmen. Anstelle von Betäubungsmitteln standen sie unter Aggressionsdrogen und waren ekstatisch in ihrer Gewalt und Grausamkeit. Sie teilten unter dem menschlichen Vieh voller blutgetränkter Leidenschaft aus.

Eine andere Vidaufnahme zeigte, wohin die Toten gebracht wurden.

»Ist das ein anderer Raum?«, fragte Sanguinius.

»Das ist das andere Ende derselben Maschine«, sagte Mortarion.

In noch einem anderen Raum des Manufactorums von der Größe einer Lagerhalle standen mehrere gewaltige Häckselmaschinen. Arbeiter warfen von einer erhöhten Plattform die Leichen in einen Trichter, dessen Seiten mit getrocknetem Blut verkrustet waren. Es gab keine Sicherheitsgeländer am Trichter, um den Wegwerfprozess zu beschleunigen. Die Plattform war glitschig und so feucht wie der Boden eines Schlachthofes, weshalb Arbeitseinheiten regelmäßig ausrutschten und in den Trichter und den malmenden Mechanismus darunter stürzten. Ihre Schreie waren die einzigen Gefühle, die auszudrücken sie die Kraft hatten.

Die Leichen gingen in nur einen der Trichter. In die anderen flossen Fleischreste und Abfall aus der Makropole. Schwere Rohre pumpten andere organische Rohstoffe hinein, gemeinsam mit Beruhigungsmitteln.

»Massenfutter«, sagte Mortarion.

»Der Brei?«, fragte Sanguinius.

»Ja. Hergestellt in Anlagen wie diesen und in der ganzen Makropole verteilt. Ein Großteil kommt auf die eine oder andere Art direkt wieder zurück, nur um wieder neu hergestellt zu werden.«

»Das ist nicht der Traum unseres Vaters«, sagte Sanguinius angewidert.

»Ich kam her, um dies aufzuhalten«, erklärte ihm Mortarion. Die Bildschirme wurden schwarz. »Das war Galaspars Vergangenheit.« Die Aufzeichnungen noch einmal anzusehen hatte gereicht, um Mortarions Hass gegenüber der Ordnung wieder zu entfachen. Vielleicht verstanden seine Brüder nun besser, warum sein Handeln notwendig gewesen war. Vielleicht auch nicht. Es war ihr Problem, wenn sie es nicht verstanden. Für Mortarion war die Wahrheit glasklar. »Galaspar hat selbst die Klinge über sich gebracht«, sagte er.

»Dann sollten wir uns jetzt ansehen, wie deine Klinge niedergegangen ist«, sagte Horus.

»Sehr wohl.«

Mortarion rief andere Aufzeichnungen auf. *Ihr sagt, ihr wollt verstehen. Ich werde euch alles zeigen.* Er begann, es ihnen zu erzählen.

Er begann vor seiner Ankunft auf Galaspar. Er begann damit, wie er erkannte, was sein erster Einsatz im Großen Kreuzzug sein sollte.

VIER

Die Wachtaufseherin in der Funkzentrale von Protarkos war eine Frau im mittleren Alter. Sie trug dieselbe olivgrüne Uniform und hatte ihr Haar genauso kurz geschoren wie alle anderen Funker unter ihrem Kommando. Ihre Position in der Hierarchie zeigte sich anhand der Symbole an ihrem Revers und ihrer Position in der Operationszentrale. Ihre Station befand sich auf einer hohen Säule in der Mitte der hinteren Wand. Alle anderen Stationen umgaben die Plattform in konzentrischen Halbkreisen. Sie konnte all ihre Untergebenen auf einen Blick sehen. Und alle konnten ihren Blick spüren.

Sie sprach mit dem Hauptauditor des Verteidigungsdirektorats. Es war ein Ereignis eingetreten, auf das zu reagieren ihr die erforderliche Autorität fehlte.

»Wir haben Signale vom Rand des Primärsystems erhalten, Hauptauditor«, sagte sie. »Es handelt sich um eine direkt nach Galaspar übermittelte Nachricht.«

»Spielt die Nachricht ab.«

»›Grüße vom Imperium der Menschheit. Wir sind gekommen, um uns wieder mit *Euch zu vereinen. Frieden erwartet Euch bei Konformität mit der Herrschaft des Imperators.*›«

Es folgte eine Pause. Die Aufzeichnung rauschte.

»Geben wir eine Antwort?« Auch wenn sie wusste, wie sie lauten würde, die Entscheidung, eine Antwort zu geben, war nicht die ihre und würde es auch nie sein. Die Anweisung musste von der korrekten Position innerhalb der Hierarchie der Ordnung ausgehen. Die Befehlskette auch nur auf die trivialste Weise zu brechen war ein Vergehen, das mit dem Tode bestraft wurde. Ohne die Ordnung gab es nur Chaos.

»Antwortet Folgendes: ›Der Galaspar-Sternhaufen steht unter dem Schutz der Ordnung. Ihr seid nicht autorisiert, dieses Gebiet zu betreten. Zieht Euch zurück oder werdet vernichtet.‹ Wiederholt, was ich gesagt habe.«

Die Aufseherin wiederholte das Gesagte, Wort für Wort.

Auf der Brücke des Erkundungsschiffes *Manifestierte Einheit,* schritt Kapitän Havas Evesen vor dem Hauptoculus hin und her. Die *Manifestierte Einheit* war vor über einer Stunde in den Raum der Ordnung eingedrungen. Sie hielt auf Galaspar zu und wiederholte die Nachricht des Imperiums auf Dauerschleife.

»Kapitän«, sagte der Auspexoffizier. »Bewegung.«

»Analyse?«

»Ein Schiff, Massenäquivalent eines Schlachtkreuzers, auf Abfangkurs. Keine weiteren Details.«

»Vox?«, fragte Evesen.

»Nach der ursprünglichen Antwort auf unsere Nachricht gab es keine weiteren Übertragungen, Kapitän. Unsere Schwesterschiffe in den anderen Systemen melden dasselbe.«

»Nehmt Kontakt zu dem Schiff auf. Besteht auf der imperialen Autorität und verlangt, dass es sich und sein Vorhaben identifiziert.« Evesen fluchte lautlos. »Kampfstationen«, sagte er.

Alarme plärrten und die *Manifestierte Einheit* machte sich kriegsbereit. Diese Vorbereitungen riefen in Evesen eine Unruhe hervor. Die *Einheit* verfügte über Verteidigungsmaßnahmen. Sie besaß Waffen und sie besaß Schilde. Aber es war ihre Funktion, einen diplomatischen Erstkontakt durch das Imperium herzustellen. Sie kam, um den versprengten Außenposten der Menschheit die gute Nachricht des Großen Kreuzzuges zu überbringen. Eroberungen lagen nicht in ihrem Aufgabenbereich. Sie war kein Kriegsschiff.

Das Schiff war bereits seit über einer Stunde kampfbereit, als die ersten Schiffe von Galaspar in Reichweite kamen. Inzwischen ging Evesen nicht mehr auf und ab. Er blickte geradeaus in die Leere und seine Hände schlossen und öffneten sich hinter seinem Rücken.

»Ziel anvisiert«, sagte der Auspexoffizier. Signale, die die Waffenbereitschaft verkündeten, ertönten an sämtlichen Geschützstationen.

Evesens Hände umschlossen einander. Er zitterte in diesem qualvoll angespannten Augenblick. Sobald der erste Schuss fiel, war sicher, dass der Galaspar-Sternhaufen durch Krieg zur Konformität gebracht werden musste. Und das andere Schiff war gewaltig.

Wir können nicht gewinnen. Und wenn wir zuerst feuern, ist diese Mission fehlgeschlagen.

Also hielt er den Befehl zurück.

»Feindlicher Beschuss!«, rief der Auspexoffizier.

In dem Augenblick, bevor die Torpedos einschlugen,

erhaschte Evesen durch das Oculus einen kurzen Blick auf etwas Gewaltiges, das die Sterne verdunkelte. Dann kamen die Einschläge. Ein ganzer Schwarm Torpedos traf das Schiff und überwältigte mit seiner Anzahl die Schilde. Evesen spürte, wie ihre Verteidigung zerbrach, noch bevor der Schildoffizier die Warnung ausrief, und er wusste, dass sein Schiff verloren war.

Dann wurde die Brücke von Feuer verschlungen und die Leere holte ihn.

Die Halle der Großversammlung der Auditoren der Ordnung befand sich in der Spitze ihres eigenen Turms in Protarkos. Es war ein luxuriös ausladendes Amphitheater mit bedrückend geometrischer Symmetrie. Die Decke war zwanzig Meter hoch. Auf der Plattform in der Mitte befand sich ein langer Tisch, an dem die Hohen Auditoren saßen, von denen ein jeder eine der versklavten Welten des Galaspar-Sternhaufens unter seiner absoluten Kontrolle hatte. Im Zentrum stand der Lord-Auditor Avald Stevang an einem Pult und sprach zu der Versammlung.

»Seit Jahrhunderten wurde unser Herrschaftsgebiet von keinem Außenseiter infrage gestellt. Heute haben wir gesehen, wie weise es war, unsere ewige Stärke aufrechtzuerhalten. Ein Eindringling kam uns zu nahe und wurde zerstört. So wird und muss es immer und ewig sein. Unsere Lebensweise wird nicht infrage gestellt. Sie ist unveränderlich. Unsere Freiheit bleibt erhalten. Sie ist unsterblich. Wo in der Galaxis ist die Streitmacht, die uns besiegen kann? Sie existiert nicht. Die Ordnung ist das größte und perfekteste aller Reiche. Jene, die von uns wissen, blicken voller Neid auf uns und wünschen sich unsere erleuchtete Führung. Jene, die es wagen, sich uns entgegenzustellen, werden fallen, denn Perfektion kann man nicht besiegen.«

Die Auditoren erhoben sich einheitlich mit einem donnernden Applaus, so gleichmäßig wie das rasche Ticken eines Metronoms.

»Alles ist Ordnung!«, rief Stevang.

»ALLES IST ORDNUNG!«, brüllten die Auditoren.

Mortarion erfuhr nicht alles von dem, was auf Galaspar geschehen war, auf einmal. Die Berichte drangen Stück für Stück zu ihm durch; die Neuigkeiten erreichten zuerst die Lords Militant, erst dann breiteten sie sich durch die Arme des Großen Kreuzzuges aus. Er interessierte sich zunächst auch nicht dafür. Er hatte vom Verlust des Erkunders *Manifestierte Einheit* gehört, aber der Zwischenfall war ihm nicht besonders wichtig erschienen, und so dachte er nicht mehr darüber nach, während er mit den Flottenübungen fortfuhr, die dazu dienen sollten, die Einheit der terranischen und der barbarusischen Teile der XIV. Legion zu zementieren.

Dann trafen weitere Berichte ein: Die anderen Schiffe waren zerstört und nachfolgende Gesandtschaften angegriffen worden. Mortarion schenkte dem Ganzen daraufhin mehr Aufmerksamkeit. Wenn er in den folgenden Jahren an jene Tage zurückdachte, erschien es ihm wie eine Vorahnung, dass er den Blick auf Galaspar gerichtet und fortan nach Neuigkeiten aus dem Sternhaufen Ausschau gehalten hatte.

Aufgrund des Wissens, das durch die Spähschiffe und die Infiltrationsmissionen übermittelt wurde, entwickelte sich das System für ihn von einem interessanten Objekt zu einer Besessenheit. In den Berichten fand er nicht all die Details, die er sich gewünscht hatte, aber sie waren deutlich genug. Sie zeigten ihm, wie eindrucksvoll die Militärmacht der Ordnung war. Doch noch wichtiger: Sie enthüllten das wahre Wesen des Reiches. Mortarion sah die Sklaverei. Er sah die absolute Tyrannei, die nur auf ihrer eigenen Macht begründet war und auf der Überzeugung, dass die Beherrschten den Herrschern gehörten.

Während er immer wieder die kurzen, bruchstückhaften Aufnahmen von Menschen betrachtete, die in einer toxischen Welt zu Sachgütern reduziert wurden, erhoben sich die Erinnerungen an Barbarus, die nie ganz aus seinem Geist verschwanden. Erinnerungen an die leidende Bevölkerung, die Spielsachen der Lehnsherren. Sie konnten sich gegen ihre Unterdrücker nicht wehren. Ihnen fehlte es an der Kraft, von Widerstand auch nur zu träumen. Sie kämpften, ja. Sie kämpften darum, am Leben zu bleiben. Und sie versagten jedes Mal. Sie überlebten nur zum Wohlgefallen der Herren von Barbarus, und das Wohlgefallen der Lehnsherren bestand nicht nur im Abschlachten von Menschen, sondern in dem Schrecken jener, die noch einen weiteren Tag erleben durften.

Schrecken. Lange Zeit verstand Mortarion nicht, was Schrecken war. Er konnte es nicht, war er doch von Albträumen aufgezogen worden, um selbst einer zu werden. Sein Adoptivvater hatte ihn in einer Festung hoch oben in den Bergen aufgezogen, verborgen in den giftigen Wolken dieser Höhenlagen und umgeben von Mauern aus Eisen und Stein, die unablässig eiterten, als würden sie zähe, ironische Tränen für die Schrecken vergießen, die die Tiefebenen heimsuchten. Dennoch brauchte er etwas zu lange, fand er, um sich für die Wesen zu interessieren, die immerhin derselben Spezies angehörten wie er.

Er sah ihren Schrecken erst, als er von den Bergen hinabstieg und seinen abscheulichen Vater mit den internen Machtkämpfen zwischen Möchtegerngöttern allein ließ.

Als er die Welt wie ein Mensch sah und nicht mehr wie der Sohn eines Lehnsherrn, sah er das ganze Ausmaß der Verbrechen. Es war nicht genug, die Menschen aus perversen Launen heraus zum Spiel oder als Rohmaterial zu ernten. Sie mussten auch noch von Kreaturen angegriffen werden, die ihren schlimmsten Albträumen entsprangen. Ihre Geliebten starben und kehrten wieder zurück. Wankende Leichensammlungen, mit Drähten zusammengenäht; abgeschlachtetes und verstümmeltes Fleisch, wiederbelebt und in geistlose Mörder verwandelt, um eine neue Ernte einzufahren. Die Ursprünge der Ungeheuer waren gerade noch zu erkennen, sodass die Opfer wussten, was sie angriff. Die Menschen verzweifelten, bevor sie starben, und sie starben mit dem Wissen über das Unleben, das sie möglicherweise erleiden würden.

Ein schönes Spiel für die Lehnsherren, den Verstand und den Geist der Menschen mit der Macht der Albträume zu zerschmettern.

Die Menschen waren in jeglicher Bedeutung Sklaven. Als Mortarion das erkannte, als er endlich wahrhaft das volle Ausmaß ihrer Unterdrückung verstand, da verstand er auch, auf welche Weise er sie beenden konnte. Um die Menschheit zu befreien, mussten ihre Unterdrücker sterben. Die Lösung war einfach formuliert. Diese Einfachheit verbarg, wie weitreichend ihre Auswirkungen waren. Die Bevölkerung vor den Lehnsherren zu beschützen, reichte nicht aus. Die Furcht, dass sie zurückkehren konnten, würde nie verschwinden. Aber wenn die Tyrannen tot waren, konnten sie auch nicht zurückkehren.

Mit jedem Lehnsherrn, den er tötete, befreite Mortarion ein klein wenig mehr von Barbarus. Als die Leute sahen, dass selbst Albträume sterben konnten, kämpften sie endlich mit echter Hoffnung, und Mortarion gab ihnen die Möglichkeiten und die Fertigkeiten, um ihrem Kampf Kraft zu verleihen. Seine Mission wurde immer deutlicher. Er würde Barbarus durch reinigende Zerstörung befreien und die Lehnsherren töten, bis keiner von ihnen mehr übrig war.

Das war seine Mission, und er hatte sie unvollendet gelassen. Er hatte es nicht geschafft, seinen Adoptivvater umzubringen. Sein anderer Vater hatte diese Aufgabe stattdessen vollendet.

Die Schande machte ihm noch immer zu schaffen.

Und nun, nach Barbarus, nachdem er die barbarusischen und terranischen Hälften der Death Guard zusammengebracht hatte, während er noch immer auf seine erste Aufgabe im Großen Kreuzzug wartete, erreichten ihn die Nachrichten von Galaspar. Die Tyrannen dieses Reichs waren nicht dieselben wie jene auf Barbarus. Sie waren Menschen, und ihre Tyrannei unterschied sich in bestimmten Details. Diese Unterschiede waren unwichtig. Was Mortarion sah, war die Unterdrückung in ihrer Gesamtheit. Geist und Körper der Massen wurden durch die Auditoren der Ordnung zerdrückt.

Also musste die Ordnung zerstört werden.

Das war seine Mission. Er würde sie durchführen. Die Auslöschung würde vollkommen sein.

Er sah seine Strategie sofort in groben Zügen. Eine Belagerung stand außer Frage. Er musste die Ordnung mit einem einzelnen, verheerenden Hieb ausschalten. Er musste die Verteidigungsanlagen des Galaspar-Systems mit brutaler Geschwindigkeit durchschlagen. Dafür würde er mehr als die gewöhnliche Stärke seiner Flotte benötigen. Er benötigte rohe, entbehrliche Kraft. Er benötigte schiere Masse.

Er dachte an Asteroiden, die man aus dichten Planetoidengürteln beziehen und mit einfachen Triebwerken vor seiner Flotte hertreiben konnte. Er dachte an Feuerschiffe, die man aus den Schrottwerften für eine letzte Mission ausheben konnte. Und er dachte an den *Vierten Reiter* und daran, was die Angriffsbarke mit den richtigen Modifikationen würde leisten können.

Die Vorbereitungen würden eine Zeit dauern. Aber jeder Monat, den er in die Vorbereitung seiner Flotte steckte, würde sich in der brutalen Geschwindigkeit des Feldzuges bezahlt machen.

Der Belagerungsmeister der Death Guard begrüßte die Captains der Ersten und Siebten Großkompanie, als sie den Frachthangar des *Vierten Reiters* verließen.

»Erster Captain, Captain«, sagte Marschall Artur Corrius an Antavus Barrazin und Vellian Tersus gerichtet. Sein Kopf war kahl geschoren und obwohl er wie Barrazin und Tersus auf Terra geboren worden war, war sein Gesicht so knochenbleich wie viele der anderen Legionäre von Barbarus. »Eine schöne Übung. Sie verlief gut, denke ich.«

»Dem stimme ich zu«, sagte Barrazin. »Also, Ihr wolltet uns einige der Modifikationen der Angriffsbarke zeigen?«

Corrius nickte und führte sie durch den schlichten Korridor. Er war breit und hoch und verlief mittig durch das Schiff. Wie der Rest des *Vierten Reiters* war er schmucklos. Er hatte die Funktion, Legionäre schnell und in großer Zahl zu den Stationen zu befördern, an denen sie als Vertreter des Todes fungieren konnten.

»Ich hatte das Privileg«, sagte Corrius, »während der meisten Arbeiten auf dem Schiff sein und zusehen zu dürfen, wie Lord Mortarions Ideen Form annahmen.« Er ging bei der ersten Kreuzung nach Backbord und führte sie in einen der Geschützhangars. Hunderte Techpriester und ihre Adepten waren an den Innenwänden der Halle schwer beschäftigt. Baugerüste ragten die ganzen achtzehn Meter bis zu dem Bereich hoch, wo sich die Wände nach innen beugten und den Halbbogen der Decke bildeten. Legionäre beider Kompanien inspizierten die Geschütze und machten sich mit den neuen Konfigurationen des Schiffes vertraut.

»Ihr verstärkt die Schilde«, bemerkte Tersus.

»Und zwar sehr«, sagte Barrazin.

»Ja«, sagte Corrius. »Und nicht nur die Schilde. Sämtliche strukturelle Stützelemente wurden vollständig inspiziert. Wir arbeiten außerdem stark an den Bremstriebwerken.«

»Da erkenne ich doch ein Muster«, sagte Barrazin.

»Welcher Art?«, fragte Tersus.

»Beantwortet mir zuerst Folgendes: Was denkt Ihr über die Flottenmanöver, die wir gerade beendet haben?«

»Sie waren ungewöhnlich«, sagte Tersus. »Sie ähnelten keinen, die ich jemals durchgeführt habe, weder mit der Death Guard noch mit den Dusk Raiders.«

Tersus konnte den Hauch von Zuneigung und Verlust in seiner Stimme nicht ganz verbergen, als er den alten Namen der XIV. verwendete. Barrazin nahm die Nostalgie wahr, aber er reagierte nicht darauf. »Sie waren ungewöhnlich«, stimmte er zu. »Also haben sie wohl einem konkreten Zweck gedient. Genau wie das Bereitmachen des *Vierten Reiters*.«

»Was könnte dieser Zweck sein?«, fragte Corrius.

»Lord Mortarion hat einen Feldzug im Sinn.«

»Wo? Ich habe bisher nicht einmal Gerüchte über unseren Einsatz gehört.«

»Er wird sicher bald stattfinden«, sagte Barrazin. »Kein Sohn des Imperators bleibt lange untätig.«

»Aber wo?«, beharrte Corrius.

»Ich weiß es nicht. Aber die Modifikationen und die Übung sind zu spezifisch, als dass es kein konkretes Einsatzziel gäbe.«

Über ihnen flackerten mehrere grelle Plasmaschneidbrenner auf, wie Blitze in einem Hitzegewitter.

Tersus runzelte die Stirn. »Ich versuche mir auszumalen, wie dieses Einsatzziel aussehen könnte.«

»Ihr klingt besorgt«, sagte Corrius.

»Nicht besorgt.« Tersus zuckte mit den Schultern. »Verwirrt. Ist Euch aufgefallen, dass es in der Formation, die wir gerade eingenommen haben, überhaupt keine Defensivpositionen gab?«

»Das ist nicht ganz richtig«, sagte Barrazin.

»Du hast recht. Soweit ich sehen konnte, gab es vielleicht welche, aber sie schienen vorrangig dafür zu sorgen, dass der *Vierte Reiter* sein Ziel erreichte.«

»Wenn man kräftig genug zuschlägt, braucht man keine Defensive.«

»Wie oft kommt das in einem Kampf vor?«, fragte Tersus.

Ein paar Meter von ihnen entfernt drehte sich ein Legionär der Ersten Großkompanie um und salutierte, indem er die Faust auf die Brust schlug. »Ich bitte um Verzeihung, meine Herren«, sagte er.

Barrazin wandte sich ihm zu. »Würdet Ihr gern etwas hinzufügen, Legionär Typhon?«

»Ich wollte nicht unhöflich sein, Erster Captain.«

»Ich verstehe. Ich würde gern hören, was Ihr zu sagen habt. Sprecht frei heraus.«

»Captains, Marschall, wie gesagt, ich meine es nicht böse, aber Ihr seid Terraner«, sagte Typhon. »Hättet Ihr auf Barbarus gelebt, wüsstet Ihr, dass solche Kämpfe stattfanden. Jeden Tag. Angriff ohne Defensive war alles, was uns geblieben war, nachdem wir uns nicht mehr verteidigen konnten. Und der Versuch, defensiv zu kämpfen, war nie von Erfolg gekrönt. Man konnte nur überleben, wenn man zuerst zuschlug.« Er hielt inne, dann korrigierte er sich. »Das heißt, wir konnten überleben, sobald Lord Mortarion unter uns war und uns zeigte, dass wir gewinnen können. Vor seinem Erscheinen war es besser, offensiv zu sterben, wenn man ohnehin sterben würde. Es gab immer den Traum, dass man einen Feind mit sich reißen würde.« Er verzog das Gesicht bei den dunklen Erinnerungen. »In Wahrheit bin ich mir allerdings nicht sicher, ob wir überhaupt Träume hatten, bevor Lord Mortarion unter uns wandelte.«

»Ihr habt mir erzählt, er hätte Euch das Geschenk der Träume gegeben«, sagte Barrazin.

»So war es auch. Träume über das Abschlachten der Feinde. Und er hat uns gelehrt, wie man so angreift, dass die Verteidigung egal war. Wer braucht eine Verteidigung, wenn der Feind tot ist? Versteht Ihr?«

»Ja, ich verstehe«, sagte Tersus. »Die Vierzehnte war schon immer fatalistisch, aber ich gebe zu, Ihr hattet auf Barbarus einen viel engeren Bezug zum Fatalismus.«

»Wir hatten keine Wahl«, sagte Typhon, »keine Chance, anders zu handeln.«

»Ich verspreche Euch folgendes«, sagte Barrazin, während er die Arbeiten betrachtete und sich vorstellte, was für eine brutale Waffe der bereits beeindruckende *Vierte Reiter* werden würde. »Wohin wir auch ziehen mögen, dort ist es der Feind, der keine Chance hat.«

In der Kommunikationszentrale der *Sense des Schnitters* trat Mortarion auf die hololithische Platte des Lithographsystems. Der Raum war bis auf ein schwaches Leuchten von den Arbeitsplätzen der das System bedienenden Techadepten dunkel. Mortarion nickte und der Lithograf erwachte zum Leben. Licht funkelte, schimmerte und umgab Mortarion mit der Darstellung eines Versammlungsraumes. Einzig ein leichtes Flackern störte die Illusion. Eine massige, goldene Aquila an einer schwarzen Wand breitete ihre Flügel über den Tisch aus, an dem sich die Lords Militant versammelt hatten. Ein jeder von ihnen lithografierte von einem anderen Ort aus und das System platzierte ihre Abbilder in dem Raum, der ebenfalls eine Illusion war. Die Simulation der Realität reichte für die Versammlung aus und Mortarions Anwesenheit reichte aus, um den Lords Militant Ehrfurcht einzuflößen. Sie verbeugten sich vor ihm, als er erschien. Er stand am einen Ende des Tisches und sah schweigend zu, wie am anderen Ende Lord Trevent von der Imperialen Garde die Situation im Galaspar-Sternhaufen zusammenfasste. Neben ihm zeigte die Simulation eines Pictschirms eine Karte des kleinen Reichs.

»Was für Streitkräfte haben wir in der Region?«, fragte Lord Avissa Briteen. Kaum hatte sie gesprochen, änderte sich der Bildschirm neben Trevent und zeigte den Sektor. Kampfgebiete waren mit Bezeichnungen versehen.

»Nicht genug, um einen Angriff auf Galaspar durchzuführen«, sagte Trevent. Er zeigte auf den Bildschirm. »Die Zweiundzwanzigste und die Elfte Kreuzzugsflotte sind komplett in Kampfhandlungen mit den Orks von Vulga Kar verwickelt. Der Kampf ist hart. Wir werden ihn gewinnen, aber es wird nicht leicht werden.«

Ihr meint wohl, die Flotten stecken im Kampf gegen das Reich der Grünhäute fest und Ihr sorgt Euch um den Ausgang, dachte Mortarion.

»Was ist mit den White Scars?«, fragte Lord Paranthial.

»Die Fünfte Legion verfolgt die Fra'al Sistrum mit Kampfgruppe Gorgo Fünf«, sagte Trevent. »Ihr zu diesem Zeitpunkt eine andere Aufgabe zuzuweisen wäre katastrophal und würde einen Sieg riskieren, für den wir viele Opfer gebracht haben.«

»Wir können Galaspar aber nicht ungeschoren davonkommen lassen, nach dem Angriff auf ein Schiff des Imperiums«, sagte Paranthial.

»Dem stimme ich zu«, sagte Briteen. »Auch, ohne Galaspars strategische Position zu berücksichtigen. Es ist bereits eine mögliche Hürde, wenn wir unsere Streitkräfte in der Vasaliusregion zusammenziehen wollen. Sollte die Ordnung expandieren wollen, haben wir eine neue Schwachstelle.«

»Die Ordnung scheint nicht warpreisefähig zu sein, zumindest aktuell nicht«, erwiderte Trevent. »Ihre strategische Position steht allerdings außer Frage. Wir können Galaspar nicht ignorieren, aber wir können momentan nicht die Truppen versammeln, die wir für die Art von Belagerung benötigen, um die Verteidigung der Ordnung zu durchbrechen. Eine Blockade scheint unsere einzige Option.«

»Eine Blockade«, wiederholte Mortarion.

Die Lords Militant wandten sich zu ihm um. Bisher hatten sie es alle vermieden, ihn anzusehen. Selbst seine Darstellung verursachte bei ihnen Unbehagen.

»Ja«, sagte Trevent. »Dann bekommen wir Galaspar immerhin unter Kontrolle.«

»Unter Kontrolle«, wiederholte ihn Mortarion erneut mit eiskalter Verachtung. »Und wann wird sich das Imperium um die Ordnung kümmern?«

»Sobald wir die Streitkräfte erübrigen können«, sagte Trevent.

Mortarion antwortete mit Schweigen und einer schrecklichen Stille.

Trevent wand sich sichtbar. »Das wird ein langer Kampf werden. Es ist unglücklich, aber so sieht die Situation nun einmal aus.«

»Ein langer Kampf«, sagte Mortarion, als konnte er sich nur durch die Wiederholung von Trevents Worten davon überzeugen, dass er sie wirklich geäußert hatte. »Eine hübsche Umschreibung für *Verzögerung*. In der Zwischenzeit leidet das Volk von Galaspar unter der Tyrannei.«

»Das tut es schon seit Jahrhunderten«, sagte Briteen. »Es macht keinen Unterschied, wenn es noch eine vergleichsweise kurze Zeit länger leidet.«

»Wenn Ihr *vergleichsweise* sagt«, sagte Mortarion, »meint Ihr, dass es Jahre dauern könnte.«

Trevent begann, eine beschwichtigende Hand zu heben, doch dann besann er sich und reagierte damit so, als würde er sich im selben Raum wie Mortarion aufhalten. »Das ist nicht unsere Absicht«, sagte er.

»Aber es ist Eure Erwartung.«

Trevent verzog das Gesicht. »Die Komplexität des Großen Kreuzzuges steht den Lösungen, die wir bezüglich spezifischer Systeme oder Sternhaufen bevorzugen würden, im Wege.«

Mortarion sagte nichts.

»Ihr habt darum gebeten, teilzunehmen, Lord Mortarion«, sagte Trevent, der offensichtlich mehr Autorität aufzubringen versuchte, als er in diesem Augenblick verspürte. »Habt Ihr etwas vorzuschlagen?«

»Ja«, sagte Mortarion. »Dass wir nicht jahrelang warten. Dass wir die Obszönität namens Ordnung ohne Zögern vernichten.«

»Das würden wir alle gern«, sagte Paranthial.

»Gut. Dann wird die Death Guard Galaspar befreien.«

»Die genauen Details des ersten Feldzugs der Vierzehnten werden noch erörtert«, sagte Trevent nach kurzem Zögern. Und dann, nach etwas längerem Zögern, fügte er hinzu: »Lord Mortarion, Ihr verfügt nicht über die Autorität, zu entscheiden, was getan wird.«

Mortarion grunzte. »Das denkt Ihr also?«

»Sollte der Imperator natürlich verfügen –«

Mortarion unterbrach Trevent. »Das hat er. Eine Blockade wird nicht nötig sein. Ich werde Galaspar unmittelbar zur Konformität bringen. Ich habe bereits mit den Vorbereitungen dafür begonnen.« Er hatte höflicherweise den Plänen der Lords Militant für den Sternhaufen gelauscht, um zu sehen, ob Galaspar durch einen seltsamen Zufall erlöst würde, bevor er bereit war. Das war nicht der Fall. Die Lösungen der Lords Militant waren so nutzlos, wie er erwartet hatte.

»Keine Blockade«, wiederholte Trevent ungläubig. »Das ist ein ehrgeiziger Anspruch. Wie plant Ihr, dieses Ziel zu erreichen?«

»Mit einem einzigen Sensenhieb.«

»Was beinhaltet das, Lord Mortarion?«, fragte Paranthial.

»Einen plötzlichen, entschlossenen und überwältigenden Schlag gegen das Herz des Galaspar-Systems. Meine Flotte wird die Verteidigung durchbrechen und Galaspar so schnell einnehmen, dass die Ordnung ihre Kräfte nicht rechtzeitig auffahren kann.«

»Ich maße mir nicht an, Lord Mortarion über Taktik zu belehren«, begann Paranthial.

»Dann lasst es«, sagte Mortarion.

»Aber nicht alle Umstände erlauben eine so …« Er atmete ein und suchte offensichtlich nach einem weniger beleidigenden Wort als *simpel.* »Eine so direkte Strategie.«

»Das hier ist die *einzige* Strategie, die im Galaspar-Sternhaufen funktionieren wird«, sagte Mortarion.

»Die Ordnung verfügt über beachtliche Verteidigungsmaßnahmen«, sagte Paranthial.

»Die sind irrelevant.«

Zwei Stunden später, im Strategium des *Vierten Reiters,* enthüllte Mortarion den Captains seiner Großkompanien den Feldzug. Der Raum, der etwas höher gelegen direkt hinter der Brücke lag, war bis auf den Hololithtisch, der sein Zentrum beherrschte, völlig nackt. Er war so funktionell und schmucklos wie ein Waffenhangar und ähnlich groß.

»Es gibt elf Hauptsterne im Reich«, sagte Mortarion. »Wir werden sämtliche Welten bis auf eine ignorieren. Galaspar ist das Kontrollzentrum. Ohne sie kann das Reich der Ordnung nicht bestehen.« Während er sprach, wandelte sich das dreidimensionale Schema des Hololithtisches von einer Gesamtansicht des Sternhaufens zu einer näheren Ansicht des Galaspar-Systems. »Unsere Strategie ist direkt. Wir werden mit Höchstgeschwindigkeit durch das System fliegen, vom Mandevillepunkt bis nach Galaspar. Wir halten aus keinem Grund an. Egal, was geschieht. Die feindlichen Schiffe sind mächtig, aber langsam. Sie können es mit unserer Geschwindigkeit nicht aufnehmen.«

Grobe Darstellungen der Panzerfestungen tauchten auf. Dabei handelte es sich um Galaspars massige Wächter, um Schiffe, die in jeder planetaren Umlaufbahn des Systems patrouillierten. Es waren träge Biester von der Größe eines Schlachtkreuzers, entwickelt, um jede Bedrohung des Reichs durch reine Kraft zu überwältigen. Es waren kantige, mehrstufige Pyramiden mit kurzen Bugspitzen. Jede Stufe war mit riesigen Türmen und Torpedobänken bedeckt, wodurch sie in sämtliche Richtungen feuern konnten.

Mortarion hielt inne, damit die Captains sich ein Bild von den Schiffen machen konnten, die das Haupthindernis der Flotte darstellen sollten. Keiner fragte, was mit einem Schiff der Death Guard geschehen würde, das durch feindlichen Beschuss schwer angeschlagen wurde, was sicherlich mehr als einem widerfahren würde. Mortarion hatte ihnen bereits eine Antwort darauf gegeben. *Wir halten aus keinem Grund an.*

Die Ansicht des Tisches änderte sich, sodass jetzt nur noch Galaspar zu sehen war.

»Mit den planetaren Verteidigungsanlagen beginnen die wahren Hindernisse. Hinter den Orbitalplattformen warten die Bodengeschütze, und die sind zahlreich und gewaltig. Sie sind stark genug, um Schiffe zurückzudrängen und zu zerstören, die den Versuch unternehmen, ein orbitales Bombardement einzuleiten. Aber mit unserer Geschwindigkeit und der Wucht unseres Ansturms werden wir die Chance haben, ein Schiff zu *landen*. Eines. Dieses.«

Die Ansicht änderte sich erneut, raste auf die Oberfläche von Galaspar zu und präsentierte die Umrisse einer Makropol-Arkologie.

»Das hier ist die Hauptmakropole von Galaspar«, sagte Mortarion. Er betrachtete sie wie einen verurteilten Gefangenen. »Ihr Name lautet Protarkos. Die Ordnung ist zentralisiert und hierarchisch. Galaspar herrscht über das Reich und Protarkos herrscht über Galaspar. Die von imperialen Agenten gesammelten Informationen bestätigen das. Mehr Signale werden von und nach Protarkos übermittelt als in irgendeiner anderen Region des Planeten. Und der Großteil dieser Signale hat hier seinen Ursprung.«

Die Spitze des höchsten, zentral gelegenen Turms begann zu pulsieren.

»Es ist so gut wie sicher, dass dieser Ort das Kontrollzentrum von Galaspar ist. Das ist unser Ziel. Wir müssen es einnehmen, nicht zerstören, um zu verhindern, dass andernorts ein anderer Verteilerknoten seine Aufgabe übernimmt.« Ein weiteres Pulsieren erschien am Fuß der Makropole. »Wärmemessungen weisen darauf hin, dass der Großteil der Energie der Makropole hier generiert wird. Dies ist unser Sekundärziel, was wir nach Möglichkeit zerstören werden, um die Niederlage des Feindes zu beschleunigen. Wir *müssen* die Makropole innerhalb eines Tages und einer Nacht einnehmen. Danach werden Verstärkungen aus anderen Makropolen genug Zeit gehabt haben, um einzutreffen. Die Situation ist ganz einfach. Nichts außer einem orbitalen Bombardement kann die

Masse der Armee überwältigen, die Galaspar mobilisieren kann. Aber die Flotte kann sich nicht nähern, bis die planetare Verteidigung abgeschaltet ist. Daher müssen wir das Kontrollzentrum von Protarkos einnehmen. Dieses Schiff und die zehntausend Legionäre an Bord werden Protarkos in einem Tag und einer Nacht erobern.«

Mortarion beendete seine Ansprache und wartete auf Fragen. Er hatte einen Plan enthüllt, der der Ordnung einen raschen, brutalen und allumfassenden Tod bringen würde. Er würde die Legion etwas kosten. Das war so unvermeidbar wie der Tod selbst.

»Was hindert die Ordnung daran, ihr Kommandozentrum zu zerstören, bevor wir es einnehmen können?«, fragte Tersus.

»Die Ordnung ist zentralisiert und ihre Hierarchie ist extrem starr«, sagte Mortarion. »Die Tyrannei konzentriert die größte Macht in den Händen der Mächtigsten, die von der größten und stärksten Makropole aus regieren. Die Anführer der Ordnung werden die Risiken, die eine dezentrale Herrschaft mit sich bringt, nicht hinnehmen. Nichts darf die Ordnung anfechten. Dieser Grundsatz liegt in ihrem Namen. Wenn diese Makropole das Regierungszentrum ist, dann muss sie das auch bleiben. Protarkos zu zerstören würde bedeuten, die Kontrolle an eine geringere Makropole und ihre Anführer abzugeben. Die Hohen Auditoren werden an einen solchen Schritt nicht einmal denken, geschweige denn, ihn gehen, außer vielleicht, wenn ihnen überhaupt keine Hoffnung mehr bleibt. Das ist ein Umstand, wo unsere begrenzte Zeit uns einen Vorteil verschafft. Die Auditoren von Protarkos werden glauben, dass die Verstärkungen sie erreichen werden. Das wäre für sie auch eine gerechtfertigte

Annahme. Wir werden ihnen beweisen müssen, dass sie falschliegen.«

Barrazin meldete sich zu Wort. Er studierte die Topografie am Fuß der Makropole. »Wo können wir landen«, fragte er, »damit wir Protarkos so rasch einnehmen können?«

»Wir werden nicht landen«, sagte Mortarion. »Der *Vierte Reiter* wird Protarkos selbst angreifen.«

Die Vorbereitungen dauerten Monate. Die lange Zeit ärgerte Mortarion, aber er war geduldig. Er konnte sein Ziel Schritt für Schritt näherkommen sehen. Als endlich alles bereit war und sie die Reise nach Galaspar begannen, sprach er von der Brücke des *Vierten Reiters* aus zur gesamten Flotte. Die Angriffsbarke war das Kommandoschiff für diesen Angriff und sie hielt eine Position nahe der Spitze einer keilförmigen Lanzenformation.

In den Truppbereichen des Schiffes warteten elftausend von Mortarions Auserwählten darauf, auf die Ordnung losgelassen zu werden.

Mortarion begann seine Ansprache, als die Flotte am Mandevillepunkt, der Galaspar am nächsten lag, aus dem Warp trat und mit Plasmatriebwerken auf Höchstleistung in das System vorstieß.

»Meine Death Guard«, sagte er, »als ich das erste Mal zu euch kam, nannte ich euch meine ungebrochenen Klingen. Ich versprach euch, dass eure Hände Gerechtigkeit üben würden. Ich schwor, dass der Untergang eintausend Welten heimsuchen würde. Am heutigen Tag sucht der Untergang die erste dieser Welten heim. Die Menschheit auf Galaspar leidet. Die Ordnung regiert dieses Reich, und die Ordnung ist im selben Maße obszön wie ihre Unterdrückung der Bevölkerung vollkommen ist. Die Gerechtigkeit verlangt völlige Vernichtung. Vertreibt alle Gedanken an Gnade, denn Gnade ist das Spielzeug des Feiglings und die Lüge des Tyrannen. Heute fällt die Klinge in das Genick der Tyrannei. Nichts wird uns aufhalten. Kein Feind kann vor uns bestehen. Der Tod ist die Wahrheit, die alle erwartet. Wir marschieren mit dem Tod. Wir sind eins mit dem Tod. Und nun lasst aus dem Untergang und der Gerechtigkeit eins werden.«

FÜNF

Lord-Auditor Avald Stevang hatte sich zum Frühstück mit Stuva Uvalliat, der Hohen Auditorin der Flotte, und ihren beiden Kindern, Wenh und Eeza, niedergelassen. Die Verbindung des Lord-Auditors mit einer der mächtigsten anderen Hohen Auditorinnen war eine Tradition der Ordnung, die seit Jahrhunderten Bestand hatte, und sie diente dazu, die Spitze der Pyramide zu stärken. Wenh und Eeza waren inzwischen beide erwachsen, aber sie hatten keinen offiziellen Platz in der Struktur der Ordnung, sie besaßen keinen Rangtitel und keinerlei Macht. Was sie jedoch besaßen, war die Erwartung an Macht. Der Titel eines Auditors oder einer Auditorin war zwar vererbbar, benötigte jedoch die erklärte Willensbekundung des derzeitigen Inhabers des Titels, sowie der Ratifizierung durch die Versammlung der Hohen Auditoren. Außerdem durfte keine Familie mehr Mitglieder besitzen als vererbbare Titel. Die Ordnung hielt an der stabilen Selbsterhaltung ihrer selbst fest. Sollte sich irgendein Nachkomme auf irgendeine Art als unzuverlässig erweisen, konnte man sich seiner oder ihrer auf dieselbe Weise entledigen wie jedem anderen Besitz eines Auditors.

Die Frühstückshalle war wie alle anderen Räume der Quartiere, die Stevang und Uvalliat besaßen, ein gewaltig dekadenter Raum. Der Tisch und die vier Stühle waren die einzigen Möbel auf dem dreißig mal dreißig Meter messenden Fußboden. Die Unterhaltung hallte von den Wänden und einer Decke wider, die so hoch war, dass sie beinahe in der Dunkelheit weit oben verschwand. Diener gingen leise auf gefütterten Sohlen umher. Sie brachten ihren Herrschaften die Gänge und zogen sich stumm wieder zurück.

Stevang nahm sich eine Scheibe Brot, biss einmal ab, kaute vorsichtig und runzelte die Stirn. Er wandte sich an Uvalliat und hob eine Augenbraue. »Hast du schon das Brot probiert?«, fragte er.

»Ja. Ich wollte abwarten, ob du etwas bemerkst.«

»Es schmeckt anders«, sagte Stevang. »Es entspricht nicht dem gestrigen Standard.«

»Dem stimme ich zu.«

Stevang drückte mit der rechten Hand auf einen Knopf in einer kleinen Mulde im Rand des Tisches. Einen Augenblick später erschien Hausauditor Befessen, genau so leise wie die anderen Diener. Er stellte sich neben Stevangs Schulter und beugte sich vor, um die Befehle des Lord-Auditors zu vernehmen.

Stevang hob eine Scheibe Brot hoch, dann ließ er sie auf den Teller fallen, als hätte sie ihn beleidigt. »Das ist nicht hinnehmbar«, sagte er. »Verschaffe mir neue Bäcker. Terminiere die anderen Arbeitseinheiten.«

»Sofort, Lord-Auditor«, sagte Befessen und schlurfte davon, um sich um Ersatz zu kümmern und darum, dass das Todesurteil vollstreckt wurde.

»Stimmst du dem zu?«, fragte Stevang Uvalliat.

»Ja, das tue ich.«

»Frische Einheiten machen frisches Brot«, sagte Stevang und freute sich über seine Formulierung. Die Ausübung tödlicher Disziplin war zusätzlich Unterricht für Wenh und Eeza.

Uvalliat stellte sicher, dass sie die Lektion begriffen.

»Versteht ihr die Notwendigkeit der Befehle des Lord-Auditors?«

»Ja«, sagte Eeza und Wenh nickte.

»Beweist es mir.« Sie zeigte auf Eeza. »Sprich.«

»Korrektur ist Schwäche«, sagte Eeza. »Sobald die Arbeitseinheit die für die Aufgabe benötigten Fähigkeiten erlernt hat, bedeutet jeder Abfall der Qualität den Verlust der Fähigkeit, Rebellion, oder beides.«

Uvalliat hob ihren Finger und brachte damit Eeza zum Schweigen. Sie nickte kurz, dann zeigte sie auf Wenh. »Sprich.«

»Wenn eine Arbeitseinheit korrigiert wird, gibt es ihr die Möglichkeit, ihre Schwächen zu verbergen und auf lange Sicht mehr Schaden zu verursachen.«

»Gut«, sagte Uvalliat. Sie kehrte zu ihrem Frühstück zurück. »Korrektur ist Schwäche«, bestätigte sie, ohne aufzusehen. »Daher korrigiere ich nie. Genau wie der Lord-Auditor.« Dann hob sie den Kopf und fixierte ihren Sohn und ihre Tochter mit ihrem gnadenlosen Blick. »Daher ist es unbedingt erforderlich, dass niemand so handelt, als würde er oder sie eine Korrektur benötigen oder erwarten.«

Keines der Geschwisterkinder sagte etwas. Ihnen fehlte die Erlaubnis.

»Versteht ihr?«, fragte Stevang.

»Das tun wir«, antworteten sie gleichzeitig.

Gut. Es war schlau, die eigenen Erben von Zeit zu Zeit an die Ungewissheit ihres Überlebens zu erinnern. Das zeigte ihnen, wie gefährlich es sein konnte, darüber nachzudenken, ihren Machtaufstieg beschleunigen zu wollen.

Alarmsignale kreischten los.

Wenh verschluckte sich an seinem Wasser. Uvalliat sprang von ihrem Stuhl auf und warf unbeabsichtigt ihr Besteck auf den Boden. Das Messer und die Gabel klapperten auf dem Stein, aber ihre Echos verschwanden unter dem elektronischen Heulen des Alarms. Stevang erstarrte mehrere Sekunden lang. Sein Gehirn weigerte sich zu verarbeiten, was er gerade hörte. Er wusste, was für Notfälle einen Alarm auslösen konnten, aber diese Umstände waren nie eingetreten. Kein Alarm war jemals ertönt.

Das hier war ein fundamentaler Routinebruch. Es war eine Zerstörung der allgemeinen Ordnung. Der Alarm bedeutete das Unvorstellbare.

»Ein Fehler …«, sagte Uvalliat.

Das gab Stevang Hoffnung und er setzte sich in Bewegung. Er klammerte sich an die Hoffnung eines Fehlers, für den er jemanden bestrafen konnte.

Falls es sich jedoch nicht um einen Fehler handelte, dann fürchtete er sich vor dem, was er in Erfahrung bringen musste.

Aber er musste es wissen und er musste die Bedrohung bekämpfen, die die Ordnung infrage stellte.

Er erhob sich. Er und Uvalliat rannten aus der Frühstückshalle und ließen ihre Nachkommen hinter sich zurück.

* * *

Viele der anderen Hohen Auditoren hatten sich bereits in der Hauptkommandozentrale eingefunden, als Stevang und Uvalliat eintrafen. Sie waren allerdings nicht die Letzten. Auf halber Strecke ihres privaten Korridors, der zur Zentrale führte, hörten sie auf zu rennen. Man durfte nicht sehen, dass sie gehetzt waren. Das würde Schwäche andeuten. Es würde außerdem auf Unordnung in ihrem Verstand hinweisen, und Unordnung konnte ansteckend sein.

Die dicke Stahltür hob sich, als sie sich ihr näherten, und schlug hinter ihnen wieder zu. Stevang verdrängte die Vorstellung, dass das schwere Scheppern ein wenig final geklungen hatte. Was er hörte, war Sicherheit. Die Hohen Auditoren mussten geschützt werden, und das wurden sie auch.

Die Zentrale war ein großer Raum, wie es dem Machtzentrum von Galaspar gebührte. Der Boden wies in der Mitte eine Vertiefung auf, in der mehrere Stühle für die Hohen Auditoren einen Hololithtisch umringten. Auf den Ebenen, die den Tisch umgaben, befanden sich reihenweise Stationen, mit denen sich die Verteidigung des Reichs kontrollieren ließ.

Stevang nahm seinen Platz ein, was dem Rest die Erlaubnis gab, es ihm gleichzutun. Vier Plätze waren noch leer.

»Schaltet den Alarm stumm«, sagte Stevang. Eine Technikerin an einer der Stationen in seiner Nähe tippte auf ihren Bildschirm und das ohrenzerfetzende Geheul wurde immer leiser, bis es schließlich erstarb. Stevang blickte auf das Chronometer, das von der Decke hing. Zwei Minuten waren vergangen, seit die Krisensituation verkündet worden war. Manche der Hohen Auditoren hatten weitere

Wege zurückzulegen, um die Hauptkommandozentrale zu erreichen. »Wir warten noch drei Minuten«, sagte er.

Niemand sagte etwas. Alle saßen ruhig da und beobachteten, wie die Sekunden verstrichen. Als noch eine Minute übrig war, trafen zwei weitere Hohe Auditoren ein. Die Auditoren der Verbrauchsgüterverteilung und der Drogenregulierung fehlten noch immer.

Das war ihr Problem.

»Verriegelt alle Eingänge«, sagte Stevang.

Unter ihnen erklang eine Reihe schwerer, donnernder Geräusche. Diverse Sprengschutztüren senkten sich und versperrten jeglichen Zugang zur Hauptkommandozentrale. Stevang konnte die klappernden Stiefel der Soldatenmassen nicht hören, aber er wusste, dass die Mobilmachung begonnen hatte. Die Zentrale wurde dank einer Strategie, von der niemand gedacht hätte, dass sie jemals nötig sein würde, uneinnehmbar.

»Haben wir Kommunikation zu den anderen Makropolen aufgebaut?«, fragte Stevang.

Ein Techniker erhob sich an seiner Station. In steifer Haltung, die Hände an den Seiten, verkündete er: »Das haben wir, Lord-Auditor. Alle Kanäle sind offen. Die Hohen Auditoren sämtlicher Makropolen auf Galaspar erwarten Eure Befehle.«

»Dann wollen wir anfangen. Zeigt mir den Grund für den Alarm.«

Der Hololithtisch summte. Es erschien eine Karte des Galaspar-Systems. Eine funkelnde Linie, die voller Bosheit pulsierte, tauchte direkt hinter der Umlaufbahn des äußersten Planeten auf.

»Eine Invasionsstreitmacht«, murmelte Uvalliat.

Die helle, weiße Linie, ein Makel im Antlitz des Reichs,

sah aus wie ein Dolch, der direkt auf Galaspar ausgerichtet war.

»Wurde das bestätigt?«, fragte Stevang.

Der Techniker, der sich gerade eben zu Wort gemeldet hatte, nahm sofort wieder Haltung an. »Das wurde es, Lord-Auditor.« Er setzte sich wieder hin und tippte auf seinen Bildschirm. Auf dem Tisch löste sich der Dolch auf und wurde zu einer schematischen Darstellung der ungefähren Anzahl der Schiffe, die in das System eingedrungen waren. Die unbekannten Einheiten wurden hervorgehoben, und sie waren zahlreich. Keines der Schiffe der Ordnung befand sich aktuell in einer Position, von der aus es konkrete Informationen hätte liefern können. Zweifellos handelte es sich allerdings um einen Angriff.

»Irgendwelche Kommunikation vonseiten der Invasoren?«, fragte Stevang.

»Nein, nichts, Lord-Auditor. Sie haben auf unsere Warnungen nicht reagiert.«

»Werden andere Systeme angegriffen?«

»Nein, Lord-Auditor.«

Das ermutigte Stevang. Wenn der Feind nur über die Kraft verfügte, diesen einen Einfall auszuführen, dann zeugte das von Schwäche. Außerdem bedeutete es, dass die Hohen Auditoren ihre Aufmerksamkeit nicht auf mehrere Fronten verteilen mussten.

Stevang nickte Uvalliat zu und gab ihr das Signal, die strategische Umsetzung zu übernehmen. Das war ihre besondere Verantwortung. Es war ihr Untergang, sollte sie versagen.

»Schickt die Panzerfestungen«, sagte sie. Sie beugte sich vor, um auf den Tisch zu drücken und die Positionen der gewaltigen Verteidigungsschiffe der Ordnung im äußeren

System aufzurufen. »In wenigen Stunden dürften sie in Abfangreichweite sein.«

»Sie befinden sich aber in der Unterzahl«, sagte Yava Tervian, Hohe Auditorin der Moral.

»Ihr Ziel liegt darin, die Invasoren zu verlangsamen«, erklärte Uvalliat. »Das wird ausreichen, damit der Rest der Festungen dem Feind nahe genug kommt, um den Vorstoß aufzuhalten.«

»Wie weit wird der Feind kommen, bevor das geschieht?«, fragte Tervian.

»Das können wir nicht voraussagen, solange wir kein genaueres Bild über die Stärke des Angreifers haben.«

»Was ist mit den Geschützplattformen?«, fragte Stevang. Diese Verteidigungsanlagen kreisten in großen Ringen um sämtliche Planeten des Systems.

Uvalliat zögerte. Stevang erkannte, dass sie die Risiken abwog. Die Geschützplattformen maßen einhundert Meter im Durchmesser und verfügten nur über minimale Besatzung und Schilde. Sie waren nicht darauf ausgelegt, in einem Flottenkampf eingesetzt zu werden. Ihre Aufgabe war es, eine Welt mit einem Wall aus Feuer zu beschützen. Sollte Uvalliat einen der Planeten ungeschützt lassen und der Feind diese Lücke ausnutzen, dann konnten die Invasoren womöglich eine Festung innerhalb des Systems errichten und von dort aus weitere Angriffe starten.

Uvalliat schüttelte den Kopf, wie um diese Gefahr abzuweisen. »Die Plattformen werden umfunktioniert«, sagte sie. »Sie werden die Panzerfestungen bei ihrem Angriff unterstützen. Galaspar zu verteidigen hat oberste Priorität.«

Stevang sagte nichts, aber er stimmte ihr zu. Die anderen Planeten waren verglichen mit der Heimatwelt der Ordnung irrelevant. Auch wenn sie noch so ungeeignet für die ihnen zugeteilte Mission waren, würden die Plattformen die Schlacht doch mit Hunderten Geschützen unterstützen.

Uvalliat zog ihren Finger über die Oberfläche des Tisches und malte Diagramme der von ihr gewünschten Schiffsbewegungen. »Die Invasoren werden Galaspar nicht erreichen«, sagte sie. »Wir werden die Schiffe im äußeren System aufhalten und sie mit den Geschützplattformen in ein Feuergefecht verwickeln. Während sie so festgehalten werden, wird der Rest der Festungen eintreffen und sie vernichten.«

»So soll es geschehen«, sagte Stevang. »Möge die Ordnung obsiegen.«

»Möge die Ordnung obsiegen«, wiederholten die anderen Auditoren.

Uvalliat schlug mit der Handfläche gegen den Rand des Tisches und ihre Diagramme wurden an die Stationen in der Zentrale übertragen; ihre Strategie wurde zu Befehlen, ihre Befehle zur Realität. Die Befehle waren bereits an die Panzerfestungen und Geschützplattformen übermittelt worden, bevor Stevang wieder das Wort erhob.

»Die Ordnung wird siegen«, sagte er. »Galaspar wird ebenfalls bereit sein. Bereitet die orbitalen und Bodenverteidigungen vor, während unsere Flotte angreift.«

Bildschirme senkten sich von der Decke herab und zeigten an, dass seine Befehle ausgeführt wurden. Signale von den Geschützplattformen bestätigten deren Bereitschaft und die Tatsache, dass ihre Waffen in Richtung eines Feindes ausgerichtet waren, der sie nie erreichen sollte. In den Ödlanden zwischen den Makropolen von

Galaspar zogen sich gewaltige Kuppeln zurück und Geschützbatterien erhoben sich aus dem Boden; die Läufe der kleinsten Waffen waren bereits einhundert Meter lang. Ein Bild folgte auf das Nächste und alle zeigten, wie sich Galaspar bewaffnete. In weniger als einer Stunde starrte der komplette Planet vor Waffen, Tausende tödliche Stacheln zielten mit ihrem Gift gen Himmel. Nichts würde sich Galaspar nähern und überleben.

Danach blieb nichts weiter, als abzuwarten und zu beobachten, wie die Symbole auf dem Hololithtisch aufeinander zukrochen. Stevang konnte keine Fehler in Uvalliats Strategie erkennen, allerdings sagte er das nicht. Falls irgendein Aspekt im Nachhinein nicht funktionierte, lag der Fehler allein bei ihr. Dennoch beobachtete er mit einer Mischung aus Befriedigung und Anspannung, wie die leuchtenden Runen auf dem Tisch zusammenliefen. Der Großteil der Panzerfestungen würde nicht an der ersten Begegnung mit dem Feind teilnehmen. Aber das Galaspar-System war gut verteidigt. Die Festungen, die Teil der ersten Welle des Gegenangriffs waren, und die Geschützplattformen, die ihnen folgten, wirkten wie ein Schwarm, der den Kopf des Vorstoßes verschlingen wollte.

Die Runen kamen in Reichweite. Die Macht der Ordnung eröffnete das Feuer. In der Mitte des Tisches erstrahlte Licht; die Daten von Angriffen und Explosionen trafen so schnell ein und überlappten sich so sehr, dass sie den aufflackernden Zerstörungen in der Leere ähnelten. Stevang war kurzzeitig geblendet und musste blinzeln. »Gut«, sagte er. »Wir erteilen unsere Lektion erneut.«

Zufriedenes Gemurmel erhob sich rund um den Tisch. Dann verstummte es. Eine Panzerfestung verschwand von der Anzeige auf dem Tisch. Dann noch eine. Der Vorstoß des Feindes war keineswegs verlangsamt worden. Stevang starrte auf die geschätzte Geschwindigkeit und sein Mund wurde trocken. Er spürte, wie sich ein Dolch seiner Kehle näherte.

»Was geschieht hier?«, flüsterte er.

Eine Plattform ragte vom Strategium über die Brücke und endete in einer Kanzel, die etwa mittig über ihr hing. Von der Kanzel aus konnte Mortarion einen autoritären Blick auf die Brücke und das Hauptsichtfenster werfen. Bildschirme zu beiden Seiten der Kanzel führten ihm ununterbrochen aktualisierte Berichte über Flottenpositionen und den Status der Gefechte zu. Neben dem, was er sah und was er las, glitt seine Wahrnehmung beinahe allwissend durch die Leere. Der Tod flog durch das Galaspar-System. Er breitete seine Flügel aus, und es waren Mortarions Flügel. Er beobachtete das, was er mit seinem Willen hatte geschehen lassen, und er war vom Preis dessen völlig ungerührt. Der Tod schreckte nicht vor sich selbst zurück.

Die trägen Panzerfestungen, Stufenpyramiden mit einer Seitenlänge von über drei Kilometern, trafen frontal auf die vordersten Elemente der Death-Guard-Flotte. Sobald sie in Reichweite waren, feuerten die Festungen und entsandten ganze Torpedoströme auf die massigen Ziele an der Spitze, genau wie Mortarion es geplant hatte.

»Sie wissen nicht, worauf sie schießen«, bemerkte Barrazin. Er und Tersus flankierten Mortarion einen halben Schritt hinter ihm. Sie waren die beiden Captains, deren Großkompanien, zehntausend Krieger stark, sich in den Trupphangars des *Vierten Reiters* befanden. Mortarion hatte befohlen, dass sie mit ihm auf der Brücke stehen und ebenfalls die Schlacht in ihrer Gesamtheit beobachten sollten. »Sie wissen nicht, dass sie ihre Torpedos auf Asteroiden verschwenden.«

Mortarion hatte einen Schild aus mit Triebwerken versehenen Planetoiden geschaffen, der den Sturmangriff der Flotte anführte. Sie wurden von Techadepten an Bord des *Vierten Reiters* ferngesteuert und waren kaum manövrierfähig. Das mussten sie auch nicht sein. Seit die Flotte mit ihrem Angriff begonnen hatte und einem Kurs folgte, der festgelegt worden war, noch bevor die Death Guard den Warp betreten hatte, hatten sich die Asteroiden in einer geraden Linie bewegt. Mortarion stach nach dem Herzen des Systems und er würde nicht davon abweichen.

»Die feindlichen Augursysteme haben die Masse registriert«, sagte Mortarion. »Vielleicht auch die Hitze der Triebwerke, welche die Asteroiden antreiben. Und das hat ihnen gereicht, um anzugreifen. Sie haben nicht abgewartet, um Näheres herauszufinden. Sie sind genau so töricht, wie wir es vorausgesehen haben.«

Die Torpedos schlugen ein und die Asteroiden flogen mit gleichbleibender Geschwindigkeit weiter. Die Panzerfestungen verringerten die Entfernung zu ihnen; ihre Besatzungen waren offenbar immer noch überzeugt, dass es sich um angreifende Schiffe handelte. Selbst mit voller Antriebsleistung waren die Festungen langsamer als die Asteroiden. Sie feuerten weiter, Granaten und Torpedos rasten ununterbrochen auf ihre Ziele zu. Das Bombardement kam nicht salvenweise. Es war ein Sturm.

»Aufgrund ihrer überlegenen Feuerkraft sind sie töricht«, sagte Mortarion. Die Explosionen waren eine durchgängige, weitläufige Eruption aus Feuer und Licht. »Sie blenden ihre eigenen Sensoren und hindern sie daran, ihnen zu sagen, worauf sie feuern.«

Die Torpedos trafen die unnachgiebigen Asteroiden mit beständigen Salven, die ihre Kruste aufbrachen. Während sich die beiden Flotten immer weiter annäherten, kamen immer mehr Geschützplattformen in Reichweite und aktivierten ihre Waffen. In diesem ersten Aufeinandertreffen war weder die Death Guard noch die Ordnung in einer Position, um dem jeweils anderen in die Flanke zu fallen.

Dann tauchte eine der Festungen der Ordnung auf. Sie griff als Außenseiter in den Kampf ein, außer Formation mit dem Rest, und erhob sich von unterhalb der Formation der Death Guard wie ein auftauchender Leviathan. Sie rammte den leichten Kreuzer *Funereus* und brach ihm das Rückgrat. Die *Funereus*, nur halb so groß wie die Festung, brach entzwei, und ihre beiden Hälften trudelten in langsamen, tödlichen Drehungen davon. Das Schiff der Ordnung befand sich nun im Zentrum der Formation und feuerte Torpedos in alle Richtungen ab. Ihr Kommandant musste gewusst haben, dass er dem Tode geweiht war, und versuchte, durch seinen Untergang den Vorstoß der Death Guard zu stören.

»Formation halten«, befahl Mortarion der Flotte. »Sämtliche Frontalbatterien auf den Eindringling.«

Die Schiffe im Heck der Festung ignorierten sie. Die meisten von ihnen absorbierten den Schaden durch die Torpedos mit ihren Schilden. Ein weiterer leichter Kreuzer, die *Maestus*, wurde mehrfach getroffen. Seine Schilde kollabierten und Explosionen rissen ihn auseinander.

Andere Schiffe gingen wie die Hand des Schicksals auf die Festung nieder. Ihre Bugspitzen pflügten durch die Explosionen der feindlichen Munition und einhundert

Kanonen eröffneten gleichzeitig das Feuer. Die Festung verging, als wäre sie nichts weiter als Sand im Wind.

Die Asteroiden begannen, unter dem anhaltenden Beschuss Risse zu bilden. Einer an der Spitze des Keils brach auseinander. Sobald der Schaden kritisch wurde und in den Stein eingebaute Sensoren erkannten, dass dessen strukturelle Integrität kurz vor dem Zusammenbruch stand, wurden gewaltige Bergbausprengsätze ausgelöst, die auf der hinteren Hemisphäre verteilt waren. Der Asteroid explodierte und die Detonation schleuderte einen Meteoritenschauer in Richtung der Schiffe der Ordnung. Die Brocken schlugen auf den Panzerfestungen ein. Ihre Schilde waren stark und ihre Rümpfe so dick, als wären sie selbst metallene Planetoiden, und so überstanden sie den Ansturm ohne größere Schäden. Zwei wurden so stark verlangsamt, dass sie nahezu reglos in der Leere trieben. Die Geschützplattformen verfügten nicht über solche Verteidigungsanlagen und fünf von ihnen wurden vernichtet. Ihre Todeszuckungen erhellten die Leere und ihre Explosionswellen ließen mehrere andere Plattformen erzittern.

Schiffe rasten zwischen den Asteroiden hervor. Die Kapitäne der Panzerfestungen glaubten, dass sie es hier nun endlich mit dem wahren Feind zu tun hatten. Nun mussten sie ihren Beschuss zwischen den Planetoiden und den heranrasenden Schiffen aufteilen. Diese Schiffe waren alte, ausgemusterte Zerstörer, die vor dem Schrottplatz gerettet und für ihre letzte Mission modifiziert worden waren. In ihrer neuen, etwa einen Kilometer langen Form waren sie nun Waffenhaufen, die auf Rümpfe montiert worden waren, die gerade eben kräftig genug waren, ihre eigene Antriebskraft auszuhalten. Sie stürzten sich wie von Todessehnsucht getrieben auf die größeren Schiffe.

Und die hatten sie auch. Es handelte sich um Selbstmordschiffe, ferngesteuert und kaum beweglicher als die Asteroiden, aber in der Lage, kurze Geschwindigkeitsschübe zu leisten, mit denen sie in Reichweite ihrer Ziele kamen. Sie entfesselten ihr komplettes Arsenal an Granaten und Torpedos in Richtung der Festungen und schwächten ihre Beute, bevor sie die letzten Kilometer hinter sich brachten.

Der Bildschirm rechts neben Mortarion zeigte die Schiffspositionen an der Spitze des Vorstoßes. Eintreffende Daten über Beschussraten komplettierten für ihn das Bild. Die Kommandanten von zwei Festungen dürften die wahre Natur der Bedrohung erst erkannt haben, als es bereits zu spät war. Sie schafften es nicht, all ihre Waffen auf die Feuerschiffe auszurichten, bevor diese zu nah für den Schusswinkel der meisten Geschütze waren. Die Festungen versuchten, abzudrehen. Sie bewegten sich wie Tiere im Morast und hatten ihre Drehungen gerade erst begonnen, als die Selbstmordschiffe in sie krachten. Die Feuerschiffe explodierten; die Sprengladungen in ihrem Inneren waren um ein Vielfaches tödlicher als all ihre Waffen zusammen.

Die Feuerbälle waren Sonnen, die selbst aus dieser Entfernung durch das Sichtfenster deutlich zu erkennen waren, und sie verschlangen die Festungen.

Eines der Schiffe der Ordnung hatte seinen Bug über die Ekliptikebene erhoben und versuchte, den Feuerschiffen zu entgehen, indem es sich über die eskalierende Schlacht erhob. Hitzemessungen zeigten an, dass die Explosion es schwer beschädigt hatte: Sein Heck und ein Großteil der

Steuerbordseite waren aufgerissen, wodurch seine Steuerung zerstört worden war und die Triebwerke schwiegen. Mortarion stellte sich vor, wie es weiterschwebte, während Sauerstoff aus einhundert Hüllenbrüchen entwich und auf einem nach dem anderen Deck die Lumen ausfielen, während sich Feuer durch die Korridore ausbreiteten.

Die andere Festung, die von einem Feuerschiff getroffen worden war, flog weiter. Zwei weitere Festungen tauchten zu beiden Seiten hinter ihr auf und schufen eine Dreiecksformation aus vernichtendem Feuer. Das mittlere Schiff brannte. Es hatte den Großteil seiner Backbordgeschütze verloren. Der Schaden breitete sich aus und sekundäre Explosionen erschütterten das Schiff immer tiefer aus dem Inneren. Es war jedoch noch immer einsatzfähig. Es konnte den Kampf noch immer zum Feind tragen.

»Sie ziehen sich nicht zurück«, sagte Tersus.

»Trotz des Schadens«, fügte Barrazin hinzu.

Die Captains, bemerkte Mortarion, erkannten die Details der Schlacht ebenso deutlich wie er. »Das bestätigt unsere Informationen bezüglich der Ordnung«, sagte er. »Rückzug ist unmöglich. Es ist für sie nicht einmal vorstellbar.«

Die drei Festungen flogen durch die sich ausbreitenden Trümmer eines anderen Asteroiden. Direkt in den Beschuss weiterer Feuerschiffe. Die flankierenden Festungen zögerten nicht und richteten ihre Geschütze auf sie aus, um die Schiffe aufzuhalten.

Mortarion zeigte auf die Runen, die die Festungen darstellten. »Die Besatzungen jener Schiffe sind die ersten Bürger der Ordnung, die einen Blick auf unsere Flotte werfen.« Sie dürften eine unerbittliche Prozession aus

Großkampfschiffen und Eskortkreuzern sehen, die in ihre Richtung raste. »Sie sehen die kommende Nacht ihres Reichs.«

Dramatische Ausschläge in den Energiemesswerten berichteten von der Zerstörung, die nun folgte. Auch wenn die Ordnung nicht über Warpreisetechnologie verfügte, so besaß sie doch Plasmaantriebe. Der Antrieb der mittleren Festung war in dem Versuch, den Eindringling zu erreichen und zu bestrafen, bis an sein Limit gegangen. Er war hoffnungslos beschädigt, aber da der Antrieb noch immer über Energie verfügte, dachte niemand darüber nach, ihn abzuschalten. Und so geschah das Unvermeidbare. Der Plasmaantrieb brach.

Die gewaltige unkontrollierte Energieentladung rauschte durch die Leere und blendete mit ihrem silbrig-weißen Licht alle, die sie ungeschützt sahen. Alle drei Panzerfestungen wurden vaporisiert, in einem Augenblick durch die Hitze einer Sonneneruption verschlungen. Die Explosion zerschmetterte weitere Asteroiden, Feuerschiffe verschwanden und der große Kreuzer *Sepulchral* der XIV. Legion flog beinahe direkt durch das Zentrum der Explosion. Er trat als schwarzes Wrack wieder aus, die Antriebe so gut wie stumm, und bewegte sich allein durch Trägheit weiter. Auf der Backbordseite zeigte ein gewaltiger Spalt im Rumpf einen Querschnitt lebloser Decks. Er zog einen Kometenschweif aus Trümmern und treibenden Körpern hinter sich her.

»Vox von Schiffmeister Ravass auf der *Sepulchral*«, meldete der Voxoffizier des *Vierten Reiters*.

»Kanal öffnen«, sagte Mortarion.

Ravass' Stimme drang voller Schmerzen durch ein Meer aus Rauschen. »Wir haben nur noch wenig Energie, mein

Lord«, sagte er. »Wir können nicht länger mit der Flotte mithalten. Unsere Pflicht ist eindeutig.«

»Bringt vor Eurem Ende noch vielen den Tod, Schiffsmeister«, sagte Mortarion.

»Das werden wir, und wir werden sie lehren, uns zu fürchten, bevor wir sterben.«

Die *Sepulchral* verließ die Formation. So isoliert, wurde sie zu einem einladenden Ziel für die Ordnung.

Mortarion bemerkte Tersus' leichtes Stirnrunzeln. »Erzählt mir nicht, dass den Dusk Raiders Opfer unbekannt waren, Captain«, sagte er. Die *Sepulchral* besaß eine Mannschaftsstärke von einhundertfünfzehntausend. Bald würden sie alle tot sein, genau wie die Besatzungen weiterer Schiffe, bevor der *Vierte Reiter* sein Ziel erreicht hatte. Es gab nichts zu bereuen. Das war der Preis des Krieges. Das war alles.

»Ich hinterfrage Opfer nicht«, sagte Tersus. »Darf ich aber fragen, ob wir es uns leisten können, die *Sepulchral* zu verlieren?«

»Das dürft Ihr. Die Antwort lautet, dass wir uns alles leisten können und müssen, was uns den Sieg bringt.«

»Die *Sepulchral* hat noch Energie. Wenn wir unseren Vorstoß verlangsamen, können wir ihre Stärke als Teil unserer Formation erhalten.«

»Welchen Vorteil würde uns das verschaffen?«, fragte Mortarion.

»Wir lernen gerade den Feind kennen, und es ist eindeutig, dass seine Schiffe unseren unterlegen sind. Können wir nicht methodischer in unserem Vorrücken vorgehen? Anstatt zu versuchen, durch die Schiffe der Ordnung zu rasen, könnten wir sie alle vernichten, eins nach dem anderen.«

»Es sind zu viele«, sagte Mortarion. »Das ist die Hauptbedrohung durch die Ordnung. Ihre Anzahl. Wenn wir langsamer werden, geben wir dem Feind die Möglichkeit, seine gesamte Stärke aufzufahren. Das würde die vorsichtige Haltung jener rechtfertigen, die eine Blockade um Galaspar errichten wollten und den Planeten vergessen, bis es dem Großen Kreuzzug passt. Wir sind nicht hier, um jemanden zu belagern. Wir sind hier, um der Tyrannei mitten ins Herz zu stechen. Die *Sepulchral* ist noch immer Teil dieses Krieges. Sie wird ihren Teil zum Vorstoß beitragen. Wir ziehen mit Höchstgeschwindigkeit weiter.«

Ravass hielt sein Wort. Lange nach der letzten Voxübertragung erkannte Mortarion anhand der Informationen, die über die Bildschirme der Plattform wanderten, dass die *Sepulchral* nicht so einfach aufgab.

Und die Flotte stieß tiefer in das Galaspar-System vor, ungeachtet der sich sammelnden Macht, die sie aufzuhalten versuchte.

In der Hauptkommandozentrale auf Galaspar starrten die Hohen Auditoren auf den Hololithtisch. Die Daten, die darüber schwebten, erzählten eine Geschichte, die ihr Verständnis des Universums infrage stellte. Die feindliche Flotte hatte bereits die äußersten Planeten des Systems passiert. Überall in der Zentrale fassten Techniker die Berichte zusammen, die von den Schiffen der Ordnung eintrafen. Es war ein konstantes Geplapper, das monoton immer düstereres Unheil verkündete.

»Geschützplattformen flankieren jetzt den Feind. Versuche, Beschuss auf sie zu lenken.«

»Der Feind feuert nur geradeaus.«

»Weitere feindliche Verluste bestätigt.«

»Keine Verringerung in der Geschwindigkeit der Flotte und keine Kursänderung.«

Stevang wechselte einen betroffenen Blick mit Uvalliat.

»Ihnen sind ihre Verluste egal«, sagte Stevang. Die Erkenntnis, was genau das für die Ordnung – für ihn – bedeutete, breitete sich in seinem Magen wie ein Geschwür aus. Er wusste, dass die Ordnung ein kaltherziges und gnadenloses Regime war und sich nicht um die Mannschaften scherte, die in den letzten Stunden ihr Leben verloren hatten. Aber dieser Feind war noch sehr viel kaltherziger.

Der lodernde Dolch der Flotte näherte sich weiter unaufhaltsam und Stevang war sich inzwischen sicher, dass er direkt zu ihm wollte.

Die Death Guard pflügte durch den ersten Gegenangriff der Ordnung. Es war offenkundig, dass der Feind nichts dergleichen erwartet hatte. *Niemand hat ihnen bisher die Stirn geboten,* dachte Mortarion. *Oder falls doch, dann waren sie nicht wirklich bedroht worden.* Der Galaspar-Sternhaufen war seit Jahrtausenden isoliert gewesen. Das Reich hatte keine Bedrohung von irgendwelchen Außenseitern erfahren. Das war offenkundig. Die feindlichen Schiffe passten sich zunächst nur langsam der Situation an. Sie verschwendeten ihr Feuer viel länger auf die Asteroiden, als er zu hoffen gewagt hatte. Als die Flotte tiefer in das System vorstieß, änderte die Ordnung allerdings endlich ihre Taktik. Immer mehr Panzerfestungen nahmen am Kampf teil. Zunächst hielten sie sich zurück, dann näherten sie sich gemeinsam. Sie waren inzwischen genug Schiffe, um den Versuch zu unternehmen, die Death Guard zu flankieren und gleichzeitig frontal anzugreifen, um der Legion ihren Schwung zu rauben.

Es gab so viel Beschuss durch Kanonen und Torpedos, es war, als würde die Flotte durch das Herz eines Sterns stoßen.

»Ignoriert die Flankenangriffe«, befahl Mortarion. »Gegenbeschuss minimal halten. Wir feuern mit aller Macht nach vorn, um uns einen Weg freizukämpfen.«

Die Festung, die die Front angegriffen hatte, verschwand. Die Feuerhölle, die die Death Guard entfesselte, übertraf in ihrer Macht den Angriff der Ordnung. Die Flotte raste mit Höchstgeschwindigkeit weiter. Sie ließ die langsameren Schiffe der Ordnung hinter sich zurück. Und noch mehr von ihren eigenen.

Mortarion bemerkte jeden Verlust. Sie waren alle akzeptabel. Sie waren alle notwendig. Der *Vierte Reiter* war das Schlüsselschiff. Er befand sich an der Spitze und im Zentrum des Keils. Auch wenn die Panzerfestungen und die Geschützplattformen die Ränder der Death-Guard-Formation abschmirgelten, hielten sie den Blitzangriff nicht auf. Sie konnten das Zentrum nicht erreichen.

Je näher die Flotte Galaspar kam, desto stärker und verzweifelter wurden die Angriffe der Ordnung. Sie drangen tiefer in die Formation vor. Durch das Sichtfenster sah Mortarion, wie sich die Festungen geballt gegen den Kreuzer *Melancholie* stellten. Torpedos durchdrangen den Rumpf und sprengten die Munitionslager. Die Explosion schleuderte ihn davon, mitten in das Schlachtschiff *Ruf des Schicksals*. Ihre Bugspitzen verkeilten sich, dann drehten sie nach Steuerbord ab und gefährdeten weitere Schiffe.

»Wenn sie nicht anhalten …«, sagte Barrazin. Er ließ die Gefahr unausgesprochen. Die Flotte flog in enger Formation und der Wendekreis der Großkampfschiffe war beträchtlich. An Ausweichmanöver war nicht zu denken, sollte sich eine Katastrophe entwickeln.

»Sie werden wenden«, sagte Mortarion. Die Besatzungen dieser Schiffe würden einen Weg finden. *Das mussten sie*. Sie wussten, was auf dem Spiel stand. Sie würden alles opfern, um den Schwung der Flotte zu erhalten.

Die *Ruf des Schicksals* schaffte es, gegen den Druck der *Melancholie* zu steuern. Das verkeilte die beiden Schiffe jedoch noch weiter ineinander. Sie waren ein gemeinsames, gewaltiges Wrack. Ihr Kurs änderte sich gerade so weit, dass sie mit einem der Asteroiden zusammenstießen. In ihren letzten Augenblicken feuerten die beiden Schiffe alles, was sie hatten, Richtung Backbord ab. Das Sperrfeuer und der Kataklysmus, der durch den Einschlag in den Asteroiden ausgelöst wurde, zerstörten mehrere Festungen der Ordnung.

»Captain Tersus«, sagte Mortarion, »ich weiß, dass Ihr Euch dessen bewusst seid, was wir mit diesem Vorstoß verlieren. Aber seid Ihr Euch ebenso bewusst, was wir gewinnen?«

»Das bin ich, mein Lord.«

»Wir haben die Verteidigungsanlagen der Ordnung durchdrungen«, sagte Barrazin.

»Die äußeren«, sagte Tersus.

Mortarion sagte nichts. Er blickte geradeaus und machte sich bereit für die Angriffe der Orbitalplattformen und planetaren Geschütze. Der Flug durch das System war nur das Vorspiel gewesen. Sollte er den *Vierten Reiter* oder die Fähigkeiten der Ordnung falsch eingeschätzt haben, würde er alles verlieren.

SECHS

Stevang konnte nicht länger sitzen. Trotz seiner ansteigenden Panik und seiner Wut wusste er, dass er ruhig bleiben und das reglose Zentrum der Autorität sein musste, während alle anderen Schwäche zeigten. Das war genau das, was er tun sollte. Er hatte die höchste Position in der Ordnung inne und er gab einer gefährlichen Schwäche nach, indem er es nicht schaffte, ruhig zu bleiben.

Es war ihm egal. Den anderen Hohen Auditoren ebenfalls. Die Ereignisse, die Galaspar bald erreichen würden, waren zu schrecklich, um Platz für politisches Kalkül zu lassen.

Stevang lief immer wieder um den Hololithtisch der Kommandozentrale. Er blickte zu den Ebenen der Techniker hinauf und ließ seinen Blick im Vorbeigehen von einem Bildschirm zum anderen gleiten, als könne er irgendwie mehr von dem begreifen, was geschah, es früher erkennen und dann schneller reagieren. Die anderen Hohen Auditoren liefen unruhig umher, genauso hilflos wie er, und bemühten sich, ihm aus dem Weg zu gehen, sobald er an ihnen vorbeistürmte. Die Techniker meldeten lautstark sämtliche Veränderungen in einem redundanten Chor und die Runen auf dem Hololithtisch bewegten sich immer näher an Galaspar heran.

»Die Panzerfestungen fallen zurück«, sagte Uvalliat mit zitternder Stimme. »Sie können die Geschwindigkeit des Feindes nicht halten.«

»Dann wird Galaspar selbst diese Schiffe aufhalten. Wir haben die Verteidigung dafür.« Er wandte sich an den nächsten Techniker. »Feuert die Geschütze ab.« Die Bodenverteidigung unterstand seiner direkten Zuständigkeit. »Schaltet die Flotte aus, bevor sie die Umlaufbahn erreicht. Feuer! Feuer, sofort!«

»Lord-Auditor«, protestierte der Techniker. »Wir haben die Schiffe noch nicht erfasst. Die Asteroiden vor ihnen blockieren uns.«

»Dann zerstört sie!«

»Wenn wir noch etwas abwarten, sind wir in der Lage, sie zu flankieren«, sagte Uvalliat.

»Und wie nah sind sie dann bereits? Dann wird es zu spät sein. Wir haben die Waffen.« Er zeigte auf den ersten Techniker in seiner Sichtlinie. »Sind die Asteroiden in Reichweite?«, fragte er harsch. Es war ihm egal, ob der Mann darauf eine Antwort wusste oder nicht.

»Jeden Moment, Lord-Auditor«, sagte eine Technikerin links neben Stevang.

»Dann vernichtet sie!«, rief Stevang. »Feuert die Geschütze ab! Das ist mein Befehl!«

»Eröffne das Feuer«, sagte die Technikerin.

Stevang hielt in seinem Umherschreiten inne. Er kam wieder zu Atem. Er hatte seinen Befehl gegeben und daraus folgte eine Handlung. Das machte es einfacher, nachzudenken. Und die Geschütze von Galaspar würden die feindliche Flotte aufhalten. Es war egal, was für Schiffe sich näherten. Sie konnten das Bombardement Tausender und Abertausender orbitaler und Bodengeschütze nicht überstehen.

»Öffnet die Kuppel«, sagte Stevang. Es war an der Zeit, Zeuge der Macht der Ordnung zu werden.

Die Decke der Hauptkommandozentrale fuhr rumpelnd zurück und gab den Blick auf eine Kuppel aus verstärktem Panzerglas frei. Mit einem schweren, mechanischen Knirschen erhob sich nun die Mitte des Bodens, bis sie über den Stationen aufragte und die Hohen Auditoren von dieser Kuppel freie Sicht auf die Landschaft hatten, die die Hauptmakropole umgab.

Auch wenn der Turm der höchste Punkt der Makropole war, war er auch der Punkt, der am gewissenhaftesten geschützt war, die stärkste Festung. Er ragte mitten aus dem Zentrum der Makropole auf und war dadurch effektiv gesehen von kilometerdicken Mauern umgeben. Trotz der Höhe wirkte er wie eine einfache, gedrungene Erhöhung, so massig war der befestigte Ferrobetonturm, auf dem die Spitze thronte.

Die Öffnung der Kuppel beruhigte die anderen Hohen Auditoren zum Teil. Es war für jeden Bürger von Galaspar ein seltenes Ereignis, nach draußen zu schauen, solange sie nicht gezwungen wurden, nach draußen zu *gehen*. Von diesem Punkt aus, der nicht besonders weit unter der immerwährenden Wolkendecke lag, konnten sie kilometerweit in alle Richtungen sehen. Müllberge erstreckten sich in konzentrischen Ringen um die Makropole. Am Horizont ragten die entfernten Silhouetten anderer Makropolen scharf empor. Und von einer Makropole zur anderen verliefen Reihen aus Geschützen.

Die Kuppel hatte sich gerade geöffnet, da entlud sich der Planet. Das Donnern der Artillerie ließ die Wände und den Boden der Hauptkommandozentrale erzittern. Die gesamte Makropole brummte im Takt der Salven. Geschützmündungen spien Feuer und ein Schwarm dreißig Meter langer Raketen flog dem bedeckten Himmel entgegen. Die Geschütze bockten in ihren Halterungen und gewaltige Kolben glitten schlagartig zurück, bevor die Autolademaschinerie den nächsten Schuss vorbereitete.

Die Geschosse rasten durch die Wolkendecke. Der gräulich-braune Himmel reflektierte das Licht Tausender Triebwerksflammen und glühte bösartig rot.

Es schien Stevang, dass das Licht kaum verglommen war, als die Techniker bereits Berichte zu den Explosionen verkündeten. Der Hololithtisch strahlte einmal mehr auf: Die Symbole der Einschläge überlappten sich in so einem Maße, dass sie zu einem einheitlichen Leuchten wurden, das die Macht der Explosionen in der Leere nachahmte.

Stevang stellte sich vor, wie die Raketen gegen die Asteroiden prasselten. »So heißen wir Feinde auf Galaspar willkommen«, sagte er. »Und so stirbt der Eindringling.« Zuerst die Asteroiden, dann die Flotte. Die Geschütze würden erst ruhen, wenn nichts mehr übrig war.

»Sie haben ebenfalls Kanonen«, sagte Uvalliat leise.

»Wir haben mehr.«

Die Kriegsführung war Uvalliats Händen entglitten. Die Panzerfestungen hatten versagt und das bedeutete, dass auch sie versagt hatte. Er würde sie aus seinem Haushalt entfernen müssen, sobald diese Krise vorüber war.

»Sollten wir nicht …?«, begann Uvalliat.

Kataklystische Explosionen übertönten sie. Sie bauten aufeinander auf, ein ansteigendes Brüllen der Vernichtung. Die Kuppel war schalldicht, doch das Donnern war so gewaltig, dass Stevang aufschrie und sich die Ohren zuhielt.

Das vorherige Glühen im Himmel war nichts gewesen. Jetzt brannte der Himmel wahrhaftig. In den Wolken brodelten weiße Hitzeblitze und Feuerstürme rasten über den Horizont. Stevang wandte sich geblendet von den Blitzen ab.

»Zielmechanismen ausgefallen!«, rief ein Techniker.

»Was ist passiert?«, fragte Stevang.

»Die Asteroiden sind explodiert.«

»Haben wir sie in Stücke gerissen?«

»Nein, Lord-Auditor. Sie sind explodiert. Wir können durch die Trümmer nichts sehen.«

»Einschläge stehen kurz bevor«, warnte eine andere Bedienerin.

»Weiterfeuern«, befahl Stevang.

»Die Waffen haben keine Ziele.«

»Weiterfeuern, habe ich gesagt!«

Die Geschütze brüllten, und dann wurden ihre schrecklichen Stimmen zu einem Flüstern unter dem Zorn, der auf sie niederging. Das Feuer griff nach dem Land. Meteore und Trümmer von Feuerschiffen fielen herab. Ein Regen aus Metall und brennendem Stein prügelte auf die Landschaft ein. Die Makropole erzitterte erneut und dann immer wieder bei jedem Aufprall. Staubwolken erhoben sich aus jedem neuen Krater und das Land jenseits der Kuppel verschwand in einem von Flammen durchzogenen Limbus. Stevang hielt den Atem an und wartete auf den Meteor, der den Turm treffen würde. Er versuchte, den Befehl zu geben, die Kuppel wieder einzufahren, aber der Gedanke daran, in völliger Finsternis abzuwarten, ohne den Staub und das Feuer sehen zu können, war noch schrecklicher.

Und dann waren da neue Flammenschlieren und neue Explosionen, und der Hololithtisch zeigte ihm, was sie waren, bevor ein Techniker verkündete: »Die Flotte bombardiert uns.«

Stevang konnte jetzt nichts mehr von der Landschaft sehen. Staub und Rauch und Feuer hatten die Welt komplett verschlungen. Die Welt war verschwunden. Die Welt war am Ende. Das Dröhnen der Explosionen hielt an, doch unter dem ununterbrochenen Donnern konnte Stevang verschiedene Takte hämmern hören. Mit offenem Mund und geweiteten Augen taumelte er rückwärts gegen den Tisch. Die anderen Hohen Auditoren riefen etwas, aber er hörte nur das alles übertönende Dröhnen. Er rief ebenfalls etwas, doch niemand konnte ihn hören. Er rief seinen letzten Befehl immer und immer wieder, denn das war das Einzige, was ihm noch geblieben war, während die Welt brannte und die Makropole bebte.

»Weiterfeuern! Weiterfeuern! Weiterfeuern!«

Er schrie die Worte jetzt, und er musste damit weitermachen, denn sollte er aufhören, Worte zu bilden, dann würde sein Schrei sämtliche Form verlieren und zu einem geistlosen Heulen voller Schrecken und Wut werden. Die Zielsucher waren ausgefallen. Die Geschütze feuerten blind. Aber er musste einfach glauben, dass noch genug Geschütze funktionstüchtig waren, und dass auch die ungerichteten Schüsse in so gewaltigen Salven abgefeuert wurden, dass sie irgendetwas trafen. Er wollte nicht glauben, dass Galaspar hilflos war, auch wenn es nur allzu einfach war, daran zu glauben, dass Galaspar gerade zugrunde ging.

Und dann war da eine Form in dem Chaos und dem Feuer, zu groß, um sich verbergen zu lassen. Sie stürzte aus dem brennenden Himmel herab. Es war ein Schiff, mehrere Kilometer lang, ein Berg des Krieges, der es direkt auf die Makropole abgesehen hatte.

Über der Brücke des *Vierten Reiters* sahen Mortarion und seine Captains zu, wie die letzten Verteidigungselemente der Flotte unter dem Dauerfeuer von Galaspars Geschützen verschwanden. Von seiner Position in der Strategiumskanzel aus spürte Mortarion, dass der Krieg sich genau so entwickelte, wie er es vorhergesehen hatte. Die Klinge der Sense war kurz davor, in das Herz der Ordnung einzudringen.

Als die Asteroiden zerbrachen, lösten sie die auf ihnen platzierten Sprengladungen aus. Die Meteorschauer fielen auf den Planeten und mit ihnen rasten die letzten Feuerschiffe einem explosiven Tod auf der Oberfläche entgegen.

Der Schutzschild der Flotte war fort, aber er hatte seinen Zweck erfüllt. Er hatte die Death Guard beinahe in die Umlaufbahn gebracht. Und nun vollführte er den ersten Schlag, um dem *Vierten Reiter* einen Weg zu bereiten, einen Schlag, auf den unmittelbar eine gewaltige Salve der Flotte folgte.

»Galaspar ist wahrhaft gut geschützt«, sagte Barrazin.

Die orbitalen Geschützplattformen hämmerten auf die Flotte ein und die planetaren Geschütze sandten ununterbrochen Salven herauf. Ohne die Asteroiden war die Flotte verwundbar. Das Hauptoculus war von Granatenspuren zerkratzt, die die Sicht behinderten.

Galaspar wird nicht mehr lange geschützt sein. »Die Verteidigungsmaßnahmen entsprechen dem, was wir erwartet haben«, sagte Mortarion. »Daher reichen sie nicht aus. Unser Weg wird sich jeden Augenblick auftun.«

Während er sprach, stotterte das Feuer der planetaren Geschütze. Die Intensität der Salven wurde geringer. Dem Beschuss von der Oberfläche fehlte es an der Konzentration, mit der er die Asteroiden zerstört hatte.

»Sie können uns nicht sehen«, sagte Mortarion. »Bringt uns runter.«

»Maschinen volle Kraft«, sagte Schiffsmeisterin Ralla Evernus. Der *Vierte Reiter* rauschte weiter voran und steuerte auf den brennenden Hexenkessel zu, der Galaspars Atmosphäre war.

»Vox an die Flotte«, sagte Mortarion.

»Flottenkanäle offen«, erwiderte der Voxoffizier und eine bronzene Voxeinheit mit geweitetem Gitter, das an den Nackenschild einer Schlange erinnerte, erhob sich an einem Mechadendriten aus der Kanzel.

»An alle Schiffe«, sagte Mortarion. »Beginnt mit dem Rückzug.« Barrazin hatte nicht unrecht. Der Schlag der Asteroiden gemeinsam mit dem Bombardement hatte Galaspars Verteidigungen geschwächt, aber nur kurzzeitig. Die feindlichen Geschütze würden schon bald wieder ihre Ziele finden. Kein Schiff konnte dieser Feuerkraft lange widerstehen. »Verschwindet aus der Reichweite der planetaren Geschütze«, fuhr er fort. »Die feindlichen Schiffe werden bald zu Euch aufschließen. Erledigt sie und wartet auf mein Signal, bevor Ihr zurückkehrt.« Solange die Geschütze nicht ausgeschaltet waren, konnten sich seine Großkampfschiffe nicht nähern. Und solange sie sich nicht nähern konnten, würde es keinen Sieg geben.

Ich werde sie verstummen lassen.

Der *Vierte Reiter* sank durch die Wolken hinab, umgeben von Flammen. *Ich bin hier, Galaspar. Die Klinge der Sense schwingt in Richtung deines Herzens.* Die Feuerstürme rüttelten das Schiff durch, doch es behielt unbeirrt seinen vorherbestimmten Kurs bei. Das Ziel der Angriffsbarke war unsichtbar, verborgen hinter mehreren Schichten brennender, giftiger und verschmutzter Luft. Doch obwohl es verborgen lag, war sein Schicksal dennoch besiegelt. Mortarion hatte die Infiltrationsberichte des Planeten sorgfältig studiert. Er kannte Galaspars Geografie gut genug, um die größte Makropole ausfindig zu machen. Die Langstrecken-Augurphalanx des *Vierten Reiters* hatte ihren Standort kurz nach dem Eintreffen der Flotte im System bestätigt, indem sie die größte Konzentration von Wärmestrahlung angepeilt hatte.

Die Flotte war mit hoher Geschwindigkeit vorgerückt. Sie hatten die Geschwindigkeit zudem relativ zu Galaspars Rotation berechnet, sodass der *Vierte Reiter* seinen Abstieg zur Makropole auf der ihm zugewandten Seite des Planeten beginnen konnte. Die Invasion war ein Schwung mit der Sense, aber sie war ebenso ein geschleuderter Speer, und er würde ins Schwarze treffen.

Der *Vierte Reiter* brach durch die Wolken in einen Mahlstrom aus Staub. Die Silhouette der Makropole, klobig und bereits sehr nahe, war in dem Strudel aus gräulichem Weiß kaum zu erkennen. Der *Vierte Reiter* näherte sich dem oberen Bereich der Makropole. Der Augenblick der Kollision kam rasend schnell näher. Die Zeit wurde kostbar und schwand immer mehr. Dennoch wartete Mortarion bis zum letzten Augenblick, bevor er sagte: »Schub umkehren und auf Aufprall vorbereiten.«

Die Bremsdüsen erwachten brüllend zum Leben und

stießen so gewaltige Flammen aus, dass sie mit ihrer Hitze die Mauern der Makropole vor dem Schiff verbrannten. Die Angriffsbarke wurde von einem Feuersturm verlangsamt. Der Ruck der Bremsdüsen hätte andere Schiffe entzweigerissen. Der Wechsel des Schubvektors war für die sterbliche Besatzung so gut wie tödlich, und jene, die Mortarions Befehl zu langsam befolgt hatten, flogen nun gegen Schotts und zertrümmerten sich das Rückgrat. Auf der Brücke standen Barrazin und Tersus aufrecht, während sie sich mit einer Hand an der Reling festhielten, die das Strategium umgab. Mortarion stand, ohne sich abzustützen, so ruhig da wie der Tod.

Auf den Wällen der Makropole eröffneten Geschütztürme das Feuer. Es war ein jämmerlicher Versuch, Widerstand zu leisten. Dem *Vierten Reiter* machte er nichts aus.

Langsamer, aber noch immer schrecklich schnell, raste das Schiff auf den Turm zu. Mortarion sah zu, wie die Mauern das Sichtfenster immer mehr ausfüllten.

Der Schlag, der am Rande des Systems begonnen hatte, traf sein Ziel. Der *Vierte Reiter* krachte in die Seite der Makropole.

Jetzt kam die Finsternis. Jetzt kam das Feuer.

Das feindliche Schiff traf im oberen Viertel der Makropole auf. Die Außenmauern waren mehrere Kilometer vom Zentrum entfernt, aber der Hauptkontrollturm schwankte. Die Bewegung warf Stevang von den Füßen. Er prallte gegen den Hololithtisch, fiel auf ihn und rutschte über ihn hinweg. Techniker purzelten von ihren Sitzen. Hohe Auditoren stürzten über Stühle und von der Plattform hinab auf die darunter liegenden Stationen. Die Kuppel bekam Risse.

Stevang lag rücklings auf dem Tisch und starrte auf den aufwallenden Rauch und das Feuer, betäubt von einem so gewaltigen Krachen, dass es Galaspar selbst gewesen sein musste, das vor Schmerz aufheulte, und wartete auf den Sturz und das Ende.

Der Turm schwankte erneut, wenn auch nicht mehr so heftig, und er schaffte es, sich aufzusetzen. Als er durch den unteren Teil der Kuppel auf die nebligen, halb verborgenen Umrisse der Makropole hinunterblickte, sah er, dass alles wackelte, und nicht alle Türme von Protarkos hielten dem Beben stand. Einige lösten sich von der Makropole, wirkten plötzlich zerbrechlich mit ihren eleganten Linien, und zerbarsten, als sie in die Dunkelheit der Staubwolken hinabstürzten. Manche stürzten nur teilweise ein und schienen sich einzufalten; ihre Spitzen zeigten plötzlich nach unten, und dann waren auch sie verschwunden. In der Hauptkommandozentrale fluktuierte der Strom, und dort, wo die Makropole aufgerissen worden war, flackerten riesige Lichtbögen in der Dunkelheit auf und verschwanden dann.

Der Strom fiel aus und mehrere Minuten lang geschah nichts. Stevang wartete in der Dunkelheit und bewegte sich nicht. Es gab nichts, was er hätte tun können. Dann kehrte das Licht zurück und der Turm hörte auf zu zittern.

Er taumelte vom Tisch hinab und schaffte es, als Erster der Auditoren wieder aufrecht zu stehen. Unter ihm befanden sich die Techniker wieder an ihren Stationen und blickten herauf. Sie warteten, dass jemand einen Befehl erteilte, irgendeinen Befehl.

»Schickt allen Makropolen eine Nachricht«, sagte Stevang. »Wir werden erobert. Der Feind ist hier. An alle Streitkräfte der Makropole: Sammeln und die Eindringlinge vernichten. An alle Makropolen, auf Anordnung des Lord-Auditors: vollkommene Mobilmachung.«

Nur ein Schiff. Das ist nur ein Schiff. Es war schwer, sich das vorzustellen. Das Schiff war so riesig. *Es ist egal, wie groß dessen Truppabteile sind. Wir sind den Invasoren zahlenmäßig tausendfach überlegen.*

Er hatte noch immer das Kommando inne. Er hatte noch immer die Kontrolle.

Wo der *Vierte Reiter* eingeschlagen war, wüteten Brände. Ganze Stockwerke waren eingestürzt. Die Makropole war nicht mehr wiederzuerkennen. Es gab keine Hallen, keine Korridore, keine Manufactorien. Es gab nur noch Ruinen, ein Gewirr aus zerrissenen Metallgerüsten und zerklüfteten Felsbetonhügeln.

Zehntausende Tote lagen hier, die Leichen, die durch die Hitze und Wucht des Aufpralls verdampft worden waren, nicht miteingerechnet. Sie lagen auf den Steinen und waren unter ihnen zerquetscht worden. Die verständnislosen Schreie der Verwundeten wurden lauter, als der Donner des Aufpralls und das nachträgliche Krachen der einsackenden Makropole allmählich verklangen.

Die Zerstörung war vollkommen. Die Arbeitseinheiten liefen ziellos über die Trümmer, fassungslos und plötzlich ohne Aufgabe. Sie hatten keine Anweisungen, und es gab keine Aufseher, die sie auspeitschen und ihnen zeigen konnten, wohin sie gehen sollten.

Entsetzen durchdrang den Nebel der betäubenden Drogen. Für einige der Unglücklichen bedeutete dies es eine Art Erwachen.

Keine der Arbeitseinheiten hatte einen richtigen Namen. Was sie hatten, waren numerische Bezeichnungen. Aber wo es ein Bewusstsein gab, gab es auch eine Identität, und Identitäten verlangten nach einem Namen.

In ihren klaren Momenten sah die Frau sich selbst als Wühl. Sie war Wühl, weil sie, wenn sie nicht im Müllverwertungsmanufactorum arbeitete, die Abfallhaufen durchwühlte. Sie bestanden aus dem Material, das gänzlich aussortiert wurde und nur langsam aus den Auswurfrohren des Manufactorums fiel. Sie wühlte, um zusätzliche Nahrung in dem Dreck zu finden, diese kleinen schmierigen Fettbrocken, die zu klein waren, um von den Maschinen verarbeitet zu werden, diese Schleim- und Dreckstücke, die sie sich in den Mund stecken und runterschlucken konnte.

Jetzt gerade wühlte sie nicht. Jetzt gerade hatte sie Angst. Außerdem staunte sie. Sie kauerte mit Kratz hinter einem Felsbetonbrocken. Er war eine andere Einheit aus ihrer Kohorte. Sie sahen sich mit großen, weißen Augen an, die Gesichter mit Schmutz verklebt.

»Was machen wir jetzt?«, fragte Kratz. Er sah aus, als wäre er unsicher, ob er die Erlaubnis hatte, überhaupt zu atmen. Niemand zwang sie, irgendetwas zu tun und um sie herum waren alle tot. Es gab niemanden, der ihnen helfen konnte.

Wühl spähte über ihre Deckung. Sie blickte durch die riesige Höhle, die sich innerhalb der Makropole aufgetan hatte, zu dem Leviathan hinüber, der in Protarkos gekracht war. Es war, als hätte jemand die Welt mit einem Hammer geschlagen.

»Ich will das aus der Nähe sehen«, sagte sie. Zu dem für sie neuen Staunen kam eine weitere neue Erfahrung – Neugier. Das Schiff war das neue Zentrum ihrer Realität. Es rief sie.

Kratz rief es ebenfalls. Er nickte, dann traten die beiden hinter ihrem Trümmerbrocken hervor. Sie kletterten über die Ruinen und die Toten. Sie umgingen neu geformte, mehrere Stockwerke tiefe Schächte, in denen Feuer rumorte wie in einem Vulkan. Der Höhlenboden war eine zerquetschte Masse aus Wänden und Decken. Sie bewegten sich dort entlang, wo es zuvor keinen freien Raum gegeben hatte, und der Bug des Schiffes wurde in ihren Augen immer riesiger.

»Wie kann das sein?«, fragte Kratz. Er klang so entsetzt und freudig erregt wie Wühl sich fühlte. »Wie konnte die Ordnung das zulassen?«

»Das hat sie nicht«, sagte Wühl. Sie kicherte über die unerlaubte Ketzerei, die sie gerade geäußert hatte. »Das hat sie nicht«, sagte sie noch einmal, nur um sich selbst diese Worte sagen zu hören.

Sie befanden sich wenige Hundert Meter vom Bug des Schiffes entfernt und noch einmal einhundert Meter darunter. Der Rumpf strahlte Hitze aus und kochte den Dreck auf Wühls Haut. Sie blickte zu dem Ungeheuer hinauf, unfähig zu verstehen, was es war, oder was es bedeutete, nur, dass es alles änderte, weil es ein unvorstellbares Ding war, was hier geschehen war.

Kratz erstarrte und umfasste ihren Arm

»Was?« Sie versuchte, sich fortzureißen und dem Ungeheuer noch näher zu kommen.

»Hör doch!«, zischte Kratz.

Jetzt hörte sie donnernde Schritte. Das bekannte Geräusch ließ ihr das Blut in den Adern gefrieren. Die freudige Erregung verklang. Die Ordnung kam. Sie spürte bereits, wie sich der Würgegriff einmal mehr um sie legte. Sie bemühte sich, weiterzuatmen. Und die marschierenden Stiefel wurden immer lauter. Sie kamen von überall, Echos drangen aus den zerklüfteten Öffnungen der Höhle.

Wenige Meter entfernt sah sie eine Mulde in einer Lücke im Schutt. Sie rannte hin und kauerte sich hinein, Kratz folgte ihr eine halbe Sekunde später. Sie machten sich so klein wie möglich. Sie hatten keine Zeit, aus der Höhle zu fliehen, und Wühl konnte sich auch nicht vorstellen, wohin sie laufen sollte. Die einzigen Orte, die sie in diesem Teil der Makropole gekannt hatte, waren nicht mehr da.

Sie und Kratz zitterten und warteten. Die marschierenden Schritte wurden lauter und dann tauchten die Soldaten auf. Sie betraten die Höhle als Flut, in mehreren Wellen führten fanatische Offiziere Sklavensoldaten an, die mit Drogen in einen Zustand furchtloser, aber gehorsamer Aggression versetzt worden waren.

Kratz begann, vor Angst zu winseln. Wühl zitterte so stark, dass sie kaum atmen konnte. Dies war die Ordnung in der schrecklichsten Form, die ihnen bekannt war. Sie hatten die Bestrafung gesehen, die die Soldaten jenen angedeihen ließen, die den Forderungen der Auditoren auf irgendeine Weise nicht nachkamen. Sie hatten die Truppen noch nie in so großer Zahl gesehen. Ihre klobigen Rüstungen waren rot und blau gefärbt, in den symmetrischen Farben der Ordnung, und so stürmten sie zu Tausenden in die Höhle, wie unendliche Ameisenkolonnen, die den Eindringling in ihrem Nest zu vernichten suchten.

Einige Minuten lang hatte sich in der Unordnung der neuen Höhle, in der alles Bekannte zerstört worden war, ein Traum in Wühl geregt. Als die Soldaten kamen, verflüchtigte sich der Traum. Die ihr bekannte Realität kehrte zurück. Die Unmöglichkeit würde zerstört und die Tyrannei der Ordnung wiederhergestellt werden.

In der Bugspitze öffnete sich eine riesige Tür, wie ein Monster, das seinen Rachen öffnete, um alles zu verschlingen. Eine Rampe senkte sich herab. Wühl hörte andere, schwerere Stiefelschritte, die mit einer unheilvollen Präzision das träge Stampfen der Soldaten übertönten.

Aus den dunklen Tiefen des Schiffes kamen in geordneten Schlachtreihen Riesen in totengrauen Rüstungen. Wühl fiel die Kinnlade herunter; sie vergaß zu atmen, und sie vergaß, sich vor den Soldaten der Ordnung zu fürchten. Diese Wesen gehörten zu einer ganz anderen Existenzebene. Sie waren zu perfekt in ihrem unerbittlichen Marsch gegen ihren Feind, zu furchterregend mit ihren unmenschlichen Helmen. An ihrer Spitze stand der größte und schrecklichste Riese von allen. Er überragte alle anderen. Er trug eine Kapuze statt eines Helms, und obwohl ein Atemschutzgerät den unteren Teil seines Gesichts verbarg, brauchte Wühl nur seine Augen zu sehen, um zu wissen, dass der Tod vor ihr Gestalt angenommen hatte.

Kratz wimmerte voller Entsetzen bei dieser Erscheinung.

Der Tod war von einer Gruppe von Kriegern umgeben, die nicht so groß waren wie er selbst, aber furchterregender und bedrohlicher als die anderen ihrer Art. Sie bewegten sich unaufhaltsam, ihr Schweigen war eine Waffe für sich. Sie waren die Hände des Todes, dachte Wühl. Die Verlängerung seines Willens.

Tausende Riesen marschierten aus dem Schiff. Sie bildeten einen Keil, der sich in die Horde der Ordnung bohrte. Die Soldaten von Galaspar umzingelten die Eindringlinge, sie waren gekommen, um sie zu vernichten, doch sobald der Angriff begann, schienen sie sich einfach niedermetzeln zu lassen. Der Anführer der Riesen trug eine gewaltige Sense und seine Krieger führten Waffen, die ihr nachempfunden waren, nur ein wenig kleiner. Wühl keuchte und kauerte sich nieder, als die Sensen zuschlugen. Körper explodierten mit einer solchen Wucht, dass ein blutiger Nieselregen die Höhle erfüllte. Kratz winselte und rieb sich über die Blutschicht, die plötzlich seine Haut bedeckte. Wühl spürte, wie es ihr hinter den Ohren hinablief und sie sah erstarrt zu, wie die Sensen hin und zurück fuhren, hin und zurück, und wie Hunderte Soldaten der Ordnung mit jedem Herzschlag verschwanden und Teil der blutigen Ernte wurden. Der schreckliche Herr der Riesen schritt ohne Pause voran und tötete einfach nur. Um ihn herum fielen Soldaten zu Boden.

Die Krieger, die jetzt in Reihen das Schiff verließen, trugen Schusswaffen und eröffneten das Feuer. Das hämmernde Rattern ihrer Schüsse schien ein Echo des Donners zu sein, der die Ankunft der Giganten angekündigt hatte. Die Truppen der Ordnung erwiderten das Feuer, aber das Knallen ihrer Gewehre war im Vergleich dazu jämmerlich, wie ein hilflos schreiendes Kleinkind.

Wühl sah mit großen Augen zu, und das Unmögliche geschah wieder und wieder. Ihr Herz schlug vor Angst, aber auch wieder vor Aufregung. Die Ordnung griff in Wellen an, und die Riesen zerstörten jede Welle, als ob sie aus nichts weiter als Rauch bestünde. Wühls Zähne klapperten im Rhythmus der Waffen. Sie zitterte in ehrfürchtiger Ekstase.

Dies waren mehr als nur Riesen. Götter waren gekommen und brachten das Ende von Allem.

SIEBEN

Die Soldaten der Ordnung stürzten sich in einer weiteren Welle auf die Death Guard. Ihre Augen waren trübe, aber ihre Münder schäumten vor Wut. Sie schossen mit Maschinen- und Lasergewehren. Ihre Waffen zeigten ebenso wenig Wirkung gegen das Ceramit der Legionäre wie die vorherigen Wellen. Boltgeschosssalven ergossen sich aus der gesamten, elftausend Krieger starken Kolonne und eine weitere Welle ging nieder. Der Schutt des Höhlenbodens verschwand unter dem Teppich der Toten. Die Death Guard hatte beinahe die andere Seite erreicht, wo die verschlungenen Korridore zum Herzen der Makropole führten.

»Das sind keine Soldaten«, voxte Barrazin an Mortarion und Tersus. »Das sind Automaten aus Fleisch.«

Mortarion schüttelte *Stille*, um die Sense von überschüssigem Blut und Fleischbrocken zu befreien. Er warf einen Blick zurück. Barrazin und Tersus kommandierten jeweils ein Drittel der Legionäre und ihre Teile der Kolonne spalteten sich ab, um sich später weiter zu verteilen.

»Ich glaube nicht, dass die Offiziere, die sie befehligen, jemals gegen einen echten Gegner gekämpft haben«, sagte Tersus. »Das heißt aber nicht, dass sie sich nicht anpassen können.«

Er schätzte Barrazins Fertigkeit und Gnadenlosigkeit, und darüber hinaus die Tatsache, dass er, mehr als alle anderen terranischen Offiziere, zu begreifen schien, was Mortarion aus der Death Guard machen wollte. Tersus hing mehr der Vergangenheit der Legion nach, aber er war ein guter Kommandeur und besaß die Loyalität all seiner Untergebenen. Er hatte außerdem eine schnelle Auffassungsgabe, und diese Qualität brauchte Mortarion in dem Kampf um Protarkos.

Bisher hatte die Ordnung allerdings nur eine einzige Strategie angewendet, und die bestand in dem Versuch, sie allein durch zahlenmäßige Überlegenheit zu überwältigen.

»Wollen die uns unter Leichen ersticken?«, fragte Barrazin. »Wenn nicht, ist das hier nur eine Verschwendung unserer Zeit und ihrer Leiber. Sie sind keine Gefahr für uns.«

»Doch, das sind sie«, sagte Mortarion, ohne in den tödlichen Hieben mit *Stille* nachzulassen. Das Entsetzen, das er schuf, drang durch den Drogennebel der feindlichen Soldaten in seiner Nähe und sie versuchten zu fliehen, bevor sie starben. »Denkt dran, die Gefahr, die sie darstellen, ist genau, was Ihr sagt: verlorene Zeit«, fuhr Mortarion fort. »Wir dürfen der Ordnung nicht die Gelegenheit geben, ihre volle Macht auf heimischem Boden aufzufahren.« Er beschleunigte seine Schritte.

Direkt hinter und neben ihm marschierte seine Todesschleier-Eskorte in Cataphractii-Terminatorrüstung mit metronomischen Schritten und in teilnahmsloser, schrecklicher Stille. Ihre Energiesensen rissen die jämmerliche Rüstung der Ordnungstruppen in Fetzen. Die Klingen sprengten Torsos und verteilten Menschensplitter in alle Richtungen. Die Front der neuen Feindeswelle brach zusammen. Die Soldaten, die zum ersten Mal in ihrem Leben Furcht verspürten, zertrampelten einander schreiend, um zu entkommen.

Der Todesschleier ließ niemanden am Leben.

Über die Leichen der Toten kamen immer noch mehr Soldaten, verzweifelt und bereits verängstigt stürmten sie vor. Mortarion zog die *Laterne* aus ihrem Halfter. Er feuerte in rascher Folge, während das Trommelmagazin den Blaster mit Energiegeschossen versorgte. Es war, als hätte er ein Artilleriefeuer auf die vorderen Reihen losgelassen.

»Die Geschütze des Planeten feuern bereits wieder und halten unsere Flotte in Schach«, sagte er. »Unser Tag und unsere Nacht zum Erobern von Protarkos haben begonnen. Wenn dieser Zeitraum vorbei ist, werden sich Millionen auf uns stürzen.«

Seit die letzten Legionäre der Death Guard die Rampe des *Vierten Reiters* verlassen hatten, waren nur wenige Minuten vergangen. Zehntausende Feinde lagen bereits tot in der von der Angriffsbarke geschaffenen Höhle. *Ein guter Anfang, aber eben nur ein Anfang.* Es trat kurz Ruhe ein, als Mortarions Formation das hintere Ende der Höhle erreichte, wo unzählige Korridore tiefer in die Makropole führten. Die Angriffe der Ordnung hatten für den Moment aufgehört. Der Feind befand sich in diesen Gängen und machte sich bereit. Dort würde es weniger Platz geben. Der Kampf würde härter werden. Und die schiere Größe der labyrinthartigen Makropole würde den Verteidigern zum Vorteil gereichen. Es war an der Zeit für die Legion, sich zu verteilen.

»Geht«, voxte Mortarion an die Elftausend. »Lasst niemanden am Leben, der gegen euch die Waffen erhebt.«

Die Death Guard rückte in die Gänge vor und an jeder Abzweigung teilten sich die Formationen immer weiter auf. Bald agierten die meisten Legionäre in Trupps, in kompakten Schlachteinheiten, die die Makropole während des Vorrückens säuberten und nichts als Leichen zurückließen. Dabei bewegten sie sich stets nach oben und in Richtung Zentrum, stets in Richtung des Kontrollzentrums der Ordnung.

Kurz nachdem Tersus den ersten der Gänge betreten hatte, sprangen lautstark Voxlautsprecher an. »Tötet die Eindringlinge«, ermahnte eine Stimme. »Ganz Galaspar muss kämpfen. Tötet die Eindringlinge. Ganz Galaspar muss kämpfen.« Der Befehl wiederholte sich immer wieder, nur unterbrochen von einer Sirene, die jeweils zwischen zwei Wiederholungen aufkreischte.

Die Ordnung verlangte totale Mobilmachung.

Die Untertanen gehorchten.

Tersus bog um eine Ecke des Korridors und dort öffnete sich der Gang in einen Hunderte Meter breiten Raum, der in der Doppeltür eines gigantischen Manufactorums endete. Links und rechts befanden sich unzählige Ebenen mit offenen Schlafsälen. Leitern führten von den engen Schlafgemächern zum Boden. Auf der gegenüberliegenden Seite führten dreißig Meter breite Stufen zum Eingang des Manufactorums, welcher wie ein gigantisches Maul offenstand.

Tausende Soldaten füllten die gewaltige Halle. Zwischen ihnen befanden sich sogar noch mehr Zivilisten. Sie umklammerten behelfsmäßige Waffen, einfache Knüppel und Werkzeuge. Ihnen triefte Schaum vom Mund und in ihren weit geöffneten Augen schimmerte Drogenwahnsinn.

»Bürger von Galaspar, wir sind Eure Befreier.« Tersus nutzte die Voxlautsprecher seines Helms, um seine Stimme über das Geplärre der endlos wiederholten Befehle der Ordnung und das lauter werdende Brüllen des Mobs zu erheben. »Ihr habt von uns nichts zu befürchten. Wir sind nur wegen Eurer Herren hier.«

Die Zivilisten hörten ihm nicht zu. Von Drogen in den Wahnsinn und von ihren Vollstreckern zum Kampf getrieben, rannten sie gemeinsam mit den Soldaten los. Eine Welle primitiver Menschlichkeit krachte in den Trupp. Die Angreifer besaßen keinerlei Disziplin. Sie schossen und kratzen gleichermaßen, während sie ihren Wahnsinn herauskreischten.

Tersus und seine Brüder blieben standhaft und hielten die Welle aus. Sie suchten sich einen sicheren Stand und lehnten sich nach vorn, nutzten ihre Kraft und Masse gegen die Leiber. In Keilformation drängten sie in die Halle vor. Die Legionäre an den Flanken verbrannten die Angreifer mit Flammenwerfern. Sie schwenkten die Ströme aus entzündetem Promethium hin und her und schufen eine Wand aus Feuer. Kreischende Fackeln, die einmal Menschen gewesen waren, rannten zurück und verbreiteten den Tod. Die Welle verlor an Schwung und der Brand gab Tersus und den anderen genug Raum, um ihre Bolter einzusetzen. Sie schwenkten ihre Läufe in einem synchronisierten Angriffsmuster hin und her, und die tödliche Präzision, mit der die Geschosse trafen, sorgte für blutigen Regen und einen Sturm aus zerfetztem Fleisch.

»Sie müssen die Kriegsdrogen erhöht haben«, sagte Legionär Garro, während der Trupp Hunderte Soldaten und Zivilisten innerhalb weniger Sekunden tötete. »Die hier sind zu benebelt, um sich zu fürchten.«

»Und auch zu benebelt, um vernünftig zu kämpfen«, sagte Tersus. »Sogar die Soldaten.« Sie kämpften wie Tiere.

Während der Trupp sich tiefer in den Raum vorarbeitete, kamen immer mehr Zivilisten von oben herab, angetrieben von Vollstreckern mit Peitschen. Das Meer angreifender Menschen war unerschöpflich. Tersus verkündete erneut seine Warnung. Entweder hörte ihn das Volk nicht, oder es konnte nicht hören. Die Menschen waren im gewalttätigen Wahnsinn des Drogendunstes gefangen. Sie konnten nicht begreifen, dass sie eine Wahl hatten.

Tersus bemitleidete sie, aber die Angreifer waren der Feind, ganz egal, wer sie waren, oder aus welchem Grund sie kämpften, wenn es denn einen gab. Die Sinnlosigkeit ihres Angriffs änderte nichts. Sie erhoben ihre Waffen gegen die Death Guard, daher starben sie.

»Das entbehrt jeder Vernunft«, sagte Garro. Er klang bestürzt. Seine Rüstung war mit Blut überzogen.

»Das machen die Drogen, die Verzweiflung und die Konditionierung. Es wird aufhören, wenn es die Ordnung nicht mehr gibt.«

Der Trupp fächerte sich weiter auf. Nichts, was die Truppen der Ordnung einsetzten, konnte die Rüstung der Legionäre durchdringen, aber das Meer von kämpfenden Körpern war ein Hindernis, und alle Hindernisse, die der schnellen und vollständigen Einnahme von Protarkos im Wege standen, waren zum Scheitern verurteilt. Mortarions Befehle waren klar. Jeder Widerstand war zu brechen.

Ein Mann ging mit einem Schraubenschlüssel auf Tersus los. Tersus schoss auf ihn. Für den Bruchteil einer Sekunde war schockierter Schmerz im Gesicht des Mannes zu sehen, bevor sein Oberkörper explodierte. Knochensplitter rissen der Frau neben ihm die Kehle und die Augen aus.

Der Trupp rückte nur langsam vor, da der Strom der Leiber nicht abriss. Die Legionäre erreichten die Stufen des Manufactorums, während dessen Schlund weitere Tausende Arbeiter ausspuckte. Sie stürzten sich mit Schreien geistloser Verzweiflung auf die Death Guard. Tersus empfand Trauer, sowohl wegen der Verschwendung als auch wegen der Notlage der Arbeiter. Das war es, was die Ordnung ihren Bürgern antat. Das, so erinnerte er sich immer wieder, war es, was Mortarion beenden wollte. *Das Ende wird dieses Massaker wert sein. Es muss so sein.*

Tersus schob das Mitleid beiseite. Es würde den Krieg nicht beenden und die Ordnung nicht brechen. Er tat, was nötig war, und feuerte seinen Bolter erneut ab, wobei er fünf Gegner mit einer einzigen Salve tötete.

Blut floss in Strömen über den Boden. Der Trupp stieg die Stufen hinauf, watete dem neuen Ansturm entgegen und verwandelte die Ströme in einen Wasserfall. Die einfachen Leute und Soldaten kamen von allen Seiten auf sie zu und starben auf allen Seiten. Die Legionäre hinterließen eine Schneise aus zerstückelten Leichen. Die Luft war feucht vor Blut. Der Halt auf dem Boden war tückisch für die Sterblichen, schlüpfrig aufgrund diverser Organe und scharfkantig durch die vielen Knochen.

Das Innere des Manufactorums war ein großer, offener Bereich, in dem sich zwei riesige, kugelförmige Gastanks befanden. Arbeiter kletterten die Gerüste, die sie umgaben, mit ruckartigen, hektischen Bewegungen herab, wie panische Nagetiere. Dann beeilten sie sich, dem Kampf beizutreten.

Tersus zeigte auf die Tanks. »Brecht sie auf«, befahl er. Er und Garro eröffneten gleichzeitig das Feuer und zielten dabei über die Menge hinweg. Massereaktive Geschosse durchbohrten die Metallgehäuse der Kugeln. Ihre Explosionen lösten eine Gewaltigere aus.

Die Tanks verschwanden in einem flammenden Drachenatem. Die Death Guard wappnete sich und hielt der Stoßwelle und dem Inferno stand wie Felsen in einem Gewitter. Ein Sturm aus Flammen, so hoch wie die Halle, raste durch das Manufactorum, in den Raum dahinter und schlug gegen die Wände der offenen Schlafsäle. Der Drache brüllte immer weiter und zerschmetterte alles in seinem Weg. Die komplette Halle sackte zusammen. Die Schlafräume stürzten ein und zermalmten die Menschen, die sich noch in ihnen aufgehalten hatten. Tausende Tonnen Felsbeton stürzten in die Halle. Die Decke des Manufactorums teilte sich und fiel als Trümmerregen herab. Risse zogen sich über Wände, die sich gegeneinander neigten, aber nicht zusammenbrachen.

Das Gebrüll endete mit Rauch und Staub und Stille. Tersus blickte zurück durch den jetzt schrägen Eingang des Manufactorums. Der Raum dahinter war ein Trümmerberg. Nichts war von der rasenden Armee übrig, die den Trupp angegriffen hatte. Außerhalb des Manufactorums waren keine Anzeichen der pulverisierten Körper zu finden. Sie lagen unter den Trümmern. Im Inneren erfüllte der Geruch von verbranntem Fleisch die Luft. Tausende schwarze Leichen lagen in seltsamen Winkeln da.

Die Stimme der Ordnung war stumm.

Der Trupp setzte sich wieder in Bewegung. Gliedmaßen knirschten unter Tersus' Stiefeln, brüchig wie Zweige. Asche schwebte um ihn herum. Sie sammelte sich auf seinem Schulterpanzer.

Hinter den Kratern, in denen sich die Tanks befunden hatten, lagen kleinere, versiegelte Durchgänge. Tersus wählte den Mittleren. Eine Melterbombe zerstörte die Sprengschutztür und der Trupp ging hindurch in einen Bereich mit engeren Gängen und geschlossenen Schlafsälen. Als ob die Zerstörung der großen Halle auf einer anderen Welt stattgefunden hätte, ging die Voxübertragung der Ordnung hier weiter.

Weitere Soldaten stürmten die Halle herab, und sie starben schnell. Tersus erschoss den letzten von ihnen und blieb dann vor einer großen Tür stehen. Er schob sie zur Seite und wurde von Schreien und Flehen begrüßt. Er stand im Eingang eines weiteren Schlafsaals, der nur aus einem einzigen Raum bestand. Vor ihm standen Hunderte von dicht gedrängten Zivilisten. Sie zitterten, als er eintrat, und viele fielen auf die Knie, streckten ihre schmutzigen Hände aus und flehten um eine Gnade, die sie in ihrem Leben noch nie erhalten hatten.

»Tötet die Eindringlinge«, schrien die Voxlautsprecher in dem Saal.

»Ihr habt von uns nichts zu befürchten«, übermittelte Tersus' eigener Voxlautsprecher.

»Ganz Galaspar muss kämpfen.«

Die Leute blickten zwischen Tersus und der Kiste hin und her, aus der die Stimme ihrer Herren ertönte. Sie schwankten zwischen zwei verschiedenen Todesängsten. Sie klammerten sich aneinander. Tersus konnte sich nicht daran erinnern, jemals eine so unglückselige Bevölkerung gesehen zu haben. Die Leute trugen identische Tuniken, allesamt schmutzig und zerschlissen. Sie stanken nach Elend und Furcht. In ihrem Blick lag keinerlei Hoffnung.

»Kämpft nicht«, sagte Tersus. »Wenn Ihr nicht kämpft, werden wir Euch kein Leid zufügen.«

Als er ihre Reaktion sah, begriff er, dass man ihnen gerade zum ersten Mal ein Versprechen gegeben hatte, anstatt sie zu bedrohen. Nun knieten alle Bewohner des Saals. Sie riefen Dinge, die er nicht hören konnte, weil ihre Stimmen zu schwach waren und von den Voxlautsprechern übertönt wurden. Er verstand jedoch nur zu gut, dass ihn die Leute vor Dankbarkeit anschrien.

»Captain Tersus«, sagte eine Stimme in seinem Ohrstecker.

»Was gibt es, Arkus?« Der Legionär kundschaftete mit drei anderen Legionsbrüdern die Gegend aus.

»Wir haben einen Zugangsbereich gefunden. Direkt hinter der nächsten Kreuzung. Der Feind ist zu Tausenden hier.«

»Waffen bereitmachen«, sagte er. Dann wandte er sich einmal mehr an die Leute im Schlafsaal und erhöhte die Lautstärke seines Voxlautsprechers, sodass seine Stimme zu einem entsetzlichen Dröhnen wurde. Etwas viel Schlimmeres als Bolterfeuer würde bald in ihrer unmittelbaren Umgebung entfesselt werden. »Wenn Euch Euer Leben lieb ist, dann haltet diese Tür verschlossen. Ihr werdet Schreie hören. Öffnet diese Tür erst, wenn die Schreie aufgehört haben.«

Ihre Gesichtsausdrücke sagten ihm, dass niemand diesen Raum jemals wieder freiwillig öffnen würde.

Er trat zurück, zog die Tür mit einem lauten Scheppern zu und verschloss die Bewohner vor der kommenden Monstrosität.

Wenn Ihr die Knotenpunkte findet, hatte Mortarion gesagt, *und der Feind dort versammelt ist, dann setzt die Vernichtungswaffen ein.*

Die extremen Taten des Feldzuges nagten an Tersus. Aber Mortarions Befehlen war Folge zu leisten und der Zugangsbereich war einer dieser Knotenpunkte, wo diese extremen Taten zum Einsatz kommen sollten. Tersus voxte den Befehl.

»Setzt die Phosphexgranaten ein«, sagte er. *Jetzt bin auch ich der Schrecken des Todes.*

Es dauerte zu lange. Barrazin wartete auf die Gelegenheit, den Verteidigern einen massiven Schlag zu versetzen, doch sie kam nicht. Nach einem Tag voller Kämpfe fühlte sich ihr Vordringen in die Makropole beinahe nach harter Schufterei an. Beinahe, denn er empfand Befriedigung beim Vernichten der Soldaten der Ordnung. Mortarion hatte befohlen, dass sie alle sterben sollten, und Barrazin stellte sicher, dass genau das geschah.

»Tötet die Eindringlinge. Ganz Galaspar muss kämpfen.«

Die Angreifer kamen weiterhin in Wellen, angetrieben durch die Voxlautsprecher. Barrazins Trupp musste gegen eine ununterbrochene Angriffsserie anmarschieren. Es gab keine Verschnaufpause. Das und die Entschlossenheit der Kämpfer erweckten in ihm die Hoffnung, dass sein Trupp auf dem richtigen Weg war.

Sie wollen nicht, dass wir einen bestimmten Ort erreichen. Entweder das, oder sein Trupp bewegte sich gegen einen unendlichen Strom aus Soldaten. Sie kamen in Schüben und diese Schübe wurden immer wieder aufs Neue vernichtet. Kurzzeitig, nachdem die Ordnung begonnen hatte, ihre Befehle an die Allgemeinheit zu übertragen, hatten die Kämpfe darin bestanden, einfach einen Mob zu zerstören. Manche der Kämpfer, denen sie begegneten, trugen weder Rüstung noch Uniform und kämpften mit Knüppeln, Schraubenschlüsseln oder anderen improvisierten Waffen, die sie gerade zur Hand gehabt hatten. Nach ein paar Massakern waren diese Kämpfer seltener geworden.

Neben Barrazin marschierte Typhon und zeigte gerade auf den Körper eines jener Verteidiger. Der Mann hielt noch immer einen Vorschlaghammer umklammert. »Glaubt Ihr, das sind Zivilisten?«

»Wenn sie das sind, dann hätten sie nicht aufseiten ihrer Unterdrücker kämpfen sollen. Wir haben nicht die Zeit, zwischen verschiedenen Kämpfern zu unterscheiden. Wenn sie gegen uns die Hand erheben, sterben sie.«

Sie umrundeten eine Ecke und kamen in einen wesentlich breiteren Korridor. Zwei gedrungene Geschütztürme bewachten die schwere Tür hinter ihnen. Barrazin zog sich gerade noch rechtzeitig zurück, als Maschinengewehre das Feuer eröffneten. Die Geschosse schlugen in der Wand rechts neben ihm ein und rissen große Brocken aus dem Mauerwerk.

»Ein Stützpunkt«, sagte Barrazin. Die Tür faszinierte ihn. »Irgendeine Festung, schätze ich.« Eine Festung implizierte, dass hier etwas wert war, beschützt zu werden. Vielleicht einer der Zugangspunkte, die sie für Mortarion finden sollten. Er grinste.

»Also können sie mehr, als uns einfach nur Körper entgegenwerfen«, sagte Typhon.

»Das ist gut für sie«, sagte Barrazin. »Sorgt für etwas Abwechslung.« Er hob die Stimme. »Bruder Avanek, wir brauchen Euch.«

Der Dreadnought trat hinter dem Trupp hervor und näherte sich mit schweren Schritten, die Risse im Felsbetonboden verursachten. Wie die meisten Dreadnoughts der Death Guard war auch er ein Terraner. Es hatte wenige Möglichkeiten für die Rekruten von Barbarus gegeben, solch katastrophale Verletzungen zu erleiden, dass sie zu Kandidaten für eine solche Transformation werden konnten. Avanek hatte Mortarions Ankunft und die Änderungen, die er der XIV. Legion brachte, begeistert aufgenommen. Er empfand keine Nostalgie gegenüber den Dusk Raiders. Für Barrazin wirkte es, als wäre Avanek ein wahrer Sohn von Barbarus, der durch einen Wink des Schicksals auf Terra geboren worden war. Avanek, dachte Barrazin, stand für die Zukunft der Death Guard. *Er versteht die neue Bestimmung, der wir einheitlich folgen* müssen.

Avanek wankte um die Ecke. Er beantwortete den Feuersturm der Maschinengewehre mit einem Raketenwerfer und einem Schuss seiner Plasmakanone. Explosionen erschütterten den Korridor. »Ärgernis neutralisiert«, sagte Avanek mit einer metallischen Stimme, so kühl und rau wie ein Grabstein.

Barrazin trat erneut um die Ecke. Die Türme waren Schlackehaufen und die einen Meter dicke Metalltür war aufgerissen, als wäre sie aus Stoff. Ordnungssoldaten strömten heraus und feuerten wild um sich. Barrazin stürmte auf sie zu; sein Trupp war eine vereinte Faust und direkt hinter ihm. Ihr Bolterfeuer drängte die Verteidiger zurück. Barrazins Handflammenwerfer ergoss sein Feuer über die Feinde und verwandelte sie in zuckende, gequälte Puppen, während die Death Guard in die Festung eindrang.

Jetzt war die Festung zu einer Falle geworden. Sie war

nicht gebaut worden, um jemanden aufzuhalten, der bereits im Inneren war. Dass eine Rebellion, die an sich schon unvorstellbar war, es jemals hinter die Geschütztürme schaffte, war etwas, was sich die Ordnung nicht in ihren kühnsten Träumen hätte ausmalen können. Genauso wenig wie einen Feind mit überlegener Bewaffnung.

Die kompakte Festung gehörte der Death Guard von dem Augenblick an, als die Legionäre einen Fuß auf die Schwelle gesetzt hatten.

Das Gemetzel war schnell und gründlich. Die Gänge der Festung waren eng. In seiner Terminatorrüstung füllte Barrazin beinahe den ganzen Korridor aus und Avanek musste sich auf den Hauptgang beschränken, der zur Rückseite der Festung führte. Der Flammenwerfer schickte brüllenden Tod voraus, während Barrazin den Gang entlangschritt und die Verteidiger zurückdrängte, bis sie keine Fluchtmöglichkeit mehr hatten. Dann verbrannte er sie.

Der Rest seines Trupps reinige die anderen Räume von jeglichem Leben. Mit jedem Schwung einer Energiesense bedeckten mehr Blut, Knochenstücke und Spritzer von aufgelöstem Fleisch die Wände. Innerhalb weniger Minuten stank es in der Festung nach Tod, die Luft war feucht vor verdampftem Blut. Der Trupp sammelte sich im Hauptgang.

Gebiete einzunehmen war dasselbe wie sie zu halten. Es bestand keine Notwendigkeit, Legionäre zurückzulassen, um eroberte Bereiche zu bewachen. Der Trupp hatte keine Verteidiger mehr am Leben gelassen, die versuchen konnten, die Festung zurückzuerobern.

Auf der gegenüberliegenden Seite der Festung befand sich eine weitere schwere Tür.

»Schauen wir mal, was sie beschützen sollten«, sagte Barrazin. Er fuhr mit der Klinge seiner Energiesense mittig über die Tür und schnitt sich durch das Metall. Er griff die Tür noch einmal an und zerstörte sie, als würde er Stoff durchtrennen. Dahinter lag der größte Raum, den Barrazin seit dem Verlassen des *Vierten Reiters* gesehen hatte.

»Ah«, sagte Barrazin, während er den Zugangsraum und die versammelten Soldaten darin in Augenschein nahm. »Perfekt.«

Die Zugangsräume waren die Nervenzentren der Makropolverteidigung. Sie waren Sammelpunkte, an denen Zehntausende Soldaten für einen konzertierten Massenangriff zusammengezogen wurden. Jeder war auch der Knotenpunkt, an dem eine Reihe von Hauptkorridoren zusammenliefen. Die riesigen Räume boten den Verteidigern die Möglichkeit, schnell andere Bereiche der Makropole zu erreichen. Die Geschwindigkeit, mit der der Feind trotz der katastrophalen Schäden an der Makropole auf die Invasion reagierte, hatte Mortarion zu der Vermutung veranlasst, dass die Ordnung über ein derartiges Netzwerk verfügte. Mehrere Trupps hatte die Existenz solcher Räume bestätigt. Jener, den er und sein Todesschleier vor sich sahen, unterschied sich jedoch gewaltig von denen, die die anderen Einheiten der Death Guard gesehen hatten.

Er und seine zehn Todesschleier-Terminatoren hatten soeben ein weiteres stark verteidigtes Schott durchbrochen. Dahinter hatte sich die Stadt aufgetan. Mortarion blieb kurz vor dem Ausgang des Tunnels stehen. Der Zugangsraum war eigentlich gar kein Raum im eigentlichen Sinne. Es war ein riesiger Platz, der auf allen

Seiten von Festungsmauern umgeben war. Einhundert Panzer waren hier aufgereiht und hatten ihre Kanonen alle auf Mortarion gerichtet. Breite Straßen führten vom Platz weg, über die die schweren Panzer an ihre vorgegebenen Positionen gelangen konnten, aber die Panzer fuhren nicht weg, es kamen stattdessen immer mehr an. *Dies* war ihr Ziel.

»Wir werden erwartet«, sagte Mortarion zum Todesschleier.

Kurz darauf ertönte hinter ihm eine Reihe Explosionen und der Tunnel stürzte ein. Der Rückweg war blockiert.

»Niemand kann sich vor dem Tod zurückziehen«, sagte Mortarion. »Der Feind liegt falsch, wenn er glaubt, dass dies meine Absicht ist.« Dann sprang er aus dem Tunnel ins Offene. Gleichzeitig rückte die erste Reihe der Panzer rumpelnd vor. Ihre Geschütze waren Flammenkanonen und sie eröffneten alle gleichzeitig das Feuer und tauchten die Wand in brennendes Promethium.

»Vorwärts!«, rief Mortarion seinen Legionären zu. »Es gibt kein Entkommen. Es gibt nur Vergeltung!«

Flammen brandeten über ihm zusammen. Er rannte durch das Inferno, während die Wucht der Flammenstöße ihn beinahe wieder zurückstieß. Die Temperatur seiner Rüstung stieg in die Höhe, und alles war ein schmerzhaftes, tiefes Karminrot. Er stürmte ohne Pause, ohne Gnade weiter voran, und dann konnte er plötzlich wieder sehen, als er das Feuer durchbrach. Er sprang und landete auf dem Turm des Panzers, der vor ihm stand. Er ließ *Stille* hinabfahren, und die Klinge der Kampfsense durchschlug den Turm. Mit zwei weiteren Hieben hatte er den Panzer aufgeschlitzt und zog das Metall zurück, als wäre es schwächliches Fleisch. Die Besatzung sah entsetzt zu ihm auf, und sein nächster Hieb tötete sie alle. Blut besudelte das Innere des Panzers, als ihre Körper barsten.

Während er auf den nächsten Panzer sprang, verfolgte Mortarion die Angriffe des Todesschleiers. Rechts und links von ihm folgten die Terminatoren seinem Beispiel und schlugen eine Lücke in die vorderen Reihen der schweren Panzer. Es kämpften jedoch bereits nur noch acht von ihnen. Zwei waren durch die Flammenwerfer gefallen.

Mortarion zerstörte einen zweiten Panzer auf die gleiche Weise wie den ersten. Bevor er weiterspringen konnte, kreischte ein plötzlich beanspruchter Motor auf, und ein Panzer mit einer erhobenen Planierschaufel raste frontal auf ihn zu. Er prallte gegen den Flammenpanzer und warf ihn um. Mortarion stürzte nach links, aber er war nicht schnell genug. Die Wucht des Belagerungsfahrzeugs drückte den Promethiumtank zusammen, ließ ihn zerbersten und entzündete ihn. Die kombinierte Wucht des Aufpralls und der Explosion kippte den Flammenpanzer um und ließ ihn auf Mortarion niedergehen. Mehrere Tonnen Metall drückten ihn auf den Boden des Zugangsraumes und zertrümmerten den Felsbeton. Flammen umgaben ihn und dieses Mal waren sie drauf und dran, ihn zu verschlingen. Er spannte sämtliche Muskeln an und hob das Fahrzeugwrack hoch, dann stürzte er nach vorn und entkam dem Wrack, nur um von einer weiteren Belagerungsschaufel erfasst zu werden. Sie hob ihn in die Höhe, während ihr Fahrzeug auf einen weiteren Panzer zustürzte. Dieser hatte statt einer Kanone einen riesigen Rammbock, mit dem er gegen die Belagerungsschaufel prallte und Mortarion so zwischen den Panzern einquetschte.

Alles war schwarz und rot. Er konnte nicht atmen. Irgendwo in weiter Ferne heulten Motoren auf und Ketten knirschten haltsuchend über Felsbeton. Der Druck wurde immer unerträglicher. Er war festgezwängt und konnte sich nirgendwo abstoßen.

Der Rammbock drückte ihm seinen linken Arm gegen die Seite. Er konnte seine Hand gerade weit genug bewegen, um die *Laterne* aus dem Holster zu ziehen. Er schoss nach hinten. Das Energiegeschoss durchbohrte die Belagerungsschaufel und drang in den Leib des Panzers ein. Es folgte eine weitere Explosion und die Schaufel drückte nicht länger gegen ihn. Mortarion feuerte erneut und der Panzer löste sich auf. Das Rammfahrzeug raste vorwärts und Mortarion stieß sich ab. Er landete auf der Seite und schleuderte eine Gravitongranate auf den massigen Panzer, der gerade an ihm vorbeirauschte. Die Waffe implodierte und mit ihr der Panzer; ein örtlich begrenztes Schwerkraftfeld zerdrückte ihn unter seiner eigenen Masse. Die Schreie der Besatzung im Inneren waren so laut, dass Mortarion sie hören konnte, bevor sie zermalmt wurden. Innerhalb weniger Sekunden war der Panzer ein formloser Klumpen zusammengestauchten Metalls.

Er sprang auf einen weiteren Flammenpanzer, bevor dieser seine Kanone auf ihn ausrichten konnte, dann nahm er sich eine Sekunde Zeit, um sich einen Überblick über den Raum zu verschaffen. Die Reihen der Ordnungspanzer lichteten sich, einzelne Fahrzeuge stießen bei dem Versuch, die Krieger der Death Guard zu töten oder ihnen zu entkommen, miteinander zusammen. Es war noch immer eine überwältigende Anzahl und zwei weitere Mitglieder des Todesschleiers waren unter ihren Ketten und Geschützen verschwunden.

Mortarion zog den schwersten seiner Sprengsätze vom Gürtel. »Warpfeld«, voxte er als Warnung an den Trupp. »Raummitte.« Er warf die Kugel in hohem Bogen.

Sie landete dort, wo er es vorausgesagt hatte, und explodierte kurz über den Panzern. Sie riss einen Spalt in das Materium. Ein unendlich kleiner Punkt aus Nichts wurde innerhalb eines Sekundenbruchteils zu einem klaffenden schwarzen Maul, umgeben von einem Mahlstrom gequälter Realität. Die Spiralkräfte rissen Panzer auseinander. Der Hunger des Empyreums verschlang Maschinen und Sterbliche, und das Warpfeld wuchs, je mehr es verzehrte, bis es das Zentrum des Raumes beherrschte.

Die Streitkräfte der Ordnung verfielen ins Chaos. Panische Fahrer rasten bei dem Versuch, zu entkommen, mit ihren schlingernden Panzern ineinander. Das Warpfeld wuchs in die Breite und riss weitere Panzer mit sich. Mortarion spürte, wie sich der gesamte, riesige Platz langsam in Richtung des gefräßigen Warpsturms neigte. Dann bewegte sich das Warpfeld und kroch langsam in einem Bogen über den Platz. Immer wieder zuckte es plötzlich nach links und rechts, als würde es ein Beutetier anspringen, dann setzte es seinen langsamen Weg fort. Die Realität heulte, als sie starb und das Feld fiel, aber der Todesschrei war nicht so laut, dass Mortarion die Schreie des Feindes nicht mehr wahrnahm.

Soldaten sprangen aus verschlungenen, gefangenen und feststeckenden Panzern und versuchten, zu fliehen. Von seiner Position auf den Trümmern aus sprach Mortarion sie an und der Voxlautsprecher seiner Rüstung schickte seine kalte Stimme über den Platz. »Ihr seid die Sklaven der Ordnung«, verkündete er. »Ihr seid Sklaven, dennoch haltet Ihr die Sklaverei am Laufen. Ihr kämpft für ihr Fortbestehen. Dafür werdet ihr verurteilt. Dafür seid Ihr verdammt. Daher ist dies Eure Strafe.«

Er hob *Stille* und raste auf den nächsten Panzer zu, um ihm den Rumpf aufzuschneiden. »Erledigt sie alle«, voxte er an den Todesschleier.

Eine Nihiluswaffe wie die Warpfeldgranate einzusetzen war gefährlich. Man konnte unmöglich vorhersagen, wie sich die Waffe verhalten würde. Bewegung, Dauer und Intensität des Warpfeldes unterlagen den Launen des Empyreums. Die Soldaten der Ordnung verfielen in Panik und das war ihr Untergang. Mortarion und der Todesschleier hielten sich vom Mahlstrom fern und vollstreckten ihr Urteil. Der Feind reagierte nicht länger organisiert. Einzelne Panzer versuchten, sich zu verteidigen, als sich Mortarion auf sie stürzte. Sie hatten keine Chance.

Das Warpfeld war noch immer da, als der letzte Panzer in ein qualmendes Wrack verwandelt war, aber es wurde kleiner. Bald würde es ganz verschwunden sein und keine Gefahr mehr für die Makropole darstellen. Auf der anderen Seite des Platzes führten die Straßen zu den höher gelegenen Ebenen von Protarkos hinauf. Am höchstgelegenen Ausgang warf Mortarion noch einmal einen Blick auf das Massaker, das er hinterließ. Der Tod hatte wahrhaftig den Zugangsraum heimgesucht und eine reiche Ernte eingefahren.

Gut.

»Warum tun wir das hier?«, fragte Kratz. Nicht zum ersten Mal. Aber nachdem sie einen Tag lang den Riesen durch die Korridore hinterhergelaufen waren, war er überzeugt, noch einmal nachfragen zu dürfen.

Obwohl vor ihnen Kampfgeräusche zu hören waren

und das Donnern der Schusswaffen in diesen engen Räumen ohrenbetäubend laut war, lag auch eine fast greifbare Stille in den Bereichen, die die Riesen hinter sich zurückließen. Sie hatten eine Schneise des Todes geschlagen. Leichen lagen zerschossen und von schweren Stiefeln zertrampelt da. Blut bedeckte den Boden. Die Narben von Bränden schwärzten die Wände.

»Du musst ja nicht mitkommen«, sagte Wühl. Sie hatte die Spur des Todes vor einer Weile verloren. Auch wenn sie seine Gestalt beinahe sofort aus dem Blick verloren hatte, hallte doch seine schreckliche, kalte Stimme immer mal wieder durch die Makropole und verriet ihr, welchen Weg sie nehmen musste. Aber nachdem Stunden vergangen waren, verging auch die Stimme. Sie konnte nicht mithalten. Aber sie gab nicht auf.

»Aber warum tun wir das hier?«, wiederholte Kratz.

»Ich muss es sehen.«

»Aber es ist der Tod, dem wir folgen.«

Gut. Kratz wusste es also auch. Das machte es real.

»Wir sollten vor dem Tod fliehen«, sagte Kratz, obwohl er weiterlief und sich nicht abwandte.

»Der Tod bringt die Ordnung um«, sagte Wühl. »Willst du nicht sehen, wie das geschieht? Ich schon.«

»Ich habe Angst.«

»Ich auch. Aber was können wir sonst tun?« Sie meinte, was sie sagte. Alles, was sie tun konnten, war, dem Tod zu folgen. »Wohin würdest du gehen, wenn nicht hierher?«

Kratz antwortete nicht.

Wühl hätte hinzufügen können, dass sie nicht glaubte, dass sie den Tod selbst wiederfinden würden. Kratz wusste das wahrscheinlich auch, und deshalb lief er immer noch mit ihr mit, irgendwie getröstet durch den Gedanken, dass sie dem Grund seines Schreckens nicht begegnen würden. Sie konnten aber immer noch dem Weg der Riesen folgen. Das war nicht schwer. Sie konnten immer noch sehen, was die Diener des Todes der Ordnung antaten.

An einer Kreuzung hielten sie inne, bogen dann rechts ab und folgten dem Geruch von Blutvergießen und verbrauchtem Fycelin. Sie liefen an verbrannten Wänden, verbranntem Fleisch und verbrannten Knochen vorbei. So viele Leichen hatten riesige Löcher oder gar keine Köpfe mehr. Wühl hatte gesehen, was Maschinengewehre mit Menschen anstellten. Kratz hatte es auch gesehen. Jede Arbeitseinheit hatte es irgendwann einmal gesehen. Sie hatten gesehen, was es mit anderen Einheiten anrichtete, die nicht so gut gehorchten, wie sie sollten. Diese Wunden waren zu groß, um von Maschinengewehren verursacht worden zu sein. Die Waffen des Todes waren schrecklich.

Wühl rutschte aus und fiel in eine Blutlache. Sie stand blutverschmiert auf, und vor ihr ertönten Schreie. Es waren Schreie der Angst und der Verzweiflung. Sie grinste. »Hörst du das?«, fragte sie Kratz.

Er nickte.

»Die Ordnung schreit«, sagte sie.

Sie lief schneller. Sie dachte nicht daran, einen sicheren Abstand zu halten. Ihre Sorge war, dass sie und Kratz so weit zurückfallen würden, dass sie nur noch sehen würden, was der Krieg zurückgelassen hatte. Immerhin war er noch nicht vorbei. Die Geräusche der Schlacht riefen sie zu sich, und es gab immer wieder Leichen, die den Weg wiesen.

Der Sektor, durch den sie sich bewegten, war einer der Wohnbaue, ein Labyrinth aus niedrigen Gängen, das zwischen den vollgestopften Schlaflagerhallen und Zellen in einer Region zwischen den Manufactorien verlief. Die Wände waren aus feuchtem, dunklem Felsbeton, wo Wasser durch Risse hereinsickerte. Jeder Gang war gleich, ein endloses Netz aus überfülltem Elend. Und der Tod erschlug die Herren des Elends.

»Was ist das?«, fragte Kratz.

»Ich weiß es nicht.«

Sie zögerten und hielten an.

Ein neues Geräusch war plötzlich Teil des Krieges. Zuvor hatte es das alles erschütternde Donnern von Explosionen gegeben, gefolgt von den schlimmsten Schreien, die Wühl jemals gehört hatte. Und jetzt gab es ein gurgelndes, fauchendes Geräusch. Es klang wie etwas Lebendiges.

»Willst du das immer noch sehen?«, fragte Kratz.

Wühl zögerte. »Ja«, entschied sie. Sie musste die Ordnung leiden sehen. Sie musste sehen, was sie nie zu träumen gehofft hatte.

Also ging sie weiter, und Kratz folgte ihr. An der nächsten Kreuzung bog sie nach rechts ab und folgte dem Fauchen, wobei sich ein ängstliches Staunen in ihrem Herzen ausbreitete. Es waren immer noch keine Riesen zu sehen. Das war noch nicht der richtige Weg, aber die Geräusche wurden lauter. Sie lief schneller und rannte an all den verschlossenen Türen der Schlafsäle vorbei. Ab und zu tauchten ängstlich blickende Augen hinter Sehschlitzen auf. Wühl winkte ihnen zu. »Folgt uns!«, rief sie.

Keiner tat es.

»Tötet die Eindringlinge. Ganz Galaspar muss kämpfen.« Dieser Ruf ertönte schon die ganze Zeit, seit sie in den Tunneln war. Selbst jetzt war Ungehorsam noch immer neu für sie. Und wenn sich ihr und Kratz niemand anschloss, gehorchten diese Leute auch nicht der Ordnung. Einige hatten es anfangs jedoch sicherlich getan. Nicht alle Toten, die sie in den Gängen gesehen hatte, waren Soldaten gewesen. Aber das war am Anfang ihrer Jagd durch die Korridore gewesen. Der Anblick der Riesen und ihrer Macht hatte den anderen Arbeitseinheiten den Mut gegeben, den Befehl zu ignorieren.

»Alle sind ungehorsam«, sagte sie zu Kratz, während sie rannten. »Alle!«

Er keuchte und antwortete nicht. Aber er nickte. Auch er war aufgeregt. Dies war eine weitere unvorstellbare Sache, die Wirklichkeit geworden war.

Das Fauchen wurde lauter. Von irgendwoher vor ihnen kam ein grünlich-weißes Leuchten. Wühl hatte diese Art von Licht noch nie gesehen. Sie wurde langsamer. Die Schreie waren immer noch zu hören, nicht mehr so viele wie zuvor, aber sie waren näher.

Wühl blieb stehen. Sie und Kratz befanden sich in einem Korridor, der mehrere hundert Meter geradeaus verlief, bis er an einer T-Kreuzung endete. Auf beiden Seiten befanden sich Dutzende von Türen zu den gefängnisartigen Schlafsälen, allesamt fest verschlossen. Das Leuchten war jetzt sehr hell. Das gurgelnde Fauchen gehörte zu einer monströsen Bestie. Die Schreie waren zu nah.

»Was meinst du sollen wir jetzt –«, begann Kratz.

Soldaten kamen um die Ecke rechts von ihnen gerannt. Kratz schrie auf und Wühl hielt den Atem an und wartete auf den Schuss, der sie töten würde. Aber die Soldaten waren unbewaffnet. Sie stürmten nicht vor, um anzugreifen. Sie flohen. Sie sahen immer wieder zurück zum heller werdenden Licht.

Die Schreie waren inzwischen fast so laut wie das Fauchen.

»Los!«, rief Wühl. Sie und Kratz rannten zurück in die Richtung, aus der sie gekommen waren, und sie musste ebenfalls einen Blick über ihre Schulter werfen, obwohl sie bereits wusste, dass sie niemals schnell genug rennen konnte.

Das Ungeheuer strömte in den Korridor. Flüssiges grünes Feuer ergoss sich über die Soldaten, verschlang sie und *schmolz* sie. Ihre Schreie zerrten an Wühls Verstand, und auch sie schrie, denn sie wusste, dass sie sich bald mit einem noch schrecklicheren und finalen Schrei zu den Soldaten gesellen würde.

Die flüssigen Flammen waren zu schnell. Man konnte ihnen nicht entkommen. Sie waren jetzt keine hundert Meter mehr entfernt. Sie wandte sich der nächstgelegenen Tür zu und hämmerte dagegen. »Lasst uns rein!«, rief sie. »Lasst uns rein!« Kratz folgte ihrem Beispiel und hämmerte gegen die nächste Tür. Schlitze öffneten sich und schlossen sich rasch wieder.

Sie zogen weiter zur nächsten Tür und dann zur nächsten. Ihre Schreie wurden immer verzweifelter und der Strom des Todes kam immer näher. Er hatte soeben den letzten der Soldaten verschlungen. Wühl konnte ihre Schreie unter dem Fauchen kaum noch hören.

Sie würden sterben. Der Tod war gekommen, um sie alle zu holen.

Wühl schluchzte. Sie war eine Närrin, weil sie geglaubt hatte, sie könne einen Blick auf den Tod werfen, ohne dafür bezahlen zu müssen, das Verbotene zu schauen.

Ihre Fingerknöchel bluteten vom Klopfen. Das Schmerzenslicht hatte sie fast erreicht. Wenn sie atmete, erfüllte ein wie Messer stechender Gestank ihre Nase und Lunge. Ihre Augen tränten.

Eine Tür glitt auf. Kratz stürzte hinein, aber der kommende Tod lähmte sie für eine tödliche Sekunde. Das grüne Feuer griff nach ihr, und als sie sich bewegte, berührten winzige Tröpfchen ihre rechte Seite.

Die Qualen waren überweltlich. Sie waren nicht in Worte zu fassen, nicht mit Gefühlen auszudrücken. Es brannte sich durch ihren Arm und ihr Bein. Ihre Finger schmolzen und ihr Fleisch tropfte wie Kerzenwachs. Sie schrie, und der Schrei enthielt mehr als nur Schmerz, denn Schmerz an sich war zu schwach, um zu erfassen, was mit ihr geschah. Sie erfuhr eine Offenbarung, sie wurde von der schrecklichen, heulenden Geburt einer Religion ergriffen.

Sie taumelte in den Raum und fiel hin. Irgendwie konnte sie noch immer etwas sehen, obwohl sie sich in den alles verzehrenden Flammen wand. Kratz half den anderen Arbeitseinheiten, die Tür wieder zuzuschlagen. Einen Augenblick später hatte das Fauchen die Tür erreicht. Die grünen Flammen strömten den Korridor entlang.

Der Schlafsaal war so überfüllt, dass bis auf Wühl alle standen. Einheitlich drückte sich die Menge von der Tür fort. Leute stöhnten, als ihnen aufgrund des Drucks die Luft wegblieb. Kratz zog Wühl von der Tür fort und das Fauchen wurde lauter als ihre Schreie.

Das schwarze Metall der Tür leuchtete in einem kränklichen Grün. Die Temperatur im Schlafsaal stieg rasant an. Die Tür begann zu qualmen. Dann begann das Metall zu brennen. Fäulnisfarbene Flammen tasteten sich den Türrahmen entlang und breiteten sich langsam aus. Wühl schlug wild um sich und es schien ihr, als würde der Mörder im Gang sie hören. Das Fauchen wurde immer lauter.

Und dann verschwand es.

In diesem Augenblick kehrten Wühls Schmerzen zurück. Sie brannte nicht mehr und die Nerven ihrer verletzten Gliedmaßen waren nicht mehr vorhanden. Ihr rechter Arm endete nun unter dem Ellenbogen. Ihr Bein war schwarz und triefte. Genauso geschmolzen wie sie, fielen die Überreste der Tür mit einem Scheppern nach hinten aus dem Rahmen. Sie schwelten in der schwindenden Flammenpfütze auf dem Boden des Gangs weiter. Auf der anderen Seite des Korridors war die Tür eines anderen Schlafsaals ebenfalls umgestürzt. Aber das Fauchen hatte aufgehört.

Wühls Schreie wurden zu einem Stöhnen, und sie konnte fast wieder normal atmen.

Nach ein paar weiteren Minuten verflog auch der schreckliche Geruch. Das Ungeheuer war verschwunden. Seine Spuren blieben.

Wühl rollte sich zu einem Ball zusammen und klammerte mit dem linken Arm ihre Knie fest gegen ihre Brust. Sie schaukelte hin und her und schrie.

Aber sie schrie nicht nur aus Verzweiflung. Sie spürte weiterhin die Berührung des Göttlichen. Was sie erfahren hatte, war nur ein Bruchteil dessen, was mit der Ordnung geschah. Sie dachte an die Soldaten, die um ihr Leben rannten, und an das fließende Grauen, das sich mit immer größerem Hunger auf sie zu stürzen schien, je schneller sie rannten. Sie waren verschlungen worden. Wühl jedoch nicht. In ihrem Schmerzdelirium hatte sie das Gefühl, dass die Flamme ihr die Fesseln der Ordnung weggebrannt hatte.

Die Makropole vibrierte. Der dröhnende Donner der Eroberung ertönte. In der Ferne erklangen wieder Schreie. Wühls Schreie wurden zu einem Lachen.

ACHT

Hinter dem Zugangsraum lagen breite Straßen und weitere verworrene Korridore, die alle weiter hinaufführten und die alle voller Soldaten der Ordnung waren, die sich vergeblich in den Kampf stürzten, nur um abgeschlachtet zu werden. Der Fortschritt der XIV. Legion war gut, aber nicht gut genug. Der Tag war vergangen. Es blieb nur noch die Nacht, um der Herrschaft der Ordnung in Protarkos ein Ende zu bereiten.

Mortarion und seine Terminatoren des Todesschleiers hatten gerade einen weiteren Hinterhalt vernichtet, als sowohl Barrazin als auch Tersus voxten, dass sie ebenfalls Zugangsräume gefunden und gesäubert hatten.

»Führen aus Euren Räumen irgendwelche Wege nach unten?«, fragte Mortarion.

»Ja«, sagte Barrazin. »Hier sind Antigravaufzüge, große Plattformen, die Hunderte zugleich transportieren können. Sie wurden gerade noch benutzt, als wir eintrafen, sie sollten gerade ein weiteres Kontingent nach unten schicken.«

»Das klingt, als würden sie sich verzweifelt bemühen, uns von den Generatoren fernzuhalten«, sagte Tersus.

»Ihre Verzweiflung weist uns den Weg zum Sieg«, sagte Mortarion. »Erster Captain Barrazin, versammelt die Truppen Eurer Kompanie und geht runter. Zerstört die Generatoren. Versenkt Eure Sense im Herzen des Feindes.«

»Wie Ihr befiehlt, Lord Mortarion.«

Mortarion lief weiter. Dieser Gang führte ebenfalls steil nach oben. Er ging den Korridor, dessen Wände mit Schmutz überzogen waren, weiter hinauf. Die Luft in der Makropole war verdorben, überall waren Leichen und Elend.

Mortarion dachte an einen anderen Aufstieg, durch eine andere Art giftiger Luft.

Er dachte über Barbarus und Galaspar nach.

Die Unterschiede waren groß. Galaspar war ein industrielles Ödland. Es war von seinen Bewohnern zerstört worden. Es war keine Welt, die von sich aus lebensgefährlich für Menschen gewesen war. Und die Ordnung war ein menschliches Übel. Die Leichenherren von Barbarus hatten wie Götter mit den Sterblichen gespielt. Die Anführer der Ordnung konnten sich solcher Dinge nicht rühmen. Es gab nichts Göttliches an ihnen, außer vielleicht ihre Arroganz. Abgesehen von ihrer Vielzahl waren sie schwach.

Warum also sollte man sie vergleichen?

Wegen der Tyrannei. Die totale Unterdrückung und die Anmaßung von Besitz. Die Ordnung und die Lehnsherren hatten die gleiche Auffassung von den Bewohnern ihres jeweiligen Planeten. Die Unterdrückten waren dazu da, nach Belieben der Herren benutzt zu werden, und das war die gesamte Bedeutung ihrer Existenz.

Und es gab noch mehr. Er hatte Barbarus nicht befreit. Der Imperator hatte die Aufgabe für ihn vollendet.

Galaspar würde anders sein. Galaspar war seine Wahl. *Er* hatte gesehen, dass es notwendig war, einzugreifen, und er war hierher gekommen. Er würde diese Tyrannei niederschlagen. Obwohl sie menschlich war, war sie so allumfassend wie das Grauen, das auf Barbarus geherrscht hatte.

Dies war die Aufgabe, die er erfüllen würde. Dies würde *seine* Tat werden.

Eintausend Legionäre der Ersten Großkompanie traten im Zugangsraum an. Es dauerte weniger als eine Stunde, bis sie sich alle versammelt hatten. Warten sorgte bei Barrazin immer noch für Ungeduld. Es war Zeit, die nicht genutzt wurde, um voranzukommen. Es war Zeit, die der Ordnung geschenkt wurde, um eine bessere Verteidigung zu organisieren.

Auf den beiden Antigravplattformen war pro Fahrt nach unten Platz für fünfhundert von ihnen. Barrazin betrat die nördliche Plattform. Er trat die matschigen Überreste eines toten Soldaten beiseite und gab das Zeichen zum Abstieg. Mit einem Ruck sank der Antigravaufzug in den Schacht. Er fiel schnell. Barrazin blickte nach oben und schätzte, dass sie in den wenigen ersten Sekunden bereits über dreißig Meter zurückgelegt hatten.

Die Technologie der Ordnung hatte also doch etwas für sich. Sie würde ihn ohne weitere Zeitverluste in die nächste Schlacht bringen.

»Glaubt Ihr, dass sie eine große Anzahl ihrer Truppen nach unten verlegen konnten, bevor wir den Raum gesäubert hatten, Erster Captain?«, fragte Calas Typhon.

»Das hoffe ich«, sagte Barrazin. »Sonst haben wir uns noch völlig umsonst versammelt.«

Der Aufzug sank nun noch schneller hinab. Barrazin fühlte sich leichter. Die Metallwände des Schachts rasten unscharf an ihm vorbei. Die Plattform brachte ihn in die Tiefen der Makropole. Das war vielversprechend.

Und wenn es dort nichts gibt, was wert ist, eingenommen oder zerstört zu werden?

Die Augurmessungen waren dafür viel zu positiv.

Als sich die Geschwindigkeit wieder verringerte, tat sie das auf brutale Weise. Der Antigravaufzug bremste im letztmöglichen Augenblick. Barrazin spürte den Ruck. Der Halt musste gerade so abgepasst sein, dass er den sterblichen Soldaten, die den Aufzug benutzten, nicht sämtliche Knochen brach.

Der Ordnung war Geschwindigkeit offenkundig wichtig. Soldaten, die mit der Fahrt nach unten nicht zurechtkamen, disqualifizierten sich schon im Vorfeld und würden im Kampf nicht zu gebrauchen sein. Außerdem gab es immer noch mehr von ihnen.

Immer noch mehr von ihnen, die man abschlachten konnte.

Die Legionäre von Barbarus unter Barrazins Kommando eliminierten den Feind mit einer Entschlossenheit, die viel stärker war als jene ihrer terranischen Brüder. Sie kämpften mit der Erinnerung an ihre Heimatwelt und an das, was sie dort gequält hatte. Sie wussten, dass Gnade eine Schwäche und der Tod eine Befreiung war. Der Einsatz auf Galaspar bestätigte Barrazin in seiner Überzeugung, dass die neuen Rekruten recht hatten. Schon vor Galaspar hatte er die Energiesense als Waffe und Symbol der neuen Death Guard schätzen gelernt. Es war auch eine Befriedigung, über diese Schwächlinge hinwegzumarschieren. Diese Befriedigung lag in dem Gefühl der Macht, das ihre Vernichtung begleitete.

Die Plattformen hielten in einer weiteren Versammlungshalle. Die Legionäre verließen die Aufzüge, und die Plattformen fuhren wieder hoch, um weitere Legionsbrüder herunterzubringen.

Die Halle war riesig und leer. Abgesehen von den Antigravaufzügen gab es hier nichts. Die Aufzüge nahmen den Großteil der Raummitte ein, dazu kamen breite Straßen zu beiden Seiten für die schnelle Verlagerung von Truppen. In den Wänden links und rechts von Barrazin befanden sich riesige Hangartore. Sobald sie sich öffneten, dürften sie breit genug für eine Reihe von fünfzig Legionären nebeneinander sein.

»Links oder rechts?«, fragte Typhon.

»Wir befinden uns nahe der Mitte der Energiesignaturen«, sagte Barrazin. Er zuckte mit den Schultern. »Links«, sagte er. »Lasst uns sehen, welche Geschenke uns dort erwarten.«

Er wartete, bis der Rest der tausend eintraf, und als sie sich formiert hatten, führte er sie zum Tor. Kaum hatte der Vormarsch begonnen, hob sich das Tor von selbst. Das geschah mit überraschender Geschwindigkeit und mit protestierend kreischendem Getriebe. Auf der anderen Seite befand sich eine massive Geschützbatterie. Mehrere Reihen aus Waffenläufen waren übereinander arrangiert. Eine Mauer aus Artilleriegeschützen zeigte direkt in die Halle.

Barrazin warf sich auf den Boden. Alle Geschütze feuerten gleichzeitig. Ein Sturm aus Plasmafeuer ergoss sich in den Raum. Er entzündete die Luft und schmolz die gegenüberliegende Wand unmittelbar zu Schlacke. Den ersten Treffer von einem einzelnen dieser Geschütze hätte die Rüstung eines Legionärs überstanden. Gegen alle zusammen hatten sie keine Chance. Die kochend heiße Salve fegte wenige Zentimeter über Barrazin hinweg. Seine Autosinne flackerten rot auf, ein kurzer Impuls tödlicher Gefahr.

Nicht alle seiner Death-Guard-Krieger duckten sich rechtzeitig. Es gab keine Deckung. Sie konnten sich nur klein machen, und zwar möglichst schnell. Erstickte Schreie im Vox erzählten eine Verlustgeschichte. Elektronisches Wutgeschrei kam von den Dreadnoughts. Sie hatten keine Möglichkeit, sich aus der Schusslinie zu bewegen. Sie mussten dem Feuer widerstehen oder sterben. Einer von ihnen, Berax, stapfte vorwärts in den Blastersturm. Einer seiner Arme, eine Laserkanone, schwang halb abgerissen und nutzlos vor und zurück. Er schlug vor Wut mit seiner Energieklaue um sich und zerschmetterte die Wände. Er marschierte durch das Feuer bis direkt vor die Geschützreihe und dann fiel er schließlich als qualmendes Wrack direkt vor Barrazin nieder.

»Vielen Dank, Bruder«, murmelte Barrazin. Der reglose Panzer des Dreadnoughts gab ihm ein wenig Deckung und so konnte er vorwärts kriechen. »Euer Tod wird den ihren bedeuten«, sagte er. »Ihr schützt mich und ich werde sie dafür bezahlen lassen. Jetzt, Bruder, falls Ihr mich hören könnt, kommt Eure Rache über sie.«

Barrazin löste eine Phosphexbombe von seinem Gürtel und schleuderte sie über den Dreadnought auf die Geschütze. Er hatte den Wurf geschätzt. Er konnte den Kopf nicht heben, um sein Ziel in Augenschein zu nehmen, wenn er ihn nicht im Blastersturm verlieren wollte. Aber die Bombe musste nicht weit fliegen und auch nicht besonders akkurat.

Die Bombe platze. Das flüssige Feuer breitete sich aus. Falls es Schreie gab, hörte Barrazin sie nicht. Es musste Schreie gegeben haben, denn die Geschütze feuerten unregelmäßiger. Die Soldaten, die sie bedienten, starben. Das Phosphex brannte sich durch die Rahmen der Geschütze, wodurch deren Läufe absackten und auf jene weiter unten fielen. Dann erreichte das Feuer ihre Energieversorgung und die Batterie explodierte. Gewaltige Splitter, ähnlich gefährlich wie die Energiestrahlen zuvor, flogen durch die Halle. Der Feuerball, durchzogen von grün funkelnden Entladungen, wurde immer größer und drang durch den Torbogen in den Raum vor.

Sobald er vergangen war, sprang Barrazin auf die Beine und stürmte auf das Tor zu. Seine Brüder waren direkt hinter ihm, und nun, da sie einige Verluste erlitten hatten, waren sie noch gefährlicher; die Söhne von Terra und Barbarus in ihrer Bestimmung vereint. Er warf zwei Strahlengranaten vor sich und hob seinen Handflammenwerfer. Er verteilte Flammen und chemische Gifte in den Raum hinter der zerstörten Batterie und wurde dieses Mal mit hörbaren Schreien belohnt; er hörte den Tod der Soldaten, die vorgestürmt waren, um aufzuhalten, was nicht aufzuhalten war.

Die Krieger der Death Guard betraten einen kolossalen Raum, der um ein Vielfaches größer war als die Halle, die sie verlassen hatten. Die Luft knisterte und roch scharf nach Ozon. Ein tiefes und starkes Brummen, laut genug, um alle anderen Geräusche zu übertönen, ließ Barrazins Knochen vibrieren. Der kathedralenartige Raum war mit gewaltigen, zylindrischen Generatoren gefüllt. Jeder von ihnen hatte einen Durchmesser von mindestens fünfzehn Metern und war doppelt so hoch. Drei Meter dicke Leitungen, die Äste von Metallbäumen, wanden sich aus den gedrungenen Stämmen der Generatoren und reckten sich bis weit oben in die Decke und trugen von dort Strom in die gesamte Makropole.

Geschütztürme sicherten die Generatoren. Sie besaßen mehrere Reihen von Maschinengewehren, mit denen sie das Feuer eröffneten. Aus allen Richtungen flogen Projektile auf die Death Guard herab. Tausende unter Drogeneinfluss stehende Soldaten der Ordnung stürmten auf sie zu. Das Feuer der Geschütztürme traf auch sie, aber sie bemerkten nicht, wie ihre Kameraden starben. Ihr Geist war von den Kriegsdrogen so angeheizt, dass ihr einziger verbliebener Instinkt darin bestand, die Angreifer anzugreifen und zu töten.

»Trupps in Kreisformation«, befahl Barrazin. »Konzentriert Euch auf die Geschütztürme. Verteilt Euch und zerstört die Generatoren.«

In engen Formationen von jeweils zehn Legionären rückte die Death Guard vor. Während ein Drittel der Legionsbrüder eines jeden Kreises die umstehenden Soldaten ausschaltete, richteten die anderen ihre Bolter auf die Geschütztürme, und zertrümmerten mit ihren massereaktiven Geschossen Metall und Fleisch, bis die Schützen und Waffen Stück für Stück ausgeschaltet waren.

Die Trupps verbreiteten sich wie ein Virus durch die Generatorhalle. An jedem Generator, an dem sie vorbeikamen, brachten sie Sprengladungen an. Sie schritten durch die Verteidiger, als würden sie durch Wasser waten, und der Boden der Halle verwandelte sich in eine Flut aus Blut und schwelenden Leichen.

Barrazin und sein Trupp befanden sich in der Mitte der Halle, als der letzte Generator vermint war.

»Ladungen scharf«, voxte er der Kompanie. »Jetzt auslösen.«

Er grinste, als die Detonationen sich wie das Knallen einer monströsen Peitsche durch die Halle zogen. Energie schlug aus den Generatoren aus und ein Strom elektrischer Schläge explodierte in der ganzen Halle. Die Zeit verlangsamte sich. Flächenblitze leuchteten lang und kräftig. Die Soldaten der Ordnung konnten weder etwas sehen, noch sich bewegen oder kämpfen. Die Fotolinsen in Barrazins Helm schützten ihn davor, geblendet zu werden, aber selbst sie hatten Schwierigkeiten, sich an den stroboskopartigen Wechsel zwischen Licht und Dunkelheit anzupassen.

Der Sturm endete mit einem gewaltigen Rumpeln, dem Todesröcheln von Leviathanen. Die Generatoren waren stumm. Es herrschte absolute Finsternis.

Fotolinsen wechselten zu Infrarotsicht. Barrazin blickte auf einen Ozean aus feindlichen Soldaten. Viele waren durch Elektroschock gestorben. Die Überlebenden waren unschlüssig und verloren. Für sie war die Dunkelheit so dicht, dass man sie beinahe berühren konnte. Barrazin stellte sich ihre Panik vor und erinnerte sich an die Geschichten, die man ihm über die Schrecken auf Barbarus erzählt hatte, die seine neuen Brüder vor der Ankunft von Mortarion erlebt hatten. Die Dunkelheit füllte sicherlich die Augen der Soldaten. Sie dürften das Gefühl haben, als würde sie durch ihre Nasen und Münder eindringen und ihre Lungen füllen, sodass sie keine Luft mehr bekämen. Die Dunkelheit würde für sie nach Panik schmecken, und die Panik dürfte durch die Kriegsdrogen, die sie zum Kampf drängten, ihnen aber die Fähigkeit zum rationalen Denken nahmen, noch verschlimmert werden.

In völliger Verwirrung fingen die Soldaten an zu schießen, sie feuerten ohne Anweisung los. Sie rempelten einander an und töteten sich gegenseitig. Es waren immer noch Tausende von ihnen in der Generatorhalle. Sie stellten keine Bedrohung mehr dar. Sie waren kaum mehr als ein Hindernis.

»Macht ihnen ein Ende«, befahl Barrazin.

Das Gemetzel ging schnell.

Nach der traumatischen Kollision des Schiffes mit der Makropole war der Krieg weit genug entfernt, dass Stevang und die anderen Hohen Auditoren etwas von ihrer Gelassenheit zurückgewinnen konnten. Die Kämpfe waren in der Kommandozentrale immer noch nicht zu hören. Vom Krieg erfuhr man in der Zentrale nur durch Berichte der Offiziere, die die Verteidigung befehligten, und durch Picts, die von den Überwachungslinsen übermittelt wurden. Die Linsen fielen überall in der Makropole aus, sie wurden nach und nach zerstört, sobald die Eindringlinge im Bild erschienen. Es drangen jedoch genug Informationen durch, um Stevang ein Gefühl dafür zu geben, wie schwer die Ordnung unterlegen war.

Die anderen Auditoren wussten es auch.

»Sie *können* sterben«, sagte Yvas Restavan, Auditor der Manufactorien. Er sprach mit einem Wimmern und hoffte darauf, dass ihm jemand seine Worte bestätigte und ihm Hoffnung machte. »Die Maschinengewehre und die Geschütze erledigen sie.«

»Ja«, sagte Uvalliat. »Aber die Maschinengewehre und die Geschütze halten nie lange genug durch, um wirklich etwas zu bewirken.« Sie seufzte. »Unsere Soldatenwellen verlangsamen sie ein wenig. Das ist alles.«

Die Lichter in der Kommandozentrale erloschen. Der Hololithtisch und alle Bildschirme im Raum wurden dunkel. Das einzige Licht kam durch die mit Rissen übersäte Kuppel. Draußen hatten sich die Staubstürme gelegt, aber die Wolken brannten noch immer und erhellten die Nacht mit einem schmutzigen roten Schimmer.

»Oh nein«, stöhnte Restavan. Alle anderen schwiegen. Sie verharrten.

Sind sie gekommen, um uns zu erledigen?, fragte sich Stevang. *Sind sie jetzt schon da?*

Nach zehn Sekunden, die zu einer Ewigkeit wurden, erwachten die Bildschirme wieder zum Leben und das Licht kehrte zurück. Stevang stieß einen Seufzer der Erleichterung aus. »Erklärt mir, was gerade passiert ist«, befahl er. Er war zufrieden über die Stärke seines Tonfalls.

»Wir haben die Hauptgeneratoren verloren«, sagte ein Techniker. »Die Zentrale läuft jetzt mit eigener Energieversorgung.«

»Was ist mit dem Rest der Makropole?«

»Der Großteil sitzt im Dunkeln.«

»Was können wir sehen?«

»So gut wie nichts, Lord-Auditor. Wir haben auch die Linsen verloren.«

Stevang biss frustriert die Zähne zusammen. Er blickte auf den Hololithtisch hinab, während dieser sich stotternd wieder aktivierte. Die Information, die er präsentierte, war veraltet und wurde mit jeder verstreichenden Sekunde unbrauchbarer. Mit einem Knurren wischte er wütend durch die Luft über dem Tisch und die hololithischen Runen und Karten verschwanden. Darstellungen des Krieges innerhalb der Makropole waren jetzt nutzlos.

Er atmete tief ein und drängte den Schwindel nieder,

den die Angst mit sich brachte. »Wie lange noch, bis die Verstärkung aus den anderen Makropolen hier eintrifft?« Er dachte an Peitharchia. Sie war die nächstgelegene Makropole und hatte ihre Truppen in dem Augenblick mobilgemacht, als Protarkos angegriffen wurde. Ihre Armee musste ganz in der Nähe sein. Sie *musste* einfach.

Es sei denn, sie wartete darauf, dass sich ihr die Streitkräfte der anderen Makropolen anschlossen …

Nein. Nein, davon hatte der Hohe Auditor Tosarrat nichts gesagt. Aus seinen Übertragungen ging hervor, dass er seine Truppen in aller Eile anführte. Er würde nicht lange warten müssen. Die vollständige Mobilisierung der Ordnung würde eine Armee schaffen, die das ganze Land bedecken würde.

»Ich berechne jetzt die Ankünfte anhand der letzten Berichte neu, Lord-Auditor«, sagte ein anderer Techniker.

»Übertragt die Daten auf den Tisch.«

»Sofort.«

Neue Grafiken erschienen, die Protarkos und seine weitere Umgebung zeigten. Vektoren zeigten die Geschwindigkeit, mit der sich die Armeen näherten, und ihre voraussichtliche Ankunftszeit.

»Nicht vor Sonnenaufgang«, sagte Uvalliat. »Noch drei Stunden.«

»So lange müssen wir also durchhalten«, sagte Stevang.

»Das ist zu lange«, sagte Restavan traurig.

»Ist es nicht«, schnauzte ihn Stevang an.

Restavan schüttelte den Kopf. »Bis dahin werden wir nicht überleben.«

»Doch, das werden wir«, sagte Stevang. Restavans Schwäche half ihm. Sie gab ihm jemanden, auf den er hinabblicken konnte. Es gab ihm die Möglichkeit, seine

Überlegenheit zu beweisen. »Wir haben drei lange Stunden vor uns«, fuhr er fort. »Lasst uns sehen, wo wir stehen, und was wir tun müssen, um diese Zeit zu überleben. Alles ist Ordnung.«

»Alles ist Ordnung«, wiederholten die Hohen Auditoren mit unterschiedlicher Überzeugung.

»Es gibt noch Regionen, zu denen wir visuellen Kontakt haben. Wo befinden sie sich im Verhältnis zu unserer Zentrale?«

Die hololithische Anzeige veränderte sich erneut. Die Gebietskarte schrumpfte, und eine Hälfte des Tisches projizierte eine Karte von Protarkos. Sie war größtenteils dunkel. Die beleuchteten Regionen waren ein Flickenteppich ohne klar erkennbares Muster. Noch während Stevang die Anzeige untersuchte, wurde eine weitere Region dunkel.

»Wir werden den Weg des Feindes so nicht verfolgen können«, sagte Uvalliat und bestätigte damit, was Stevang dachte. »Zumindest nicht zuverlässig. Zu wenige Linsen sind noch funktionsfähig. Und viele dieser Regionen sind für uns unwichtig.« Sie deutete auf einen Sektor in der unteren Hälfte der Makropole, auf der gegenüberliegenden Seite von Protarkos, wo das Schiff aufgeschlagen war. »Dort können wir etwas sehen, aber es gibt keinen Grund für die Eindringlinge, dorthin zu gehen. Wir werden uns auf die Berichte der Offiziere verlassen müssen.«

»Wenigstens haben wir noch Vox«, sagte Stevang.

»Das ist aber nur von begrenztem Nutzen«, sagte Iveena Belltav, Auditorin der Arbeit. »Die Offiziere sterben, sobald sie mit dem Feind in Kontakt kommen.«

Es gibt keinen einzigen Überlebenden aus den Schlachten, dachte Stevang.

»Ihr Tod ist trotzdem informativ«, sagte er. »Er zeigt das

Vorrücken des Feindes an.« Seine Stimme blieb fest. »Und die Regionen, die noch Energie haben, sind Daten, die wir nutzen können. Seht.« Er tippte auf die Anzeige, und Pfeile stellten die aufgezeichneten Fortschritte des Feindes dar. »Ein Teil der Streitmacht hat sich hier abgespalten und ist nach unten gegangen, um die Generatoren zu zerstören.« Die Entscheidung, diesen verwundbaren Punkt zu verstärken, erschien ihm jetzt leichtsinnig. Vielleicht hatte das nur dazu geführt, die Aufmerksamkeit der Angreifer auf die Generatoren zu lenken. Die anderen feindlichen Einheiten waren sehr weit ausgeschwärmt, und das hatte es ihnen ermöglicht, große Teile der Makropole sehr schnell einzunehmen. Bis zum Stromausfall hatte es jedoch ein Muster gegeben. Sie bewegten sich nach oben. Sie näherten sich allmählich der Kommandozentrale. »Sie sind auf dem Weg zu uns. Früher oder später werden sie diesen Punkt mit Glück oder mit Absicht erreichen.«

»Glück?« Restavan quiekte und stieß ein verzweifeltes Lachen aus. »Die brauchen kein Glück!«

Stevang ignorierte ihn. »Wir müssen sie aufhalten, bis die Verstärkung eintrifft.«

»Wie?«, fragte Restavan. »Nichts kann sie aufhalten.«

»Wir haben noch immer Millionen, die wir gegen sie einsetzen können«, entgegnete Uvalliat.

»Im Dunkeln.«

»Die Offiziere besitzen tragbare Lichtquellen«, sagte Stevang. »Sie werden es schaffen, sie zu verteilen.« Das mussten sie.

»Aber wie wird uns das helfen?«, beschwerte sich Restavan. »Wie werden uns die Millionen helfen? Nichts hat die Eindringlinge aufgehalten.«

»Wir müssen sie nur lange genug aufhalten«, sagte Stevang. Er zeigte auf die andere Seite des Tisches, wo sich die Armeen auf Protarkos zubewegten. »Wir müssen unsere zahlenmäßige Überlegenheit nutzen, solange wir noch können. Wir haben die Generatoren verloren. Das bedeutet, dass nur noch wir verteidigt werden müssen.« Er wusste, dass dies Restavan besänftigen würde. »Wir müssen unsere Streitkräfte verlagern, solange wir noch können, und sie zusammenziehen, um dem Feind hier den Weg zu versperren.«

»Die Verteidigungsmaßnahmen in unserer Nähe sind ebenfalls stark«, sagte Belltav. »Die Truppen haben schwere Geschütztürme.«

»Das ist nicht genug«, sagte Uvalliat. »Nichts ist genug, außer dem, was kommt. Wenn sie von Maschinengewehren getötet werden können, werden unsere Armeen sie in kurzer Zeit vernichten. Die Verstärkung muss ihre Kanonen auf Protarkos richten.«

»Der Schaden, den ein Artilleriebeschuss dieses Ausmaßes der Stadt zufügen würde …«, sagte Restavan.

»Sie wird fast komplett zerstört werden«, sagte Stevang. Zehntausende Panzer würden ihre Geschütze auf die Stadt ausrichten. Er zuckte mit den Schultern. »Das lässt sich nicht ändern.«

»Dann werden wir mit ihr sterben. Wir werden sterben, um Galaspar zu retten.« Restavans Maulheldentum täuschte niemanden. Diesmal suchte er keine Bestätigung. Er wollt unbedingt, dass ihm jemand sagte, dass er sich irrte. Angstschweiß stand ihm auf der Stirn. Er atmete flach und zu schnell.

»Wir werden nicht sterben«, sagte Stevang. »Wir haben noch ein Mittel, zu dem wir greifen können. Es wird uns schützen, wenn der Rest von Protarkos brennt, und es wird den Feind lange genug in Schach halten, bis unsere Panzerarmeen eintreffen.«

Restavan wirkte gleichzeitig hoffnungsvoll und unruhig. Er wusste, um welche Maßnahme es sich handelte. Er hatte bislang einfach nicht über sie nachgedacht, geschweige denn, was ihr Einsatz bedeuten würde.

In der gesamten Geschichte der Ordnung hatte nie jemand vorausgesehen, dass eine Invasion Galaspar erreichen könnte. Es war ein Glaubensgrundsatz, dass sämtliche Invasoren im äußeren System, oder im schlimmsten Fall durch die planetaren Verteidigungsanlagen vernichtet werden würden. Ein Feind von außerhalb des Reichs, der einen Fuß auf Galaspars Boden setzte, war unvorstellbar gewesen.

Worüber man jedoch obsessiv nachgedacht hatte, war eine mögliche Rebellion. Was, wenn die versklavten Milliarden sich erhoben? Gegen diesen Albtraum waren unzählige Sicherheitsvorkehrungen getroffen worden. Maßnahmen, damit dieser Fall unmöglich eintreten konnte. Noch mehr war unternommen worden, um sicherzustellen, dass eine Rebellion, sollte sie irgendwie eintreten, unmöglich erfolgreich sein konnte.

Die Arbeitseinheiten wurden unter Drogen gesetzt, damit sie gar nicht erst daran denken konnten, sich zu wehren. Sollten diese Drogen keine Wirkung mehr zeigen, oder sollte es in den höheren Gesellschaftsschichten zu Verrat kommen, wie die Hohen Auditoren, die an der Macht waren, besonders fürchteten, dann musste es eine Möglichkeit geben, um sicherzustellen, dass die Rebellion nirgendwo Halt fand.

»Versiegelt uns«, sagte Stevang.

»Aber –«, begann Restavan.

»Der Befehl wurde gegeben«, sagte Stevang. »Die Würfel sind gefallen.«

Er tauschte einen Blick mit Uvalliat aus. Sie dachte ebenso wie er an ihre Nachkommen. Die Residenz des Lord-Auditors lag außerhalb der Turmsektion, die versiegelt werden sollte. Er verzog das Gesicht. Er konnte nichts tun, also hatte es keinen Sinn, geistige Energie auf dieses Thema zu verschwenden.

»Wenn sie überleben«, sagte er, »dann haben sie ihren Wert bewiesen.«

Sie nickte. »Wenn sie nicht überleben, waren sie ihrer Position nicht würdig.«

»Alles ist Ordnung«, sagte Stevang.

»Alles ist Ordnung.«

Die Wände und der Boden erbebten. Die Kommandoplattform fuhr die Hohen Auditoren wieder hinab in die vertiefte Position in der Zentrale, und die Decke schnitt sie erneut von der Kuppel ab. Das Beben wurde stärker, als massige Getriebe in Aktion traten. Diese Getriebe waren so riesig und ihre Wirkung so drastisch, dass sie nur einmal verwendet werden konnten. Sie waren eine der kolossalsten Konstruktionsleistungen auf Galaspar. Sie drehten sich, und eine weitere Plattform, die größte und geheimste der Makropole, setzte sich in Bewegung. Gestützt von Reihen gigantischer Säulen senkte sich die Plattform, nahm den Turm mit nach unten und brachte ihn in eine bunkerähnliche Basis. Als sich die Kommandozentrale tief im Inneren befand, kam es oben zu einer weiteren Bewegung, und die Wände des Schachts zogen sich zusammen. Dann war es geschafft, und das Zentrum und seine Generatoren wurden von mehr als hundert Meter dickem Felsbeton umschlossen.

Die Getriebe blieben mit einem Zittern stehen, das noch im Zentrum zu spüren war. Die Hohen Auditoren sahen sich gegenseitig an und waren sich der Endgültigkeit dessen bewusst, was gerade geschehen war. Um den Raum wieder zu verlassen, konnte man nicht einfach den Rückwärtsgang einlegen. Der selbst herbeigeführte Zusammenbruch des Mechanismus stellte sicher, dass er in keiner Weise von einer äußeren Macht genutzt werden konnte. Es gab zwar Fluchtwege aus der Zentrale, aber diese Wege waren langwierig, mühsam und darauf ausgelegt, erst nach Überwindung der Krise genutzt zu werden.

Die Auditoren und die Stationsbediener waren die ganze Zeit über anwesend.

»Sie können uns jetzt nicht mehr erreichen«, sagte Restavan und suchte damit erneut nach Bestätigung.

»Das meint Ihr?« Uvalliat warf ihm einen verächtlichen Blick zu. »Sie haben ihr Schiff gelandet, indem sie Protarkos gerammt haben. Wenn sie dazu in der Lage sind, dann können sie uns auch jetzt noch erreichen.«

»Natürlich können sie das«, sagte Stevang. »Unser Ziel ist es nicht, uns vor ihnen zu verstecken. Darin liegt kein Sieg. Unser Ziel ist es, sie zu *verlangsamen*. Wir müssen sie nur bis zum Morgengrauen aufhalten. Ja, sie könnten uns erreichen, wenn sie genug Zeit hätten. Doch die geben wir ihnen nicht. Wir werden sie zuerst erreichen.« Er blickte wieder auf die Linien, die sich auf Protarkos zubewegten. Es war ihm egal, was mit der Makropole geschah. Dies war nicht seine Stadt. Es war der Sitz seiner Befehlsgewalt. Das war alles. Es war der Planet, der ihm gehörte.

Er würde jeden Bezirk von Protarkos zerstören, wenn das nötig war, um Galaspar zu behalten. Bei Tagesanbruch würde er über die Mittel für diese Zerstörung verfügen. In der Zwischenzeit würde er den Eindringlingen einen Vorgeschmack auf das geben, was auf sie zukommen würde. Die Versiegelung der Kommandozentrale war nur der erste Schritt.

Es gab noch eine weitere Verteidigungslinie, die er auf die Invasoren loslassen konnte. »Versammelt die Elenden«, sagte er. Ihre Existenz war ein Schandfleck für die Ordnung, doch sie wurden nie vollständig eliminiert. Sie waren eine Streitmacht, wenn auch eine abscheuliche. Die Elite von Galaspar hatte immer daran geglaubt, dass die Elenden eines Tages von Nutzen sein könnten. Also waren sie aussortiert und in Schach gehalten worden, Generation für Generation.

Nun war ihre Zeit gekommen.

NEUN

Der Weg zurück vom Generatorraum war lang. Da die Antigravaufzüge nun nicht mehr funktionierten, musste die Kompanie zu Fuß nach oben gelangen. An der nordöstlichen Seite der Halle lag ein Schacht, in dessen steilem Inneren eine Metalltreppe in einer endlosen, schwindelerregenden Spirale nach oben führte. Alle fünfzehn Meter führten die Stufen an einem Ventilationsschacht oder an einer engen Wartungstür vorbei.

Barrazin führte den Vorstoß die Treppe hinauf an. Calas Typhon folgte dicht hinter ihm.

»Ein langer Aufstieg, bis wir zurück im Krieg sind, Erster Captain«, sagte Typhon.

»Ich teile Eure Frustration, Legionär. Ich habe die Hoffnung, dass er uns auf halber Strecke entgegenkommt.«

Barrazin beschleunigte seine Schritte, als würde er die Nähe des hypothetischen Kampfeinsatzes spüren. Typhon passte sich seinem Tempo an. Er vertraute dem Captain. Er hatte die Kompanie gut durch das Schlachthaus von Protarkos geführt, und sich nie zurückgehalten. Typhon war sich nicht sicher gewesen, ob die terranische Hälfte der Death Guard so rücksichtslos sein konnte, wie es die Situation und Mortarion erforderten. Er hatte vermutet, dass die größere Erfahrung der Terraner bedeutete, dass keiner der Kompanieführer bisher von Barbarus stammte, aber er war vorsichtig gewesen, misstrauisch, dass sie sich als weich erweisen würden. Barrazin hatte ihm das Gegenteil bewiesen. Die Erste Großkompanie kämpfte als eine Einheit, und sie kämpfte als Verlängerung der Hand Mortarions. Sein Geist durchdrang die Legion.

Wir sind alle seine Söhne.

Das Geräusch einer Explosion ertönte weiter oben; sie war durch Wände gedämpft, aber dennoch zu nah, als dass sie von einer der anderen Truppen der Death Guard stammen konnte, die in den oberen Bereichen der Makropole kämpften. Der Schacht begann zu erzittern, immer heftigere Erschütterungen erfassten ihn, und die Lufttemperatur stieg in die Höhe. Barrazin hielt an. Es war der erste Moment der Unsicherheit, den Typhon bei ihm gesehen hatte.

»Was ist los?«, fragte Typhon.

»Ich weiß es nicht.«

Das Grollen wurde ohrenbetäubend, und dazu kam das Zischen einer wütenden Schlange.

Dreißig Meter weiter oben erleuchtete ein heller roter Schein den Schacht.

»Runter von der Treppe!«, befahl Barrazin. »Nehmt den nächstgelegenen Ausgang! Sie müssen eine ihrer Raffinerien gesprengt haben!«

Ein Wasserfall aus geschmolzenem Erz ergoss sich in den Schacht, ein Ungeheuer, das die Kompanie zu verschlingen drohte.

Die für Typhon nächstgelegene Wartungstür lag einige Meter hinter ihm. Er rannte die Treppe hinunter und nahm dabei vier Stufen auf einmal. Barrazin war direkt hinter ihm und brüllte in das Vox, um die Kompanie zu ermahnen, sich zu beeilen. Die Hitze des Erzes traf sie wie eine Wand. Typhon befand sich im Schlund eines Vulkans. Die Autosinne seines Helms schrien ihm Warnungen zu. Das heulende, brüllende und zischende Erz war direkt hinter ihm, und die Tür war zu weit weg.

Die Wände des Schachts brachen auf. Zu Typhons Rechten öffnete sich ein Spalt, und er stürzte sich darauf. Als er sprang, ertönte Barrazins Schmerzensschrei über das Vox, und dann erwischte ihn die orangefarbene, geschmolzene Flut. Typhon prallte gegen den Rand der Spalte und stürzte sich dann blind vor Schmerz ins Innere, in die zerbrechende Struktur der Wand. Das Erz folgte ihm in einem schmalen Strom. Typhon drückte sich hindurch, Metall brach, und dann fiel er in die Dunkelheit. Erzfäden fielen gemeinsam mit ihm. Er prallte auf einen Metallhaufen, und Trümmerteile fielen auf ihn herab. Er drückte sich dagegen, stemmte sich gegen die Masse, und spannte sich an, um nicht zerquetscht und verbrannt zu werden.

Schließlich endete der Einsturz, und das Erz sickerte durch die Risse unter ihm, der Glanz verblasste zu einem düsteren Rot.

Metall schob sich knarzend über seine Rüstung und drückte wie die Hand eines Gottes auf ihn nieder. Typhon beruhigte seine Atmung und versuchte, sich zu bewegen. Er konnte nichts sehen. Er probierte verschiedene Sichtmodi aus, doch alle zeigten ihm nichts weiter als verstreute Wärmesignaturen. Als er jedoch vorwärts kroch, fand er vor sich einen Freiraum. Er war zwar kaum groß genug, um sich hindurchzuzwängen, aber es war ein Weg, und er folgte ihm.

Das Vox kratzte immer wieder mit frustrierendem Rauschen in Typhons Ohr. Er glaubte, ein Bruchteil einer Übertragung aufgeschnappt zu haben, eine oder zwei Silben von jemandem, der rief. Er versuchte, zu antworten. Niemand meldete sich. Das Feuer und der Schaden verhinderten die Kommunikation. Er war allein.

Typhon hatte keine Ahnung, wie tief er gefallen war oder wie weit er sich von den anderen entfernt hatte. Er folgte dem einzigen Weg, den er fand. Er wand sich, mal in scharfen Winkeln, mal führte er nach oben, mal nach unten, dann schlängelte er sich hin und her, bis Typhon völlig die Orientierung verloren hatte. Die ganze Zeit über bewegte er sich durch völlige Schwärze. Er befand sich in einer Vorhölle aus Trümmern.

Nach einer Weile weitete sich der Raum um ihn herum, und er kam schneller voran. Ein plötzlicher Abhang überraschte ihn, und er stürzte. Er fiel kurz durch die Luft, dann landete er in etwas, das sich wie eine Rutsche anfühlte. Er glitt auf ihr durch brackiges Wasser hinunter.

Als er anhielt, gab es endlich etwas Licht; es reichte aus, damit seine Linsen es verstärken und ihm zeigten konnten, wo er war. Er war scheinbar in einer riesigen Abfallkammer gelandet. Die Wände verschwanden hinter Bergen aus Dreck, verrottenden Substanzen und Schutt und fielen zu einem Becken mit stinkendem Schlamm ab, das mit schwimmendem Gerümpel verstopft war. Der Gestank schnürte ihm den Hals zu, er war so kräftig, dass man ihn beinahe kauen konnte. Eine dünne, grünlich phosphoreszierende Nebelschicht schwebte über dem Dreck.

Die Rutsche hatte Typhon auf halber Strecke an einem

Hang abgesetzt. Er blickte nach oben. Ein paar Hundert Meter von seiner Position entfernt entdeckte er ebenen Boden. Das gab ihm Hoffnung, einen Ausgang zu finden.

Er begann zu klettern und rutschte aus, als der schleimige Schutt unter seinen Füßen nachgab. Auf halber Höhe stürzte ein Hügel neben ihm ein, und ein Zivilist kroch darunter hervor. Der Müllbewohner war kaum als Mensch zu erkennen. Seine schmutzverkrustete Haut hatte die blasse, poröse Beschaffenheit von Pilzen. Sie hing ihm zu eng an seinem langen Körper, was die Länge seiner Gliedmaßen und seine Gelenke noch verstärkte. Sein Schädel war lang und kahl. Er hatte keine Zähne, und seine geschwärzte Zunge fuhr über die dünnen, verrotteten Lippen. Seine Pupillen waren geweitet und füllten seine Augen aus, sodass sie schwarz glänzenden Kugeln glichen. Sie fixierten Typhon. Seine Hände ließen den tropfenden Brocken fallen, auf dem er herumgekaut hatte, und er legte den Kopf schief. Er lächelte.

»Willkommen, willkommen«, blubberte die Kreatur mit einer Stimme, die vor Schleim und Belustigung triefte. »Wenn du hierhergekommen bist, bist du endlich angekommen.« Er kicherte vor sich hin, zufrieden mit seiner Formulierung. Er zeigte auf Typhon. »Ich kenne dich! Ich kenne dich!«

»Das glaube ich nicht«, sagte Typhon und machte sich wieder auf den Weg.

»Aber ich sage, ich kenne dich!« Der Mann lachte. »Macht es das zur Wahrheit?« Er mochte damit sich selbst gefragt haben, Typhon, oder ein Hirngespinst seines verrottenden Verstandes. Er antwortete sich selbst mit einem unsinnigen Singsang. »Vielleicht nein, vielleicht doch, vielleicht zwischendrin geflocht.«

Typhon kletterte weiter. Der Mann bemühte sich, mitzuhalten. »Aber«, sagte er. »Aber aber aber. Die Frage ist ja nicht, woher ich dich kenne. Die Frage ist, warum mir ein solches Wissen zuteilwird. Die Antwort ist: Weil du dich weigerst, dich selbst zu erkennen.«

Typhon erstarrte. Seine Hand zuckte mit dem Impuls, seinen Handflammenwerfer auf den Müllbewohner zu richten. Der Mann neigte den Kopf zur anderen Seite und lächelte wieder, als würde er seine Gedanken lesen, und Typhon spürte, wie etwas versuchte, in seinen Kopf einzudringen.

Der Müllbewohner war ein Psioniker, und zwar einer, der jenseits von Gut und Böse war. *Aus diesem Grund verbietet Mortarion Hexerei. Das passiert, wenn man die psionische Krankheit nicht unterdrückt.* Er wusste, dass er weiterklettern sollte. Aber eine perverse Neugier hatte von ihm Besitz ergriffen. Es war sonst niemand hier, niemand bekam mit, dass er sich mit dem Mutanten unterhielt. Ein paar Sekunden würden nicht schaden.

»Was meinst du?«, fragte Typhon.

»Was meine ich?«

»Warum sagst du, dass ich mich weigere, mich selbst zu erkennen?« Diese Anschuldigung ärgerte ihn. Er musste sich vor dieser Kreatur nicht rechtfertigen. Und doch wollte er, dass der Müllbewohner zugab, dass er sich geirrt hatte.

»Habe ich das gesagt?« Der Druck auf Typhons Kopf verschwand, als der Mann die Frage an sich selbst richtete. »Ja, das habe ich. Das war unhöflich. Das hätte ich nicht sagen sollen. Wie verflochten von mir.« Der Psioniker schüttelte den Kopf und gab sich einen harten Klaps auf die Wange, dann huschte er davon. Nach wenigen

Schritten gaben die Trümmer unter ihm nach und er verschwand aus Typhons Sicht, begraben unter nachrückender Fäulnis.

Typhon starrte auf den Fleck, an dem sich die Kreatur befunden hatte. Das phosphoreszierende Glühen wogte, dann beruhigte es sich. Eine Fliegenwolke surrte wütend.

Typhon kletterte weiter hinauf und schüttelte das Pochen in seinen Schläfen ab. Als er den oberen Rand des Abhangs erreichte und auf den ebenen Boden trat, kam er dem Kriegslärm wieder ein Stück näher. Hinter den Wänden der Abfallkammer knurrten Motoren und Explosionen dröhnten. In der Wand gegenüber von Typhon befand sich eine Hangartür, und er rannte darauf zu.

Die Wand explodierte und ein Flammenpanzer brach in die Kammer vor, gefolgt von einem weiteren dahinter. Der Erste spie aus nächster Nähe Flammen auf ihn.

Alles färbte sich rot. Ein monströser Wind hob ihn in die Luft und schleuderte ihn zu Boden. Betäubt hörte und sah er mehrere Sekunden lang nichts. Dann war der Schmerz in seinem Kopf verschwunden und er konnte wieder klar denken. Auch das Geräusch der Motoren war verschwunden. An seine Stelle trat das Knistern von Flammen.

Typhon richtete sich auf. Die Tür zur Abfallkammer war aufgesprengt worden. Zwischen ihm und dem Ausgang lagen die schwelenden Panzerwracks. Er konnte nicht sagen, wie viele es gewesen waren. Sie schienen ineinander gestoßen worden zu sein und waren zu einer verschmolzenen, verdrehten Masse aus Metall geworden. Entzündetes Promethium floss in Strömen aus den Wrackteilen.

Du weigerst dich, dich selbst zu erkennen.

Die Worte waren weniger eine Erinnerung als vielmehr ein Flüstern in seinen Ohren.

Er rannte aus der Kammer, sowohl um dem Flüstern zu entkommen, als auch um seine Brüder zu finden. Er gelangte auf einen breiten Korridor, wo sich ihm zwei Gruppen von Legionären von beiden Seiten näherten.

»Deine Falle war sehr gut, Bruder«, sagte einer von ihnen. »Sie hätten uns eine ganze Weile aufgehalten.«

»Gelegenheit und Sprengstoff«, sagte Typhon. »Du hättest dasselbe getan, Bruder.«

Lügner. Das hätte er nicht getan.

Und das werde ich auch nicht. Nie wieder.

Nachdem Barrazins Kompanie die Generatoren ausgeschaltet hatte, rückte die Death Guard eine Weile in raschem Tempo durch die Makropole vor. Sie konnten etwas sehen und der Feind konnte es nicht. Sie stürmten wie leibhaftige Albträume durch die Verteidiger. Mortarion spürte den Schrecken und die Verzweiflung der Soldaten der Ordnung, als wäre es ein physisches Medium, durch das er rannte, gewoben aus ihren Schreien und aus ihrem Tod. Die Kriegsdrogen der Ordnung reichten nicht aus, um die Hilflosigkeit zu überwinden, die die Sklaven gegenüber den gepanzerten Riesen empfanden, die über sie hinwegmarschierten. Die Befehlshaber standen nicht unter Drogen, und ihr Zusammenbruch war schneller und verheerender. Sie waren seit jeher diejenigen gewesen, die Angst verursachten und die Bevölkerung von Galaspar unter ihren Füßen zermalmten. Sich auf der anderen Seite eines Massakers wiederzufinden, war etwas, das ihr Verstand nicht ertragen konnte. Viele von ihnen besaßen keine Lichtquelle, und so schrien sie bereits vor Panik, bevor Mortarion über sie herfiel.

In dieser Zeit der Dunkelheit führte Mortarion keinen Feldzug mehr gegen einen bewaffneten Feind. Er vernichtete ein Insektennest. Und während er und der Todesschleier höher stiegen, liefen die Einheiten der Death Guard wieder zusammen. Er lauschte dem Vox-Verkehr und interpretierte das Bild, das sich ihm bot. Barrazin musste sich noch weit unten befinden, da es keinen Kontakt zu seiner Kompanie gab. Sein Rückweg von den Generatoren dürfte lange dauern, jetzt, wo alle Antigravaufzüge deaktiviert waren. Der Rest der Legionäre hatte ein einziges Ziel.

Die Makropole gehörte fast ihm. Die Ordnung war in Aufruhr.

Sobald Mortarion durch die Haupthalle eines stillgelegten Manufactorums die Basis des zentralen Turms betrat, wurde die Verteidigung ebenso intensiv wie verzweifelt, doch sie machte keinen Unterschied. Tragbare Lichtquellen gaben den Soldaten die Möglichkeit, wieder einen Bereich vor ihnen zu sehen, und trotz ihrer Furcht vor der Death Guard griffen sie an.

Sie rückten in größerer Zahl vor als zuvor, was Mortarion nicht für möglich gehalten hatte. Die Anzahl war grotesk. Die Wellen von Körpern waren wie Mauern. Aber das spielte keine Rolle. Das Ziel war in Sicht, und die Masse war irrelevant. Der Ordnung war die Zeit davongelaufen. Mortarion und sein Trupp wateten durch die Soldaten und mähten sie mit ihren Sensen nieder. Es waren so viele, dass sich die Luft in einen dichten Nebel aus Blut und verdampftem Fleisch verwandelte.

Die großen Maschinen des Manufactorums, an denen jeden Tag Hunderte von Menschen geschuftet hatten und gestorben waren, waren riesige, dunkle Gebilde am Rande von Mortarions Sichtfeld. Auf dem Boden wimmelte es von Soldaten, dicht an dicht wie Maden. Er schwenkte *Stille* hin und her. Leiber explodierten vor ihm. Er sah, wie weitere Truppen von der anderen Seite in die Halle strömten, eine wogende scharlachrote Bewegung im Infrarot.

Sie spielten keine Rolle. Sie waren alle sinnlos.

Innerhalb weniger Minuten durchquerte er das Manufactorum und den blutroten Nebel. »Barrazin«, voxte Mortarion in dem erneuten Versuch, seinen Ersten Captain zu erreichen. »Auf welche Art von Widerstand seid Ihr gestoßen?« Tersus hatte bereits gemeldet, dass er derselben Überzahl wie Mortarion gegenüberstand, ebenso wie die anderen Trupps, die sich der Basis des Turms näherten.

Barrazin antwortete nicht. Eine andere Stimme tat es. »Der Erste Captain Barrazin ist tot, Lord Mortarion. Hier spricht Legionär Typhon. Die Kompanie formiert sich neu und bewegt sich auf Eure Position zu. Es gab etwas Widerstand, aber wir haben ihn gebrochen. Seit einiger Zeit sind wir keinem Feind mehr begegnet. Die Makropole gehört uns.«

Mortarion verzog das Gesicht, als er vom Verlust Barrazins erfuhr. Er war eine starke, einigende Persönlichkeit. Aber die Death Guard war mehr als ihre Offiziere, und es war notwendig, dass mehr von ihnen von Barbarus stammten. »Verstanden, Legionär«, sagte Mortarion. »Ihr seid jetzt ein Sergeant, Calas Typhon.«

Die Makropole gehört uns.

Noch nicht. Nicht in diesem Bezirk. In dem wichtigen Bezirk. Dies hier war der letzte Versuch, die Death Guard am Erreichen der Kommandozentrale zu hindern. *Sie versuchen, was Ihr sagtet, Barrazin. Sie versuchen uns unter Lei-*

chen zu ersticken. Sie hoffen, dass sie sich hinter den Toten verbarrikadieren können. Es tut mir leid, dass Ihr nicht mehr erfahren könnt, dass Ihr recht hattet.

Mortarion schaltete den Vox-Kanal um und wandte sich an alle seine Legionäre. »Die Ordnung ist verzweifelt, aber haltet ihre Verzweiflung nicht für eine Niederlage. Sie spielt auf Zeit. Wir werden ihr nicht gestatten, durch Verzögerung zu siegen.«

Jenseits des Manufactorums führte eine Abzweigung zu einer breiten Treppe. Sie war gebaut worden, um einen Strom aus Hunderten von Arbeitssklaven rasch aus den oberen Stockwerken herunterzubefördern. Jetzt war sie voller Soldaten. Sie hatten Zeit für eine geballte Salve mit ihren Lasergewehren, bevor Mortarion mit der *Laterne* antwortete und die Terminatoren des Todesschleiers ein Sperrfeuer mit ihren Handflammenwerfern entfesselten. Das chemisch angereicherte Promethium brannte länger und heftiger und setzte eine Gaswolke frei, die nach einem einzigen Atemzug die Lunge auflöste. In der Stille danach, als er die rauchenden Felsbetonstufen hinaufstieg, machte Mortarion seine Aufnahme.

In den Räumen der Makropole hallte nicht länger die Propaganda der Ordnung in Dauerschleife wider. Barrazin hatte diese Stimme getötet. Mortarion erstellte eine neue Nachricht. »Bürger von Galaspar«, sagte er, »eure Befreiung ist nahe. Die Death Guard ist wegen der Ordnung hier. Wir sind ihr Untergang. Kämpft nicht gegen uns. Habt keine Angst vor der Dunkelheit. Bleibt hinter euren Türen. Bleibt in Sicherheit. Wartet auf die Morgendämmerung, und ihr werdet frei sein.«

Als er fertig war, schickte er die Aufnahme über die Vox-Kanäle der Kompanie. »Ich möchte, dass jeder Trupp dies in Dauerschleife über die Voxlautsprecher abspielt«, sagte er. »Tut dies, solange es einen Feind zu bekämpfen gibt.«

Die Anführer der Einheiten bestätigten per Vox die Befehle. Die Meldungen trafen schnell ein, denn immer mehr Trupps schlossen sich zu größeren Formationen zusammen.

Dann ging ein Rumpeln durch die Makropole. Mortarion spürte es unter seinen Füßen, als er sich dem oberen Absatz einer weiteren Treppe näherte, die vom Leben befreit war. Die Vibration war gleichmäßig, sie wurde weder stärker noch schwächer. Etwas Massives bewegte sich.

Das ist der Gegenzug der Ordnung. Das ist wichtig.

Er rannte die letzte Treppe hinauf. Der Gedanke, dass er trotz allem, was er getan hatte, doch nicht schnell genug gewesen war, erfüllte ihn mit großer Angst.

Die Treppe endete an einer Eisentür. Er schlug sie mit einem einzigen Hieb ein und stürmte in den dahinter liegenden Raum. Als er eintrat, hörten die Vibrationen mit einem einzigen, brutalen Stoß auf, der diesen Makropolbezirk im Kern erschütterte. Die Quelle des Stoßes schien nahe zu sein. Sehr nahe. Als Mortarion den Raum betrat, hatte er das Gefühl, dass die Soldaten im Inneren kurz zuvor etwas beigewohnt hatten und er es gerade eben verpasst hatte.

Die Angst wurde stärker.

Er befand sich in einem Wachraum, der eintausend Verteidigern Platz bot, und genau so viele waren auch anwesend. Lasertürme flankierten die schwere Doppeltür in der gegenüberliegenden Wand. Mortarion erkannte die Funktion des Raumes sofort. Es war ein Ort für ein letztes Gefecht. Hier gab es nichts außer den Raum an sich und genug Platz, um Verteidiger zu versammeln und sie in einem letzten Sturmangriff gegen die Eindringlinge zu schicken. Die Wände und die Decke waren schmucklos. Es gab überhaupt keine Möbel. Nur den Raum, in dem man töten und sterben konnte.

Nur wenige der Verteidiger waren Soldaten. Bei den anderen handelte es sich um mutierte Menschen, deren Fleisch auf eine Weise verzerrt war, die Mortarion ganz besonders hasste. Viele ihrer Schädel waren so stark angeschwollen, dass sich die Hälse darunter krümmten, und einige zwangen ihre Besitzer sogar, sich auf allen vieren fortzubewegen. Viele besaßen auch ein drittes Auge in der Mitte der Stirn. Die Horde stöhnte; ihre Mitglieder erstickten unter der Folter, die ihr Leben war. Wenn sie schrien, verzerrten sie die Luft. Mortarions Blick auf die Türen und die Lasertürme verzerrte sich ebenfalls, und Blutstropfen fielen aus dem Nichts.

»Psioniker«, zischte Mortarion. Die Elenden der Menschheit, die Verkörperungen der Hexerei, die nur für eine gnadenvolle Ausrottung geeignet waren.

Die Soldaten brüllten und ließen ihre Peitschen knallen, und im selben Moment, als die Geschütztürme feuerten, stürzten sich die Hunderten Mutanten auf ihn. Jetzt waren Mortarion und der Todesschleier der Fokuspunkt ihrer Schmerzen. Sie schrien und rissen Wunden in das Materium. Der Boden vor ihnen kräuselte und verflüssigte sich. Risse in der Luft spuckten ätzende Blitze aus. Ein spiralförmiger Warpsturm explodierte in der Mitte des Raums und verhinderte Mortarions Vormarsch. Der Sturm fühlte sich wie eine spezielle Beleidigung an, eine Erwiderung auf den Sturm, den er mit seiner Warpfeldgranate auf die Ordnung losgelassen hatte.

Der Riss wurde breiter, als Mortarion versuchte, ihn zu umgehen. Ein Spalt in der Realität klaffte vor ihm auf, und die kochenden Kollisionen von Materium und Warp entluden ihre tödlichen Energien über ihn. Das traf ihn hart, wie eine psychische Sense, die sich gegen ihn richtete. Die Oberfläche seiner Rüstung blätterte ab und verlief. Sein Wesen, von seiner Haut bis zu seinem Innersten, begann sich aufzulösen. Seine Seele wand sich und sein Geist krampfte sich unter plötzlich aufblitzenden, schmerzhaften Erinnerungen zusammen, allesamt bruchstückhaft und allesamt so real wie der Raum, in dem er kämpfte. Vergangenheit und Gegenwart verschmolzen miteinander, und er hatte große Mühe, sie auseinanderzuhalten. Der Schmerz, den der Sturm verursachte, war auch der Schmerz, unter dem er vor der Festung seines Adoptivvaters auf Barbarus zusammengebrochen war, überwältigt von Giftstoffen.

Der Sturm heulte und erfasste einen Terminator des Todesschleiers, der ohne aufzuschreien im Schlund des Risses verschwand. Mortarion knurrte und kämpfte mit Willenskraft und Stärke gegen den Schmerz an; er marschierte weiter und zog einem Strom aus Blut und verflüssigtem Fleisch hinter sich her.

Ich werde nicht der Hexerei erliegen.

Nicht so nah am Ziel. Nicht einem so verderbten Angriff. Er hatte die Hexerei auf Barbarus ausgemerzt. Er konnte es hier ebenfalls schaffen.

Er taumelte weiter, obwohl er das Gefühl hatte, sich jeden Moment aufzulösen. Er erreichte den Rand des Sturms und feuerte mit der *Laterne*. Bei jedem seiner Schüsse explodierten Köpfe und der Sturm bebte. Der Rand des Risses schrumpfte, und die Vergangenheit verlor langsam ihren Einfluss auf ihn und wurde wieder zu Erinnerungen. Er stürzte nach vorne, und weitere Mutanten kamen in seine Reichweite. Er schoss auf sie alle, und nun zog sich der Sturm zusammen. Jetzt konnte er die Geschütztürme sehen, und in den Sekundenbruchteilen, bevor sie sich auf ihn ausrichteten, feuerte er zuerst auf sie. Die Energiestöße schmolzen ihre Läufe, woraufhin die Geschütztürme explodierten und zahlreiche Psioniker auf einen Schlag verbrannten.

Der Sturm löste sich auf. Mortarion keuchte aufgrund der Schmerzen seiner Wunden und zwang sich, nicht zu taumeln. Ein Riss lief mittig über seinen Brustpanzer und durch seinen Körper bis in sein tiefstes Inneres. Er fühlte sich gespalten, als würde er in zwei Hälften zerreißen, wenn er einen falschen Schritt machte, und der körperliche Schaden war noch das geringste Übel.

Er knurrte und zwang sich, weiterzumachen, um Vergeltung zu üben. Die Mutanten schrien nun vor Angst, und der ganze Raum erzitterte vor Schrecken über sein Kommen. Seine Terminatoren richteten ihre Handflammenwerfer auf die Soldaten. Sie entfesselten einen breiten Feuerfächer, der über die Psioniker rauschte. Mortarion schritt weiter voran, eingerahmt von den Wänden aus brennendem Promethium, und erntete mit *Stille* das Blut der mutierten Hexer. Noch bevor er den Raum halb durchquert hatte, explodierten die Türen links und rechts und weitere Trupps der Death Guard stürzten sich ins Getümmel. Bald trafen noch mehr ein, darunter auch Tersus' Kommandotrupp. In weniger als einer Minute war in dem Raum nichts mehr am Leben, was auf Galaspar geboren worden war. Grüne Säure tropfte über den erstarrten Boden. Die Luft schluchzte, dann wurde es still.

Mortarion gönnte sich den Luxus, ruhig dazustehen. Er atmete tief und bewusst und drängte seine Schmerzen in den Hintergrund seines Bewusstseins, wo sie bis zum Ende des Krieges bleiben mussten.

Kannst du kämpfen?, fragte er sich.

Ja.

Dann kämpfe.

Weitere Trupps trafen ein. *Ich sollte zufrieden sein*, dachte Mortarion. Seine Legionäre waren alle fast zur gleichen Zeit an diesem Punkt eingetroffen, egal welchen Weg sie genommen hatten.

Er wünschte, er hätte Genugtuung statt Angst empfunden.

Wir waren sehr schnell.

Wir hätten schneller sein sollen.

Mortarion näherte sich der hinteren Tür. Sie war durch die Zerstörung der Geschütztürme stark verbrannt, schienen aber ansonsten intakt zu sein. Der Öffnungsmechanismus war zerstört, durch Laserfeuer ausgebrannt. Die Ordnung hatte das selbst getan.

Tersus gesellte sich an der Tür zu ihm. »Glaubt Ihr, die Kommandozentrale liegt auf der anderen Seite?«, fragte er.

»Nein. Ich bin mir sicher, sie wäre besser geschützt als das hier. Dennoch war diese Tür stark bewacht.«

Zwei Legionäre brachten Sprengsätze an der Doppeltür an, direkt in der Mitte. Die Melterbomben detonierten und färbten das Metall mit ihrer Hitze glühend blau. Es zerlief wie Kerzenwachs und die Türflügel lösten sich auf und offenbarten, was sie verborgen hatten.

»Sie haben nichts bewacht«, sagte Tersus verwirrt.

Auf der anderen Seite befanden sich nur Felsbetontrümmer. Sonst war nichts zu sehen.

Mortarion verengte die Augen. Seine Lippen entblößten seine Zähne in einer Grimasse des Zorns. »Doch, das haben sie«, sagte er. »Eine Verzögerung schützt die nächste«, zischte er. »Das haben sie sehr gut gemacht. Das hier war der Weg hinauf zur Kommandozentrale. Der Schacht ist komplett eingestürzt, und das war der einzige Zugang. Sie haben eine Barriere errichtet und uns dann daran gehindert, diese Barriere zu sehen. Es dämmert fast. Jede Minute ist kostbar für uns, und sie haben uns viele gestohlen.« Er knurrte, dann sagte er: »Ich brauche Augurmessungen.«

Einer von Tersus' Legionären rannte hinauf und tastete die neue Situation im Inneren des Turms ab.

»Seht«, sagte Mortarion und deutete auf den Bildschirm. »Über uns ist nichts als massiver Felsbeton. Aber seht Euch die Schadensmessungen in der Mitte an. Dort befand sich ein Schacht. Jetzt ist er nicht mehr da.«

»Es kommen noch immer Energiemessungen und aktive Signale von oben«, sagte Tersus.

»Ja. In einem sehr begrenzten Bereich. Das ist unser Ziel und wir müssen es schnell erreichen.«

Kaum hatte er zu Ende gesprochen, meldete sich Legionär Nevak per Vox. Nevak war einer der Wachposten, die von der Death Guard auf den Außenwällen der Makropole stationiert worden waren. Als Mortarion Nevaks Stimme hörte, wusste er, dass sie zu spät waren.

»Lord Mortarion«, sagte Nevak. »Es gibt Bewegungen im Nordwesten. Feindliche Panzerstreitkräfte nähern sich.«

Es war ein langer Marsch durch die Nacht gewesen. Arravus Tosarrat, der Hohe Auditor von Peitharchia, musste sich immer wieder zurückhalten, den Panzern zu befehlen, mit voller Geschwindigkeit vorzurücken. Das würde nämlich bedeuten, die Infanterie zurückzulassen. Und das würde er nicht tun. Er würde mit der vollen, vereinten Stärke seiner Makropole in Protarkos eintreffen. Und die Armeen der anderen Makropolen dürften nicht weit zurück liegen. Peitharchia war die zweitgrößte Makropole auf Galaspar und diejenige, die Protarkos am nächsten lag. Der Ruhm des ersten Schlages des Gegenangriffs würde ihr und ihrem Auditor zuteilwerden. Außerdem hatte Tosarrat aufgrund der Position von Peitharchia den Oberbefehl über das Schlachtfeld. Die endgültige Niederlage des Feindes würde natürlich Lord-Auditor Stevang angerechnet werden, aber Tosarrats Rolle bei der Rettung Protarkos' würde ihm, so kalkulierte er, im Hinblick auf seine Position innerhalb der Ordnung zugutekommen.

Tosarrat trug einen Vollkörper-Schutzanzug, damit er in der offenen Turmluke des Panzers stehen konnte. Der Anzug war heiß und unbequem. Er hielt ihn außerdem am Leben. Die Luft war so giftig, dass sie ihn innerhalb weniger Minuten getötet hätte. Er wollte so fahren, dass er sich umsehen konnte. Der Anblick war berauschend. Sein Panzer befand sich in der Mitte der vordersten Reihe. Links und rechts von ihm sowie hinter ihm befanden sich Tausende und Abertausende Panzer, die sich in alle drei Richtungen erstreckten, so weit er sehen konnte. Zwischen den Kolonnen und Reihen marschierten Soldaten, die ihre Kraft durch Kriegsdrogen aufrechterhielten. Die Streitkräfte waren in Kompanien unterteilt, die jeweils aus eintausend Panzern und einhunderttausend Soldaten bestanden, die ihrem eigenen General unterstanden. Es waren Millionen. Die Armee bedeckte das Land. Der Boden bebte unter rumpelnden Ketten und stampfenden Stiefeln.

Und nicht weit entfernt folgten weitere Millionen. Die Armeen der anderen Makropolen kamen gut voran. Sie würden sich mit der seinen kurz nach seiner Ankunft in Protarkos zusammentun. Der kombinierte Zorn der Makropolen würde auf die Invasoren treffen und sie von Galaspar hinwegfegen. Diesem Aufmarsch konnte nichts und niemand widerstehen. Mit einer solchen Armee konnte Tosarrat Städte überfahren und einebnen.

Und genau das werden wir tun. Stevang war sehr deutlich. Vor nichts halt machen, um den Feind zu vernichten. Und wenn das bedeutet, die Mauern von Protarkos dem Erdboden gleichzumachen, dann reißen wir sie eben nieder.

Die Nacht war lang und voller Erwartung gewesen. Tosarrat hatte in all den dunklen Stunden im Turm gesessen und nichts außer den paar Hundert Metern gesehen, die die Scheinwerfer des Panzers vor ihm erhellten. Außer der Monotonie des rissigen Ödlands hatte es allerdings auch nichts zu sehen gegeben. Der ätzende Wind hatte das Land fast vollständig abgetragen und in den grellen Lampen des Panzers wirkte die Landschaft so ausgeblichen, dass sie an Knochen und gerissene Haut erinnerte. Die endlosen Stunden vergingen. Die Berichte aus Protarkos waren düster.

»Wir werden kommen«, versprach Tosarrat Stevang. »Die Sonne geht bald auf, und dann werden wir da sein.«

Weniger als eine Stunde später wich das Pechschwarz der Nacht langsam einem Grau und dann einem dreckigen, braunen Licht. Die Motoren der Panzer schienen lauter zu werden, als begrüßten sie den Tag mit ihrem Eifer. Tosarrat beugte sich vor und versuchte, weiter voraus zu blicken. In der Luft schwammen prismatische Giftstoffe. Staubkörner schlugen klickend gegen seine Schutzbrille.

Protarkos' Silhouette schälte sich aus dem trüben Halbdunkel. Sie begann als Schatten, dann verwandelte sie sich in einen Koloss. Tosarrat keuchte, als er das riesige Schiff sah, dass sich in den oberen Bereich gebohrt hatte, wie ein Dolch in ein Herz. Der Anblick ließ ihn kurz unwillkürlich zweifeln.

Wenn der Feind dazu in der Lage ist …

Er wandte den Blick vom Schiff ab und ließ ihn über die Weiten seiner Armee schweifen. Das gab ihm Sicherheit. Es war egal, was die Eindringlinge erreicht hatten. Ihre Flotte wurde durch die planetaren Verteidigungsanlagen aufgehalten, also waren sie nicht unverwundbar. Jetzt war es an der Zeit, sie dafür zu bestrafen, dass sie es gewagt hatten, einen Fuß auf Galaspar zu setzen.

Tosarrat ließ sich in das enge, stinkende Innere des Panzers hinab. »Haben wir noch Kontakt zum Lord-Auditor?«

»Jawohl, Hoher Auditor.« Der Kommunikationsoffizier gab ihm das Kopfhörermikrofon.

»Ihr seid in Sichtweite«, sagte Tosarrat an Stevang gerichtet.

»Und wir haben die Nacht überlebt.« Der Kanal rauschte stark. Dennoch konnte Tosarrat hören, wie Anspannung und Erleichterung in Stevangs Stimme miteinander rangen. »Ihr bringt uns den Sieg.«

Mit Tersus an seiner Seite rannte Mortarion zu Nevaks Beobachtungsposten. Sie hatten diese Position erst kürzlich eingenommen und daher dauerte es nicht lange, sie zu erreichen. Der Zugang bestand aus einem Loch, das in die Außenmauern der Turmbasis gesprengt worden war. Auf dieser Höhe wehte ein kräftiger Wind. Die Giftstoffe in der Luft von Galaspar vermischten sich in Mortarions Atemmaske mit der Luft seines Heimatplaneten und verbanden diese Welt noch enger mit Barbarus und verstärkten seinen Drang, das Volk zu befreien.

Der Boden war durch den Schmutzschleier nur schwer zu erkennen. Trotzdem war die Verstärkung der Ordnung nur schwer zu übersehen. Ein bewegter Teppich aus Insekten schien das Land im Nordwesten bis zum Horizont zu bedecken. Eine Armee von schrecklicher Größe und Macht.

Weniger weit entfernt befanden sich einige der planetaren Verteidigungsgeschütze. Sie feuerten, während Mortarion zusah. Das gewaltige Donnern der Kanonen rollte über das Land. Der Trommelschlag, der die Flotte auf Abstand hielt.

Der Rückschlag riss die Geschütze zurück und die gewaltigen Ladesysteme legten neue Granaten nach. Die langsamen, schweren und sich immer wiederholenden Bewegungen verwandelten die Geschütze in mythische Bestien, in Ungeheuer, die nacheinander den Göttern ihr Feuer entgegenschleuderten. Aus weiterer Ferne, außerhalb der Sicht, drangen die Echos weiterer Explosionen heran. Die Ordnung besaß noch immer ihre Krallen, trotz all der Verletzungen, die Mortarion ihr zugefügt hatte.

Er wandte sich um und sah zur Spitze des Turms hinauf. Sie war verschwunden.

Tersus sagte: »Die haben wir doch nicht zerstört, oder?«

»Sie wurde überhaupt nicht zerstört«, sagte Mortarion. Der *Vierte Reiter* war richtig ausgerichtet gewesen. Die Death Guard hatte die Makropole so weit oben wie möglich getroffen, ohne das Ziel zu zerstören. Ein Blick auf die gedrungene Basis des Turms sagte ihm, was geschehen war. »Sie haben sie eingefahren. Das waren die Vibrationen, die wir vorhin gespürt haben.« Die Death

Guard hatte die Makropole bis auf diesen einen Ort eingenommen, und er war der entscheidende. »Wir müssen diese letzten Verteidigungen durchbrechen, bevor diese Streitmacht die Makropole vernichtet, und uns gleich mit. Wir brauchen die Unterstützung der Flotte.« Er rief sich ins Gedächtnis, wo die Signalansammlung auf der Augurmessung gelegen hatte. Es dürften sich mindestens dreißig Meter fester Felsbeton zwischen der versteckten Kommandozentrale und der Position der Death Guard befinden. Es würde Stunden dauern, sich einen Weg hineinzusprengen. Und dann wäre es bereits zu spät. Es musste einen schnelleren Weg hinein geben.

Die Signalansammlung lag recht nah am oberen Ende der Turmspitze.

Mortarion betrachtete das Äußere des Turms. Geschütztürme säumten ihn und die anderen Mauern der Makropole. Jene unterhalb dieser Position waren ausgeschaltet, da ihnen die Stromversorgung fehlte. Die Geschütze auf dem Turm drehten sich suchend hin und her. Sie erhielten ihre Energie von den Generatoren in dem Bunker, der die Basis des Turms gewesen war. Nevaks Wachtposten lag sicher unter einem vorkragenden Stück Felsbeton und war vor den Geschütztürmen verborgen. Die Geschütze waren mächtig, sie waren gebaut worden, um Flieger abzuschießen, die sich der Makropole näherten. Allerdings waren sie nicht darauf ausgelegt, Krieger auszuschalten, die an den Mauern hinaufkletterten. Das waren schwierig zu erwischende Ziele.

Aber nicht unmöglich. Besonders dann nicht, wenn es den Herrschern der Ordnung egal war, wenn sie die Mauern beschädigten. Und das war es sicherlich, solange die Mauern dick genug waren.

Tersus war seinem Blick gefolgt. »Ein Angriff von außen?«, fragte er.

»Ja«, sagte Mortarion. »Von oben durchs Dach.«

»Das wird aber auch eine Weile dauern.«

»Ja, aber nicht ganz so lange.« Er wandte seine Aufmerksamkeit wieder der heranrückenden Armee zu und erkannte, was getan werden musste. »Eine kleinere Truppe kann den Aufstieg schaffen«, sagte er. »Solange wir den Gegenangriff eine Weile lang aufhalten können.« Eine kleine Truppe würde die Kommandozentrale angreifen, während der Rest der Legionäre hinabsteigen würde, um die Panzer aufzuhalten. Sollten sie das nicht schaffen und die Panzer die Gelegenheit bekommen, die Außenmauern des Turms mit ihrer geballten Geschützmacht zu treffen, würde der Aufstieg fehlschlagen. Und wenn der Aufstieg fehlschlug und sie die Kommandozentrale nicht einnehmen konnten, war alles verloren. Der Angriff auf das ganze Galaspar-System hing davon ab, den Legionären, die den Aufstieg versuchten, ein wenig mehr Zeit zu verschaffen.

Mortarion ballte die Fäuste. Er hatte die Möglichkeit dessen vorhergesehen, was er als Nächstes tun musste. Trotzdem ärgerte ihn, dass es notwendig war. Auf Barbarus hatte er es nicht geschafft, die Befreiung ohne Eingreifen seines Vaters zu vollenden, da er es nicht geschafft hatte, die giftigen Höhen bis zur Festung zu erklimmen, ohne zusammenzubrechen. Dies hier würde ein weiterer Aufstieg sein, den er nicht vollenden würde. Es wäre übertrieben, den kletternden Trupp anzuführen. Dafür wurde er nicht gebraucht. Er wurde dort gebraucht, wo der Kampf besonders verzweifelt geführt werden würde, wo die größte Streitmacht der Death Guard aufmarschieren musste und wo die richtigen Kommandoentscheidungen ausschlaggebend sein würden. Er musste dort unten sein, auf dem Boden, und mit inzwischen weniger als zehntausend Soldaten auf einem offenen Schlachtfeld gegen Millionen kämpfen.

»Ihr wisst, was zu tun ist«, sagte er zu Tersus.

»Ja, ich weiß, Lord Mortarion.«

»Nehmt Euch einen Trupp. Mehr kann ich nicht erübrigen.«

»Ein Trupp wird ausreichen.«

»Ihr wisst, wie entscheidend es ist, dass Ihr die Zentrale einnehmt?«

»Ja, das weiß ich.«

»Ihr dürft Euch nicht aufhalten lassen.« Mortarion warnte ihn nicht davor, Phosphex nur zögerlich einzusetzen. Tersus hatte die Basis des Turms beinahe ebenso schnell erreicht wie Mortarion. Er vertraute darauf, dass sein Captain wusste, was getan werden musste.

»Wir werden uns nicht aufhalten lassen«, sagte Tersus. Das Versprechen kam von Herzen.

»Gut.« Es war Zeit, loszulegen. Immerhin gab es einen Unterschied zwischen Galaspar und Barbarus. Hier würde es kein Eingreifen eines Vaters geben. Sieg oder Niederlage würden ganz allein seine sein.

Wenige Minuten später stieg ein rasender Mortarion den Berg hinab.

ZEHN

Stevang beobachtete, wie die Linien auf dem Hololithtisch zusammenliefen. Die Geschichte, die sie erzählten, wurde durch Tosarrats Übertragungen bestätigt. Der Morgen war angebrochen. Der Tag des Sieges war da.

Die anderen Hohen Auditoren hatten sich um den Tisch versammelt und beobachteten genau wie er, was geschah. Sie standen nahezu reglos da. Sie hatten sich seit geraumer Zeit nicht mehr bewegt und die letzten Stunden der Nacht damit verbracht, auf den Tisch zu starren und auf die Geräusche der Eindringlinge zu warten, die sich einen gewaltsamen Weg zur Kommandozentrale suchten, oder auf die Geräusche der versammelten Artillerie der Ordnung, die mit dem Bombardement auf Protarkos begannen. Ihre Herzschläge zählten die Sekunden, bevor der eine oder andere Fall eintrat. Sie wussten, dass die Eindringlinge kamen. Sie konnten aber nicht mehr ermitteln, wie unmittelbar diese Gefahr war. Furcht und Hoffnung bekriegten sich in ihnen und diese extremen Gefühlsunterschiede erschöpften sie.

»Hier«, sagte Stevang. Er schlug zufrieden auf den Tisch. »Tosarrat ist *hier*. Und wir stehen noch.«

»Sehr bald werden wir hören, wie das Ende des Krieges beginnt«, sagte Uvalliat.

»Wo werden sie zuerst angreifen?«, fragte Restavan.

»Überall«, sagte Uvalliat. »Dafür haben sie ja ihre Kanonen.«

Stevang nickte und stellte sich die Zerstörung vor, die Tausende gleichzeitig und immer wieder feuernde Panzergeschütze verursachen konnten.

»Die Turmbasis wird mit Sicherheit von Artilleriegeschützen beschossen werden«, fuhr Uvalliat fort. »Dort werden sich die feindlichen Streitkräfte am wahrscheinlichsten konzentrieren.«

Stevang machte ein finsteres Gesicht. Die Stille außerhalb der Kommandozentrale war beruhigend gewesen. Jetzt störte sie ihn. »Sie sollten bereits da sein«, sagte er. »Wir wissen doch, wie wenig wir sie mit dem aufhalten konnten, was wir ihnen entgegengeschleudert haben. Sie hätten inzwischen eingetroffen sein sollen.«

»Was meint Ihr, warum das nicht der Fall ist?«, fragte Belltav.

»Warum hören wir keine Sprengsätze? Warum hören wir nichts von ihren Bemühungen, zu uns vorzudringen?« Inzwischen hätte er den gedämpften Lärm der Vergeblichkeit hören sollen, die Paukenschläge feindlicher Truppen, die ihr Todesurteil unterzeichneten, indem sie ihre Energie in einer Position vergeudeten, von der aus sie sich nicht wehren konnten, sobald die Granaten auf sie fielen. Stattdessen hörte er nichts.

Seine Besorgnis war ansteckend. Die fragile, kostbare Kerzenflamme des Triumphs verlosch.

»Wo sind sie?«, fragte er.

Restavan wandte sich an die Bediener der Stationen. »Warum tastet ihr nichts ab?«, fragte er barsch, obwohl Stevang wusste, dass sie pausenlos genau das taten. »Zeigt uns die Linsen!«

Ein Bildschirm über dem Hololithtisch zeigte eine Folge mehrerer Bilder, die von den einzigen noch aktiven Überwachungslinsen in Protarkos aufgenommen worden waren. Die meisten von ihnen befanden sich innerhalb der Kommandozentrale, ihrem Ventilationssystem und den zwei stark verwinkelten Gängen, die als Notzugänge gerade genug Platz boten, damit sich eine Person hindurchzwängen konnte.

Obwohl er wusste, dass die Bediener ihren Aufgaben gewissenhaft nachkamen, weil auch ihr Überleben auf dem Spiel stand, und obwohl er wusste, dass Restavans Forderung sinnlos war, betrachtete auch Stevang die Bilder mit angehaltenem Atem und voller Angst, irgendwo den Feind zu erblicken. Aber das wäre unmöglich gewesen. Die Invasoren konnten sich schließlich nicht durch eine über einhundert Meter dicke Felsbetonschicht teleportieren. Sicherlich nicht, oder?

Die Schächte und der Fluchtkorridor waren leer. Stevang atmete wieder, aber er blieb so angespannt wie zuvor.

»Wo stecken sie denn jetzt?«, fragte Uvalliat genauso besorgt wie Stevang sich fühlte. »Wenn sie nicht versuchen, sich einen Weg zu uns zu sprengen, was treiben sie denn dann?«

Stevang schnaufte, als er plötzlich unwillkürlich etwas begriff. »Draußen«, sagte er mit krächzender Stimme. »Sie sind draußen.«

»Da haben wir keine funktionstüchtigen Linsen«, sagte Uvalliat.

»Außer die in den Geschütztürmen.« Stevang blickte zu den Stationen hinauf, die die Türme steuerten. Die Bildschirme zeigten nur den leeren Himmel, den die Türme hin und her schwenkend nach Zielen absuchten. »Dreht die Türme, so weit es geht«, befahl er. »Alle. Sie sollen auf die Mauern blicken.«

Die Betreiber gehorchten. Die Ansichten wechselten. Eine andere Reihe von Linsenbildern erschien auf dem taktischen Hauptschirm. Die Ansichten der bis an den Rand ihrer Beweglichkeit gebrachten Geschütze waren frustrierend unvollständig und die Perspektiven machten es schwierig, etwas zu erkennen.

»Da!«, rief Uvalliat. Sie packte den Bediener, der ihr am nächsten saß, an der Schulter. »Zurück.«

Der Betreiber gehorchte und die feindlichen Soldaten kamen ins Bild. Es waren zehn, und sie erklommen die Mauer von außen, hin zum Dach des Kommandozentrale-Bunkers.

»So wenige?«, fragte Uvalliat. »Wo sind die ganzen anderen?«

Stevang wurde bleich, als ihm bewusst wurde, wie viel dünner der Felsbetonschild über seinem Kopf war. »Das ist egal!«, rief er, obwohl es nicht egal war. Es war ganz und gar nicht egal, aber er konnte nur an die Gefahr denken, die er jetzt vor Augen hatte, und das war die Gefahr, die es zu bekämpfen galt. »Erschießt sie! Schießt sie von der Mauer. Alle Türme: Feuer! *Feuer!*«

Sie hatten die Hälfte geschafft, schätzte Tersus. Der Trupp hatte sich verteilt, die einzelnen Mitglieder hielten einen

Abstand von mindestens zwanzig Metern, um kein gemeinsames Ziel zu bieten. Über ihnen, unter ihnen und zu beiden Seiten drehten sich die Verteidigungsgeschütze unwissend von einer zur anderen Seite. Die Legionäre kletterten schnell. Der Felsbeton war aufgrund der giftigen Luft, der er schon so lange ausgesetzt war, durchlöchert und bröckelig. Es war einfach, mit Händen und Füßen Löcher zu schlagen, um Halt zu finden. Ein keramitgepanzerter Tritt oder Schlag reichte aus, um einen Brocken aus dem Mauerwerk zu brechen und einen kleinen Vorsprung zu schaffen. Der Wind zerrte kräftig an Tersus. Er versuchte, ihn von der Wand zu reißen. Er kreischte und wollte ihn scheinbar hochschleudern und dann Hunderte Meter bis zum Fuß der Makropole hinabstürzen. Er war zu schwach. Tersus' Servorüstung machte ihn zu massig, als dass der Wind ihn hätte bewegen können.

Plötzlich richteten die Türme ihre Geschütze auf die Wand.

»Sie suchen nach uns«, warnte Tersus den Trupp. »Sie werden uns entdecken. Haltet Euch bereit.« Er kletterte schneller, auch wenn das ein größeres Risiko bedeutete. Jetzt gab es keine Sicherheiten mehr. Er sprang und schlug am höchsten Punkt seiner Sprungbahn auf die Wand ein und hielt sich fest. Dann sprang er erneut, dieses Mal diagonal. Zwei weitere Male sprang er auf diese Weise, bevor die Türme das Feuer eröffneten.

Ein Granatenhagel prasselte gegen die Wand. Die Geschosse kamen in so flachen Winkeln, dass sie beinahe über die Oberfläche glitten. Die Flugbahnen waren ungelenk, aber das war egal. Die Granaten trafen trotzdem. Explosionen erschütterten die Wand. Felsbeton löste sich auf und wurde zu brutalen Staubstürmen. Brocken brachen von der Wand ab und stürzten in Lawinen hinab.

Eine Granate detonierte wenige Meter über Tersus' Kopf. Er presste sich flach gegen die Wand und hielt sich fest, während Geröll auf ihn niederregnete. Er wurde von Staub verschluckt und konnte nichts mehr sehen. Das bedeutete aber auch, dass er unsichtbar war, und er musste nichts sehen, um zu springen. Er sprang direkt nach oben, dann noch einmal, und dann hatte er die Staubwolke verlassen.

Rechts neben ihm geschah ein grausames Unglück: Eine Granate erwischte Arkus mitten im Sprung. Sie zerfetzte den Legionär. Arkus' Rune blinkte auf Tersus' Autosinnen rot auf und verschwand dann. Einen Augenblick später folgten jene von Levan und Bussek.

»Ich habe das Gefühl, die wollen uns etwas antun«, voxte Garro.

»Sicher?«, fragte Tersus, indem er ebenfalls auf Galgenhumor zurückgriff, um das hilflose Gefühl, wie ein Insekt auf der Wand zu hocken, zu überspielen. Sie hatten niemanden, gegen die sie kämpfen konnten. Sie konnten sich an niemandem rächen. Sie konnten einfach nur weiterklettern.

Also bewegte sich Tersus wie ein Insekt. Er versuchte, unberechenbar und hastig zu springen, ohne Muster, um tödlichen Treffern zu entgehen. Er huschte in Staubwolken, wo immer sich ihm die Gelegenheit bot. Sie waren immerhin eine kurze, schwache Deckung.

Er verließ gerade eine Wolke, da enthüllte ein plötzlicher Windstoß kurzzeitig die Wand. Geschützfeuer drang aus mehreren Richtungen auf Tersus ein, eine Naht der Zerstörung, die immer näher kam. Splitter prasselten klappernd gegen seinen Helm, als in der Nähe eine Granate explodierte. Er warf sich nach oben in die abflauende Detonation. Er bekam im gleichen Augenblick den Rand des Einschusskraters zu fassen, als ihn ein Geröllbrocken an der rechten Schulter traf. Er hielt sich fest, dann zog er sich wieder hoch. Nun war überall Staub. Das war ein Segen, aber er war nur da, weil die Explosionen so nah stattgefunden hatten. Die Wand erzitterte unter den Treffern. Sie zitterte so stark, als würde sie jederzeit aufreißen. Sie zitterte, als würde sie ihn am liebsten von sich weg stoßen und tot sehen.

Er war nah an der Spitze, aber das Sperrfeuer ließ sie sehr weit weg erscheinen. Die Wand war unendlich groß und Götter schlugen sie um ihn herum in Stücke. Das Rattern und Knallen der Geschütztürme zerstörten alle anderen Geräusche. Kommunikation mit seinen Legionsbrüdern war unmöglich.

Sie wissen, was zu tun ist.

Die Aufgabe war einfach. Klettern. Klettern. Klettern. Und am Ende zum Tod für die Ordnung werden.

Eine weitere Rune verschwand. Dann noch eine. Toravas und Xevok waren tot.

Die Granaten drangen weiter auf ihn ein. Sie würden nicht aufhören, bis Tersus und seine Brüder tot waren, oder bis er sie zum Schweigen brachte.

Er sprang und hielt sich fest, sprang und hielt sich fest, er huschte hin und her, aber nach oben, immer nach oben, durch den Sturm aus Lärm und Staub. Er würde auch allein klettern, wenn nötig. Und sollte er sterben, würde einer der anderen das Dach erreichen, weil es mindestens einer von ihnen schaffen musste. Mehr brauchten sie nicht. Nur einen.

Nur einen.

* * *

Tosarrat hatte sich wieder in den Panzer zurückgezogen und die Rufe, die ihn über seine Kopfhörer aus Protarkos erreichten, waren panisch.

»Könnt Ihr sie erwischen?«, rief Stevang. »Könnt Ihr sie erwischen? Ich glaube, sie klettern noch immer. Die Geschütztürme reichen nicht.«

»Auf diese Entfernung können wir keine Ziele anvisieren«, sagte Tosarrat. »Wir würden sehr ungenau feuern und könnten Euch vernichten.« Man benötigte schwere Artilleriegeschütze, um so weit oben etwas treffen zu können. Tosarrat war kurz davor, mit einem Bombardement der Turmbasis zu beginnen, wo er den Feind erwartete, aber die lag weit genug unter der verstärkten Position der Kommandozentrale im Bunker, dass das Risiko zu vernachlässigen war.

»Dann vernichtet jetzt den Rest von ihnen«, sagte Stevang. »Wo immer sie auch sein mögen, im Namen der Ordnung, vernichtet sie!«

»Das werden wir«, versprach Tosarrat. Er schloss den Kanal. »Sind wir in Reichweite?«, fragte er den Panzerkommandanten.

»Das sind wir, Hoher Auditor.«

Tosarrat hob sein Mikrofon und richtete sich an sämtliche Panzereinheiten unter seinem Kommando. »Beginnt mit dem Bombardement. Feuern nach Belieben.«

Er stieg wieder durch die Luke, um die Vernichtung mitanzusehen.

Mehrere Reihen aus Panzern und selbstfahrenden Artilleriegeschützen dröhnten. Tausende Kanonen feuerten gleichzeitig. Ein Schwarm Granaten flog gebündelt der Basis des Hauptturms entgegen. Der Rest des Sperrfeuers schlug in den unteren Mauern und Türmen der Makropole ein. Wolken aus Rauch und Trümmern erhoben sich und Bauten stürzten ein. Die Nordwestseite von Protarkos brach langsam zusammen.

Am Fuß der Mauer drang etwas aus dem Rauch, was sich organisiert und schnell auf die vorrückenden Reihen der Armee zubewegte.

»Sie sind hier!«, rief Tosarrat und vergaß kurzzeitig, dass ihn niemand hören konnte. Er ließ sich durch die Luke fallen und schnappte sich das Mikrofon vom Voxoffizier. »Der Feind ist hier!«, rief er. »Er ist hier unten. Sämtliche Geschütze: Feuert auf den Fuß der Mauer!« Und dann war er wieder oben und blickte draußen durch seine Schutzbrille, welchen Effekt sein Befehl hatte.

Die Invasoren bildeten eine breite, aber dünne Linie. Es waren höchstens zehntausend Soldaten, dachte er. Er war ängstlich, aber voller Eifer. Diese wenigen hatten Protarkos eingenommen. Das war beachtlich. Aber jetzt befanden sie sich im Freien, hundertfach unterlegen, und sahen sich Panzern gegenüber. Ihre Stärke und ihr Können waren nun egal.

Die Kanonen der vorderen Panzer senkten sich und feuerten die erste Salve ab. Granaten explodierten entlang der Feindlinie. Sie waren noch immer mehr als einen Kilometer entfernt. Tosarrat konnte gerade so die verteilten Silhouetten von Körpern ausmachen, die in die Luft geschleudert wurden. Er beugte sich begeistert vor und konnte den Sieg bereits schmecken. Seine Schutzbrille war dreckig. Es war so verlockend, sie abzunehmen und mit eigenen Augen zu sehen.

Etwas Helles und Spitzes raste über ihm durch die Luft. Die Erschütterung folgte einen Augenblick später, gedämpft und beinahe bescheiden, und irgendwie unheilvoll. Andere Blitze erschienen rechts und links von ihm entlang der Frontlinie. Tosarrat runzelte verwirrt die Stirn. Er konnte keinen Effekt erkennen.

Dann übergab er sich plötzlich, heftig und schmerzhaft. Das Erbrochene füllte seine Maske und er atmete es direkt ein. Ihm blieb die Luft weg, er übergab sich erneut und dann zog er die Kapuze seines Schutzanzuges ab. Er sackte im Turm zusammen, während Schwindel und Schmerzen in seinem Kopf explodierten. Er atmete die giftige Luft tief ein und erstickte beinahe ein zweites Mal.

Der Panzer kam vom Kurs ab. Der Motor heulte auf und das Fahrzeug schlingerte unkontrolliert, wobei es am Boden liegende, sterbende Infanteristen überrollte. Er schüttelte Tosarrat wie eine Puppe hin und her. Er bekam diese Bewegung kaum mit. Sein Kopf brannte. Seine Augen brannten. Seine Lunge und seine Eingeweide brannten ebenfalls. Er fasste sich an die Stirn und seine Haut löste sich ab, sie klebte an seinen Handschuhen.

Er versuchte, zu schreien, aber sein Körper hatte diese Grenze bereits überschritten.

Bevor ihm die Augen im Schädel schmolzen, bemerkte er, dass ein anderer Panzer auf ihn zusteuerte. Er war tot, bevor es zum Zusammenstoß kam.

Die Strahlenbomben gingen über der Frontlinie der Ordnung hoch. Als die abgefeuerten Waffen platzten, ging der unsichtbare Mörder ans Werk. Während Mortarion den Sturmangriff in das vergiftete Ödland anführte, zeigte sich der Effekt der Strahlenwaffen sofort. Fahrer starben an ihren Steuerpulten. Geschütze verstummten. Panzer kamen schlingernd zum Stehen oder fuhren völlig unkontrolliert umher. Die Panzerkolonnen waren dicht gedrängt und so kam es unmittelbar zu Zusammenstößen. Verbeulte Metallmassen blockierten jenen den Weg, die nach ihnen kamen, und die Strahlung hatte ihre Arbeit noch nicht vollendet.

»Werft weiter«, befahl Mortarion. »Verbrennt das Land.«

Für die erste Phase des Angriffs verteilten sich die zehntausend Legionäre so weit wie möglich. Sie bildeten eine einzige Reihe, die breit genug war, um sich der Gesamtformation der Ordnung entgegenzustellen und den Feind mit der Täuschung einer törichten, brüchigen Angriffslinie nach vorne zu locken. Das feindliche Sperrfeuer forderte seinen Tribut, aber der Abstand zwischen den einzelnen Legionären war so groß, dass keine Explosion mehr als einen einzelnen Krieger töten konnte. Nur ein Volltreffer reichte aus, um den Vormarsch eines Kriegers der Death Guard aufzuhalten.

Und diese vorrückenden Krieger warfen ununterbrochen Strahlen- und Chemiewaffen. Die XIV. Legion verwandelte das Land vor ihnen in einen Streifen aus Gift, das in der toxischen Luft nicht zu sehen war, aber unendlich tödlicher war als die Atmosphäre Galaspars. Kein Schutzanzug und kein Panzerrumpf boten Schutz.

Die Panzer wurden langsamer, blieben liegen oder krachten ineinander. Die Infanteristen starben, sobald sie die Panzer einholten. Ihre Körper verflüssigten sich und wurden unter den Fahrzeugketten in Schlamm verwandelt. Die Vorwärtsbewegung der Armee der Ordnung verlangsamte sich, während die Death Guard in gleichmäßigem, unaufhaltsamem Tempo weiterzog. Die Linie war wie eine Sensenklinge, die kurz davor war, sich durch den Feind zu schneiden.

Das Phosphex verbreitete sein grünes Feuer. Eine Bombe nach der anderen explodierte und schuf eine lange, ununterbrochene, flüssige Wolke. Panzer brannten, und die Flammen drangen ins Innere vor, wo sie das schreiende Fleisch fanden. Die Soldaten flohen verängstigt und die Qualen folgten ihnen wie eine alles verschlingende Bestie.

Der Vormarsch der Ordnung kam vollständig zum Erliegen. Die Frontlinie war geschwärzt und ruhig. Giftige Dämpfe stiegen dort auf, wo das Phosphex vorbeigezogen war, und die Strahlung würde noch wesentlich länger nachwirken. Für jeden Sterblichen bedeutete es den Tod, diese Zone zu betreten.

Ein früher Sieg, dachte Mortarion. Aber es war auch einer, der wenig bedeutete. Die Armee war in Reichweite der Makropole und ihre Ankunft hatte den Kampf mit der Death Guard erzwungen. Es war kein Krieg, den die Death Guard ohne die Unterstützung der Flotte gewinnen konnte. Er musste dafür sorgen, dass die Ordnung davon so lange wie möglich nichts erfuhr.

»Werft höher und weiter«, voxte er. »Tötet sie von hinten und von vorne.«

Er schleuderte weitere Phosphexbomben Hunderte Meter in die hinteren Ränge und stürmte dann vor. Im Augenwinkel sah er, wie seine Legion seinem Beispiel folgte. Sie griff wie eine einzelne Klinge an.

Mortarion rannte durch die Todeszone und mitten in die nächsten Reihen des Feindes. Sie hatten sich ein wenig zurückgezogen und ihre Waffen gesenkt. Sie feuerten einen Geschosshagel direkt geradeaus. Ein Geschütz schwenkte in Mortarions Richtung. Es war langsam. Er war schnell. Er sprang darüber hinweg, landete auf dem

Turm und rammte *Stille* in den Lauf des Geschützes. Die Sense schnitt durch das Metall und Mortarion sprang erneut, dieses Mal zur Seite des Panzers, und landete inmitten der Infanteristen. Voll panischer Angst vor dem sich ausbreitenden Tod zu beiden Seiten und nun erschrocken über die Erscheinung, die in ihren Reihen landete, schrien und feuerten sie wild um sich. Mortarion schwang *Stille* in einem weiten Bogen. Köpfe fielen wie Regen. Dann rannte er zum nächsten Panzer und zerteilte auch dessen Kanone, als sie in seine Richtung schwenkte. Er befand sich bereits auf den nächsten Fahrzeugen dahinter, als die beiden Panzer feuerten. Die Granaten explodierten in den beschädigten Läufen und die Detonationen schleuderten die Türme in die Höhe.

Schreie und Flammen umgaben Mortarion. Er war der Tod und er verbreitete seinen Fluch unter den Feinden. Er war die vorderste Spitze einer Welle der Zerstörung und in seinem Schatten taten es seine Legionäre ihm gleich. Der Tod breitete sich in der Ordnung aus. Hunderte Soldaten starben mit jeder verstreichenden Sekunde. Weitere Panzer stießen zusammen, weitere explodierten. Überall herrschte Zerstörung.

»Ihr seid meine ungebrochenen Klingen!«, voxte Mortarion an seine Söhne. »Unsere Verluste machen uns stärker, denn der Feind sieht unseren unbezwingbaren Vormarsch und weiß, dass er uns nicht aufhalten kann. Ihr seid eins mit mir, meine Söhne, und ich bin eins mit euch.«

Er raste von Fahrzeug zu Fahrzeug, machte einzelne mit einem raschen Hieb unschädlich und eilte weiter, bevor der Angriff überhaupt bemerkt wurde oder sich seine Auswirkungen zeigten. Er blieb für seine Legionäre sichtbar, in hoher Position, damit sie in ihm dieselbe Klinge erkennen konnten. »Die Klinge, die am besten geschmiedet wird, schneidet am tiefsten!«, rief Mortarion. »Das hier ist unser Brennofen! Hier werden wir erschaffen!«

Ob auf Terra geboren oder auf Barbarus, alle Legionäre reagierten auf seinen Ruf. Sie wussten, dass sie, unabhängig von ihrem Heimatplaneten, *seine* Söhne waren. Er sah, dass sie in geschmeidiger und tödlicher Einheit zuschlugen, und ihre große Sense riss tiefe Wunden in den Feind.

Als Mortarion ein Gebiet erreichte, das seine Phosphexbomben verheert hatten, hielt er inmitten der Leichen und der stillgelegten Maschinen inne und schleuderte weitere Bomben vor sich.

Er fraß sich immer weiter in die Armee hinein. Nach dem ersten Bombardement war die Ordnung mehrere Minuten lang völlig hilflos, die Kanonen schwiegen und eine Reihe nach der anderen fiel, bevor sie es schafften, einen Gegenangriff gegen die Death Guard zu formieren.

Mehrere Minuten. Mortarion zog Befriedigung aus dem Wissen, dass diese Minuten für die Soldaten der Ordnung eine Ewigkeit waren, eine Zeit des Todes, die nie enden würde. Für ihn waren diese Minuten zu kurz. Er wusste, dass der Ansturm der Death Guard zum Erliegen kommen würde. Er würde nur so lange andauern, wie der Schockmoment des ersten Angriffs der Legion anhielt.

Die Masse der Ordnungsarmee dürfte das Blatt wenden. In absehbarer Zeit würde weit in den hinteren Rängen, in den Bereichen der Ebene, die außerhalb der Reichweite der chemischen und Strahlenwaffen lagen, der eine oder andere General sicherlich begreifen, was getan werden musste. Es brauchte nur einen.

Die Minuten endeten auf eine Weise, wie Mortarion es geahnt hatte. Das Ende begann mit einem monströsen Geschützdonner. Hunderte und Aberhunderte Kanonen eröffneten gleichzeitig das Feuer und das Getöse der Schüsse dauerte so lange an, dass es zu einem ununterbrochenen Brüllen wurde.

»Kämpft weiter!«, befahl Mortarion in den Sekunden, bevor sie das Ergebnis des Donners erreichte. »Die Wut des Feindes kann uns nicht aufhalten. Kein Trotz kann den Tod abwenden!«

Er kämpfte weiter und verfluchte, was als Nächstes geschehen würde.

Nach dem Donner kam das Kreischen, das gewaltige Kreischen von unzähligen Granaten. Ein schwarzer Regen, der zu einem Meer aus Feuer wurde. Das Bombardement hatte kein Ende und es hatte auch kein Ziel außer der Front. Es machte außerdem keine Unterschiede. Die Ordnung zerstörte ihre eigenen Panzer und Truppen, um die Death Guard zu erwischen. Die Frontlinie des Kampfes wurde zu einem Hexenkessel. Der Boden brach um Mortarion herum auf. Es gab keinerlei Deckung und er suchte auch keine. Er lief weiter und überließ die Vernichtung des Feindes dem Feind selbst.

Jetzt, wo der Hexenkessel richtig brodelte, kam die zweite Phase seines Angriffs. »Zu mir!«, voxte er an die Legion. »Wir bilden den Kreis des Todes!« Er hörte auf, nach vorne zu rennen und bewegte sich jetzt in einer Spirale, wobei er mit *Stille* weit ausholte und die Rümpfe und Kanonen von Panzern in Fetzen riss, die trotz des Artilleriebeschusses versuchten, sich ihm zu nähern. Die Death Guard näherte sich seiner Position; einzelne Legionäre huschten durch die Reihen der feindlichen Panzer.

Während sie sich um Mortarion sammelten, drängten sie gleichzeitig wieder weiter nach außen, sodass ihr wachsender Kreis den Feind zurückdrängte, als wären sie die Belagerer und nicht die Belagerten.

Das Sperrfeuer der hinteren Reihen der Ordnung wurde nutzlos und landete in einem Bereich, wo sich nur ihre eigenen Fahrzeuge befanden, die sich durch Krater mühten, daher verstummten diese Geschütze fürs Erste. Die vorderen Panzer passten sich der neuen Konfiguration der Death Guard an, wenn auch nicht ohne weitere Verluste. Die Legionäre versammelten sich und die Panzer umringten sie. Langsam verschob sich das Gleichgewicht der Kräfte wieder und die gewaltige Überzahl der Ordnungskräfte forderte ihren Tribut. Der Kreis der Death Guard konnte nicht länger nach außen drücken. Die Panzer drangen auf sie ein und versammelten die Legionäre an einem einzelnen Punkt, wo sie einmal mehr zu einem einfachen Ziel für Beschuss aus der Nähe und der Ferne wurden.

Mortarion hatte diese Möglichkeit vorausgesehen. Eine so große Streitmacht gegen eine so kleine führte unweigerlich zu einer Einkesselung. Und daher hatte er auf der Reise ins Galaspar-System seine Krieger auf diesen Moment vorbereitet. Er hatte seinen Offizieren gezeigt, wie sie die Regeln des Kampfes ändern und die Einkesselung gegen den Feind richten konnten. »Die Faust hat sich um uns geschlossen«, voxte er jetzt. »Bestraft die Faust. Durchbohrt ihre Haut.«

Die Death Guard schlug zu; die Krieger brachen aus dem Kreis aus wie die stachelartigen Proteinstrukturen eines Virus. Diese Stacheln rasten blitzschnell zwischen den Panzern hindurch und zerfetzten die Infanterie der

Ordnung, als wäre sie gar nicht da. Die Stacheln waren einhundert Krieger lang, und sobald sie tief in die Reihen des Feindes eingedrungen waren, wanden sie sich nach links und rechts, griffen die Panzer im Nahkampf an und rissen sie auseinander, bevor sie die Gelegenheit hatten, sich erneut anzupassen. Chaos verbreitete sich in der Ordnung. Mortarion gewann mehr Zeit, da über eintausend Panzer innerhalb weniger Minuten zu brennenden Wracks wurden.

Aber es waren noch Tausende übrig und der Angriff der Death Guard konnte nicht in der ganzen Armee Chaos verbreiten. Die Kommandanten weiter hinten fassten die Entscheidung, die Wunde auszubrennen und begannen ein neues Bombardement, das dieses Mal die komplette Vernichtung der von der Death Guard infizierten Region zum Ziel hatte. Sie verwandelten zwei Quadratkilometer in ein gewaltiges Sprenggebiet.

Eine Granate landete neben Mortarion und riss ihn von den Beinen. Er flog durch die Luft und landete im brennenden Wrack eines Panzers. Er richtete sich mühsam wieder auf und befreite sich aus dem verbogenen Metall. Weitere Explosionen stießen ihn hin und her, aber er drängte weiter voran, obwohl er nichts außer Flammen und hochspritzender Erde um sich herum sah. Hunderte Legionäre waren bereits tot und das Bombardement hörte nicht auf. Die Ordnung würde so viel von ihrer eigenen Armee vernichten, wie nötig war, um die Death Guard zu erledigen.

Und sie werden *uns erledigen.*

Als würden sie sich über seine Anstrengungen lustig machen, fuhren die planetaren Geschütze mit ihrem tiefen Wummern fort und hielten die Flotte auf Abstand.

Überall war Donner, überall waren Flammen. Es gab kein Entkommen. Das einzige Ende würde der Tod sein, oder das Verstummen des gewaltigen Donnerns.

Sorge dafür, dass es verstummt, Tersus. Sorge für Stille.

Garro sah, wie die Granaten direkt unter Tersus in die Wand einschlugen, während er sich erneut hochzog, und wie die Explosion ihn dann nach oben trug, mitten durch eine weitere Staubwolke. Seine Flugbahn führte ihn hoch und fort von der Wand, und dann stürzte er und landete mitten in einer Explosion. Als sich der Rauch kurzzeitig lichtete, war vom Captain nichts zu sehen.

Garro und Deros waren die Einzigen, die an der Wand noch übrig waren. Alle anderen Identifikationsrunen waren dunkel geworden.

Garro hatte viele Jahre mit Tersus gedient. Er konnte sich die Siebte Großkompanie nicht ohne die Führung des Captains vorstellen. Aber er hatte keine Zeit zum Trauern oder zum Verzweifeln. Der Erfolg des Feldzuges lag nun an zwei Legionären und es gab keine andere Wahl, als durch das Bombardement zu klettern.

Garro zog sich hoch und konnte das Dach bereits durch den Rauch und das Feuer sehen. Er zwang sich, schneller zu klettern, immer weiter hinauf, und die Explosionen zu ignorieren. Er konnte ihnen nicht aus dem Weg gehen. Sie würden ihn entweder töten oder nicht.

Das werden sie nicht. Ich werde das hier beenden, für Tersus und für Mortarion.

Eine Explosion direkt unter ihm riss ihn beinahe von der Wand, aber er hielt sich trotz der Hitze und der Erschütterung fest. Dann zog er sich noch einmal hoch und hatte das Dach erreicht. Er rannte zur Mitte und holte eine Melterladung hervor. Als er sie scharfgemacht hatte, hatte ihn Deros erreicht.

Die Türme feuerten weiter, aber sie hatten keine Ziele mehr. Auf den Ebenen im Nordwesten entfesselten die Panzer der Ordnung ein ununterbrochenes Sperrfeuer. Rauch bedeckte das Land. Er fragte sich, wie viele seiner Legionsbrüder tot unter diesem Rauch lagen.

Die Melterladung detonierte, fraß sich durch das Dach und öffnete ein breites Loch in den schmelzenden und verdampfenden Felsbeton. Garro hatte die andere Sprengladung schon bereitgemacht. Er hatte sich die Augurposition der Signalhäufung eingeprägt.

»Noch eine Weitere und die Zentrale gehört uns«, sagte er. Er sprang in das Loch, platzierte die Bombe und kletterte ein wenig zurück, um der Hitze zu entgehen. Deros behielt seine Position in dem primitiven Schacht ein paar Meter weiter oben bei und machte seinen Bolter bereit.

Als dieses Mal das Zischen des Schmelzens endete, drang Licht von unten aus dem Schacht. Garro und Deros ließen sich fallen. Sie trafen auf einen Hololithtisch und zertrümmerten ihn unter ihrem Gewicht.

Die Menschen, die ihn umringten, waren vor Entsetzen erstarrt.

Einer von ihnen, offenkundig der Anführer, sagte: »Ordnung ist alles.« Er sprach die Worte wie eine Frage aus, als hätte sich der Glaubensgrundsatz seines Lebens plötzlich als Lüge herausgestellt.

Mortarions Befehle waren eindeutig. Garro packte den Lord-Auditor. Der Mann verdorrte förmlich in seinem Griff. »Der Schnitter der Menschheit ist für Galaspar gekommen«, sagte er. »Und er ist gekommen, um Euch zu holen. Ihr werdet vor ihm stehen und der Tod wird Euch richten.«

Stille trat ein. Der monströse Herzschlag, der unter dem endlosen Donnern der Panzer pochte, hörte auf. Inmitten des Hexenkessels aus Explosionen nahm Mortarion die Stille als Abwesenheit einer größeren Schwingung wahr. Aber er wusste, was es war. Es war die Stille des Sieges. Die Panzer kämpften zwar noch, aber die Geschütze, die die Flotte zurückhielten, waren verstummt.

Mortarion rief zu seiner Legion, zu allen, die noch lebten und kämpften. »Die planetaren Verteidigungsanlagen sind gefallen. Wir haben gesiegt. Eure Brüder sind auf dem Weg. Der Tod der Ordnung ist nahe.«

Jeder der Legionäre hatte im Getümmel des Panzerbombardements allein gekämpft. Mortarion wusste nur dank der Sinne in seiner Rüstung, dass sie noch lebten. Viele waren gestorben. Tausende marschierten noch mit ihm. Das war genug.

Der Mahlstrom des Bombardements zerriss die Zeit. Er fing Mortarion in einer unveränderlichen Gegenwart ein. Das Überleben wurde in Glücksschlägen gemessen, nicht in Sekunden oder Stunden. Er wusste nicht, wie viel Zeit in der Welt außerhalb der Vernichtungszone verging. Er wusste, dass der Sieg bevorstand, und alles, was zählte, war, dass seine Legionäre den brutalen, zeitlosen Limbus überstanden.

Er rannte schneller, die Sense erhoben, und jagte dem Beginn der Zeit hinterher, denn wenn sie wieder begann, wenn die Death Guard die Panzer überlebt hatte, dann würde er wieder der wahre Bringer des Todes sein.

Er raste durch eine weitere Gesteinsfontäne, und als er auf der anderen Seite wieder herauskam, konnte er weitere Panzer vor sich sehen. Er war auf der anderen Seite des Bombardements. Er hatte sich schneller bewegt, als die Befehlshaber der Ordnung erwartet hatten. Sie hatten ihr Bombardement nicht schnell genug ausgeweitet. Er stürmte auf die Reihen der Panzer und Soldaten in Schutzanzügen vor ihm zu. In diesem Augenblick war er allein, ein einzelner Krieger, der Millionen herausforderte, und die Millionen wichen vor ihm zurück.

Und dann brüllte der Himmel.

ELF

Mortarion hatte noch nie ein Bombardement durch eine Legionsflotte vom Boden aus erlebt. Für die Soldaten, auf die es niederging, musste es, so dachte er, wie das Werk zorniger Götter und die Zerstörung Galaspars gewirkt haben. All die Artillerieschläge und das Donnern der planetaren Verteidigungsanlagen waren nichts im Vergleich dazu.

Das jüngste Gericht fiel vom Himmel. Dreißig Meter lange Geschosse rasten kreischend durch die Luft und schlugen mit seismischer Kraft ein. Es war, als ob eine Kette von Vulkanen plötzlich in der Ebene aufschrie. Riesige Krater überlagerten einander, und in ihnen war kaum noch zu erkennen, was zerstört worden war. Feuerbälle stiegen hoch in die Luft und hinterließen pilzförmige Rauchwolken. Das Donnern war gewaltiger als alles, was zuvor geschehen war. Es war das Geräusch einer Welt, die aufbrach.

Die Panzer der Ordnung hörten in dem Moment auf zu feuern, als sie der Zorn der Flotte traf. Soldaten und

Fahrzeuge versuchten zu fliehen, aber wer konnte schon vor dem Himmel fliehen?

Als die Ebene aufbrach, formierten sich Mortarions Legionäre rechts und links von ihm und bildeten eine neue Linie. Die Schlacht hatte ihren Tribut gefordert. Die Hälfte der zehntausend war im Hexenkessel umgekommen. Doch als die andere Hälfte ihre Formation wieder aufnahm, bildeten sie eine graue Wand aus düsterer Unausweichlichkeit. Sie waren der Tod, und niemand konnte sie aufhalten.

»Galaspar fällt so, wie Ihr es vorausgesagt habt, Lord Mortarion«, voxte Typhon.

»Ja«, sagte Mortarion. »Wir haben Galaspar eingenommen. Einige Teile der Ordnung mögen es noch nicht begreifen, aber sie haben verloren. Unsere Arbeit ist jedoch noch lange nicht beendet. Erst, wenn das geschehen ist, wird das Volk von Galaspar vollkommen frei sein.« Er würde diesen Planeten erst verlassen, wenn er wusste, dass er wirklich den Gipfel erklommen und den letzten Lehnsherrn erschlagen hatte.

Die Erde bebte unter der Wucht des Angriffs. Spinnennetzartige Spalten brachen das Land außerhalb der Bombardierungszone auf. Dort, wo die Granaten einschlugen, entstand ein grausamer Sonnenaufgang nach dem anderen. Zwischen der Death Guard und dem Gebiet der absoluten Vernichtung lag ein schmaler Streifen. Hier stand, was von der Armee der Ordnung übrig war. Sie war noch stark, was ihre Ausrüstung und Anzahl anging. Jedoch nicht im Geiste. Ihr Wille zu kämpfen war verschwunden. Die Kriegsdrogen, die die Soldaten antrieben, unterlagen dem Kataklysmus, und sie kreischten angesichts des Bombardements. Sie krümmten sich am Boden und schrien, dass der Albtraum ein Ende haben möge. Panzer und Infanterie stürzten in die sich ausbreitenden Spalten. Panik machte sich in den Reihen breit, und es kam zu weiteren Zusammenstößen, als Panzer versuchten, in entgegengesetzte Richtungen zu fliehen. Die dünne Linie der Death Guard vor der Armee der Ordnung versetzte sie ebenso in Angst und Schrecken wie die Verwüstung, die hinter ihnen vom Himmel fiel. Beides war eins. Zwei Waffen, die von derselben Hand geführt wurden.

Das Donnern hörte endlich auf, und der Rauch lichtete sich über einer Ebene aus Glas und Kratern. Die verbliebenen Soldaten meinten, eine Fluchtmöglichkeit zu sehen, und der Rückzug begann.

»Lasst sie nicht fliehen«, voxte Mortarion an die Death Guard. »Lasst keinen am Leben.«

Die Reihe der Krieger bewegte sich als Einheit vorwärts, durchschlug den Feind ein weiteres Mal als lange Klinge der Sense und marschierte über die Ordnung hinweg. Die Legionäre durchlöcherten die sich zurückziehenden Reihen des Feindes mit Bolterfeuer und warfen Chemogranaten nach vorne. Infanterie und Panzer rannten geradewegs in das von Strahlenbomben und Phosphex verursachte Grauen.

Und dann folgte auf den Granatenregen aus dem Himmel ein Eisenregen. Schwarze Tränen fielen auf die gläserne Ebene. Es waren Landungskapseln, Tausende von ihnen.

Für die Ordnung gab es keine Rückzugsmöglichkeit mehr.

Von Peitharchias Kommandozentrale aus lag das Schlachtfeld weit hinter dem Horizont, aber das pulsierende, wütende Licht des orbitalen Bombardements erhellte den Himmel Hunderte Kilometer weit. Die Geräusche der Vernichtung kamen als ununterbrochener Lärm im Zentrum an, tief und weiß.

»Wir müssen uns ergeben«, sagte Schyalla Vecchiaz, Auditorin der Arbeit.

»Sprecht nicht von einem solchen Verrat«, fuhr der Amtierende Hohe Auditor Deron Fallsein sie an. Seine Stimme überschlug sich und wechselte in eine höhere Tonlage.

»Verrat?«, stotterte Vecchiaz. »Redet keinen Unsinn! Wie kommt Ihr darauf, dass wir eine andere Wahl hätten, als uns zu ergeben?«

»Wir werden bis zur letzten Kriegseinheit kämpfen«, sagte Fallsein.

»Das haben wir doch bereits! Die Armeen sind nicht mehr! Die Armeen von Peitharchia, Kathestos, Dikasia, Entolar, Akamptos … Sie sind alle vernichtet!«

»Es gibt noch andere Städte.« Fallsein sah sich zu den anderen Auditoren um und hoffte auf Unterstützung. Sie schwiegen.

»Die anderen Städte sind zu weit weg, um uns zu helfen«, sagte Vecchiaz. Sie redete mit ruhiger Stimme und versuchte, zu Fallsein durchzudringen und ihn davon abzuhalten, sich an irgendwelche Strohhalme zu klammern. Er sollte die Realität von Galaspars Situation anerkennen, bevor es zu spät war. »Es wird mindestens mehrere Tage dauern, bis uns die ersten Streitkräfte erreichen. Sie werden zu spät eintreffen, und was glaubt Ihr, wird Ihnen dann widerfahren? Die planetaren Verteidigungsanlagen sind ausgefallen. Die Flotte des Feindes ist hier. Werft doch nur einen Blick auf die Bildschirme!« Vor

Frust war sie wieder laut geworden. Fallseins Gesichtsausdruck zeigte störrische Furcht. »Seht sie Euch an! Seht, was auf uns niedergeht!«

Fallsein schaute blinzelnd auf die Bildschirme. Er schien nicht verarbeiten zu können, was er dort sah. »Was ist das?«

»Landungsschiffe! Und Panzer, doppelt so groß wie unsere. Die Invasoren entsenden eine große Armee gegen Galaspar. Ein kleines Kontingent hat Protarkos eingenommen. Jetzt sind sie zehnmal so stark. Wir müssen uns ergeben, bevor wir vernichtet werden. Wenn wir jetzt um Frieden bitten, haben wir vielleicht die Möglichkeit, ein wenig von unserer Welt zu behalten. Sie werden unsere Expertise benötigen, um den Planeten zu regieren.«

»Nein«, sagte Fallsein.

»*Nein?* Auditor Fallsein, die unteren Ebenen haben sich bereits aufgelehnt.«

»Das war ein kleiner Aufstand und er wurde niedergeschlagen.«

»Aber er hat stattgefunden! Es wird Weitere geben.«

Die anderen Auditoren schwiegen weiterhin. Sie hatten sich auf der anderen Seite des Hololithtisches versammelt, in einiger Entfernung zu Vecchiaz und Fallsein. *Feiglinge,* dachte Vecchiaz. Sie hatten entschieden, den Konflikt auszusitzen, keinerlei Entscheidungen zu treffen und abzuwarten, wer gewinnen würde.

»Wir werden nicht unsere Freiheit auf Galaspar aufgeben«, sagte Fallsein. »Nach dem Tod des Hohen Auditors Tosarrat, bin ich nun Amtierender Hoher Auditor und habe damit das letzte Wort in Peitharchia. Es wird sich nicht ergeben.«

Vecchiaz packte ihn am Kragen und schlug seinen Kopf

so kräftig gegen den Tisch, dass die Oberfläche Risse bekam. Bevor er sich erholen konnte, legte sie ihm die Hände um die Kehle und drückte zu. Sein Gesicht wurde purpurrot. Er schlug gegen ihre Arme, aber er war benommen und sie war kräftig. Nach einer Ewigkeit erschlaffte Fallsein und hörte auf zu glucksen. Vecchiaz drückte ihm noch eine weitere Minute lang die Kehle zu. Als sie sicher sein konnte, dass er tot war, ließ sie den Körper los und trat vom Tisch zurück. Fallsein schlug mit einem dumpfen Knall auf dem Boden auf.

Vecchiaz atmete tief ein und versuchte, ihren Puls zu beruhigen. »Auditor Fallsein hat versagt, im Interesse der Ordnung und von Galaspar zu handeln«, sagte sie. »Ich habe ihn seines Kommandos entbunden und übernehme seine Position. Verstanden?«

Die anderen Auditoren murmelten ihre Zustimmung.

»Gut.« Sie wandte sich an einen der Techniker. »Können wir noch immer mit den anderen Städten kommunizieren?«

»Ja, Amtierende Hohe Auditorin Vecchiaz.«

»Ich will mit ihnen sprechen. Und bereitet eine Übertragung auf allen Kanälen vor. Wir müssen die Eindringlinge irgendwie erreichen. Wir müssen ihnen mitteilen, dass der Krieg beendet ist.«

Auf der verwüsteten Ebene hinter Protarkos fand der große Aufmarsch statt. Nach den Landungskapseln landeten die Stormbirds, die Spartan-Sturmpanzer und das ganze Spektrum des grauen Todes der XIV. Legion. Mortarion stand mit Typhon auf einer Anhöhe, die aus Panzerwracks und Geröll bestand. Er überblickte seine Streitkräfte, die inmitten eines kolossalen Fahrzeug- und Truppenfriedhofes immer weiter anwuchsen.

»Ich erkenne hier eine gewisse Ironie«, sagte Typhon.

»Du hast dich entschlossen, frei zu sprechen, Calas, wie du es auch auf Barbarus immer getan hast. Was für eine Ironie meinst du?«

»Der Aufmarsch der großen Armee, nachdem der Krieg gewonnen wurde.«

»Der Krieg ist gewonnen«, stimmte Mortarion zu. »Aber das heißt nicht, dass der Krieg beendet ist. Das ist er nämlich nicht. Wir sind nicht hergekommen, um die Ordnung einfach nur zu besiegen. Wir sind gekommen, um sie zu vernichten. Die Arbeit, die vor uns liegt, müssen wir systematischer angehen. Jetzt ist Masse wichtiger als Geschwindigkeit.«

Er wollte das Ganze weiter ausführen, aber ein Voxspruch von Garro unterbrach ihn.

»Lord Primarch, wir erhalten gerade eine Voxanfrage der Ordnung, sie wollen mit Euch sprechen. Die Repräsentantin ist die Amtierende Hohe Auditorin Schyalla Vecchiaz von Peitharchia.«

»Ich werde mit ihr sprechen«, sagte Mortarion. »Sie soll verstehen, was der Ordnung bevorsteht.«

»Großer Lord«, begann Vecchiaz, sobald sie weitergeleitet worden war, »ich spreche nicht nur für mich, sondern für ganz Galaspar.«

Mortarion fiel ihr ins Wort. »Ihr meint, Ihr sprecht für die Ordnung«, sagte er.

Die folgende Pause war nur kurz. »Ja«, sagte sie. Sie erkannte offenbar, dass sie sich in keiner guten Position befand. Sie wusste allerdings nicht, wie schlecht es wirklich um sie bestellt war. »Ich spreche im Namen der Hohen Auditoren der anderen Großstädte von Galaspar. Sie hören über diesen Kanal zu.«

»Die Auditoren aller Städte?«, fragte Mortarion. Ihre Antwort würde keinen Unterschied machen, aber er war neugierig.

»Nicht von allen«, sagte Vecchiaz nach einer weiteren kurzen Pause.

Manche Teile der Ordnung leisteten also weiterhin Widerstand. Das war vollkommen irrational. Kurz dachte Mortarion an die Dorfbewohner von Barbarus, an jene, die sich bereits vor seiner Hilfe gegen die Lehnsherren aufgelehnt hatten, auch wenn es vollkommen sinnlos gewesen war. Er verwarf diesen Vergleich. Die widerständigen hier waren Tyrannen, keine Überlebenden.

»Dies ist Eure Gelegenheit zu sprechen«, sagte er zu Vecchiaz. »Nutzt sie weise.«

»Wie lauten Eure Bedingungen?«, fragte sie.

»Es gibt keine.«

Eine weitere Pause folgte, dieses Mal klang sie verwirrt. »Ich verstehe nicht.«

»Ich habe mich deutlich ausgedrückt«, sagte Mortarion. »Ich wiederhole mich aber noch einmal. Es gibt keine Bedingungen.«

»Aber wir wollen uns ergeben.«

»Das könnt Ihr nicht.«

»Aber wir wollen nicht länger mit Euch kämpfen.«

»Das war nie Eure Wahl. Ich bin gekommen, um Euch zu zerstören. Wie Ihr darauf reagiert, liegt allein bei Euch. Das geht mich nichts an.«

General Kavol Verrinang von Entolar hatte sein Leben damit verbracht, die Furcht wertzuschätzen. Er kultivierte sie. Er hatte bereits früh gelernt, sie zu nutzen, um die Regeln der Ordnung durchzusetzen und zu bekommen, was er wollte. Seine Eltern hatten es ihm durch Theorie und Beispiele beigebracht. Er war bereits als Kind groß gewesen und jetzt war er ein großer Erwachsener. Als Kind war seine Größe wichtiger gewesen, als er sich gegen andere Kinder mit gleichem Rang und Privilegien hatte durchsetzen müssen. In diesen frühen Jahren hatte er entdeckt, dass seine Fähigkeit, Furcht zu verursachen, ein Geschenk war. Sie gab ihm einen Vorteil unter seinen Gleichgesinnten. Wenn sie ihn fürchteten, fügten sie sich ihm.

Als Erwachsener und als General von ererbtem Rang in der Armee von Entolar kämpfte er mit unübertroffener Grausamkeit für die Ordnung. Es gab eine Herausforderung, die er rasch intuitiv erkannte, die jedoch viele andere Mitglieder der Elite nicht richtig zu schätzen wussten. Diese Herausforderung bestand darin, dass die Herrschaft der Ordnung über den Galaspar-Sternhaufen so allumfassend war, dass es keinen wahren Feind gab. Es gab keine Bedrohung für die Herrschaft der Ordnung. Und wenn es keinen Feind gab, wie konnte er da kämpfen? Er kämpfte, indem er ein fanatischerer Vollstrecker der Gebote der Ordnung war als der Rest. Und er sorgte durch den Einsatz von Furcht dafür, dass sein Fanatismus und sein Können hoch angesehen waren.

Keine Stadt auf Galaspar hatte jemals einen Aufstand der Arbeitseinheiten erlebt. Die Drogen, die sie ruhigstellten, waren zu wirksam und ihre Energie wurde zu sorgfältig überwacht. Die Arbeitseinheiten bekamen ausreichend Nahrung, um die Kraft zu haben, ihre Aufgaben zu verrichten, aber auch nicht mehr. Es bestand nie die Gefahr eines Aufstandes. Genauso gut hätte sich Galaspars Rotation umkehren können. Aber Verrinang erkannte, wie man die Furcht vor einer Rebellion schüren konnte. Wenn die Arbeitseinheiten unterdrückt wurden, sagte er, dann aus gutem Grund. Es gab so viele Millionen von ihnen. Auf ein Mitglied der Entolarer Elite kamen Hunderttausende, die dem Bodensatz der Gesellschaft angehörten.

Die nackten Zahlen auszusprechen, reichte bereits, um Unbehagen auszulösen. Die richtigen Fragen taten ihr Übriges. Was, wenn die Drogen versagten? Was, wenn die Arbeitseinheiten eine Resistenz gegen die Drogen entwickelten? Was, wenn sie nur so taten, als würden sie sie nehmen? Was dann? Was dann?

Es war unerheblich, dass die Fragen keine realen Grundlagen hatten. Die Fragen funktionierten. Die Elite von Entolar hatte Angst, und sie wandte sich mit der Bitte um Lösungsvorschläge an den Mann, der sie verängstigt hatte. Er gab sie ihnen. Er unterdrückte die Arbeitseinheiten mit noch größerer Gewalt. Es war wichtig, dass man ihn dabei sah. Seine wütenden und gnadenlosen Spektakel machten ihn umso angsteinflößender und umso unverzichtbarer.

Obwohl er keiner der Hohen Auditoren der Stadt war, wurde er aufgrund seiner Erfahrung zu ihren Ratssitzungen eingeladen. Was er sagte, wurde sehr oft zum Gesetz. Er hatte davon geträumt, seine besondere Version der Angst zu verbreiten, die ganz konkret *ihn* zur Antwort auf den Schrecken einer eingebildeten Revolte in den anderen Städten machte. Das war nicht geschehen. Er war bisher nicht in der Lage gewesen, seinen Status auch jenseits von Entolar aufzubauen.

Vielleicht, so hatte er gedacht, als er Entolar mit seiner Armee verlassen und mit dem Marsch nach Protarkos begonnen hatte, lag der Grund, dass er nicht noch höher aufgestiegen war, darin, dass er nie daran gedacht hatte, die Furcht vor einer Invasion auszunutzen. Dabei handelte es nicht nur um etwas, was er für unwahrscheinlich hielt – er hatte sich eine Invasion einfach nie vorstellen können, genau wie er sich nicht vorstellen konnte, dass auf die Nacht kein Tag folgte.

Und dennoch kamen die Invasoren. Und die Nachrichten aus Protarkos waren verstörend gewesen. Die Mobilmachung war hingegen aufregend gewesen. Das hier war ein echter Kampf und eine Gelegenheit für ihn, wirklich ein General zu sein, der eine enorme Streitkraft gegen einen gefährlichen Feind anführte. Gleichzeitig fuhr die Ordnung eine so überwältigende Masse auf, dass der Sieg nicht nur bereits feststand, die Armeen von Galaspar würden den Feind zudem noch das Fürchten lehren, bevor sie ihn zerschmetterten.

Entolar war die am weitesten entfernte Stadt, die Protarkos ihre Truppen schickte. Verrinang trieb die Infanteristen wiederholt an, immer schnell zu marschieren. Er wollte um jeden Preis aufholen und war besorgt, dass der Krieg möglicherweise beendet war, bevor er teilnehmen konnte. Er ließ Tausende Soldaten zurück, die vor Erschöpfung tot zusammengebrochen waren. Es war nur zu ihrer aller Besten. Da sie gestorben waren, waren sie minderwertige Einheiten gewesen, und es nicht wert, verwendet zu werden. Er kam gut voran, und obwohl seine Armee am weitesten hinten lag, holte er auf und erreichte die Ebenen, die Protarkos umgaben, um am großen Bombardement teilzunehmen.

Verrinang fuhr in der Turmluke eines Panzers ganz hinten in seinen Reihen mit. Er war nicht hinten, weil er zu nervös war, von vorne zu führen. Er wollte, dass man das verstand. Er war deshalb am Ende und nicht an der

Front, weil er seine Armee vor sich ausgebreitet sehen wollte. Das war der einzige Grund. Wirklich. Er überließ die Position an der Front dem Hohen Auditor Raphiat. Schließlich war er nominell die oberste Autorität bezüglich der Armee der Stadt. Außerdem war er ein Blickfang und ordnete sich Verrinang stets unter.

Da er sich im Rücken der Armee befand, sah Verrinang das ganze Spektakel sämtlicher gleichzeitig feuernden Panzer. Er jubelte über die Macht der Ordnung und freute sich, dass er diesen Tag noch erleben durfte.

Dann kam das Grauen aus dem Himmel und beendete den Jubel. Er schrie wie alle anderen, als das Bombardement begann. Er konnte nicht begreifen, was da geschah. Die Zerstörung war so gewaltig, sie überstieg menschliche Fähigkeiten. Die Ordnung würde untergehen, und das konnte nicht sein. Das Bombardement aus dem Himmel war ein Albtraum, aber egal wie sehr er schrie, er konnte nicht aufwachen.

Furcht war nie etwas gewesen, was er erfahren hatte. Doch jetzt hatte er das Gefühl, vor Entsetzen sterben zu müssen. Als sich der Himmel und das Land in Feuer verwandelten, befahl er den sofortigen Rückzug. Er brüllte den Befehl, während ihm Tränen des Schreckens aus den Augen liefen und das Innere seiner Schutzbrille verschmierten.

Er hatte Glück, dass er sich im hinteren Bereich seiner Kolonnen befand. Er hatte nicht so viel Glück, dass er sich in Sicherheit befand, aber genug Glück, um nicht sofort in einem der Feuerbälle zu sterben, die sein ganzes Blickfeld einnahmen. Eine gewaltige Stoßwelle erwischte seinen Panzer und riss ihn in die Höhe. Sie schleuderte ihn aus seinem Ausguck und er landete ein Dutzend Meter entfernt auf dem Rücken, wo er in einen Himmel hinaufstarrte, der auseinandergerissen wurde.

Er war verletzt, aber er atmete noch und sein Schutzanzug war intakt. Er stand auf und rannte los. Andere Überlebende in seiner Nähe, vielleicht zwanzig Menschen, rannten mit ihm. In ihren Augen war er noch immer der General. Sie vertrauten darauf, dass er wusste, was zu tun war.

Doch das wusste er nicht. Er hätte seinen Rang und seine Macht an jeden abgegeben, wenn ihm dafür nur jemand sagen würde, was er tun musste, um am Leben zu bleiben. Doch so jemanden gab es nicht, und so rannte er weiter, verfolgte eine eingebildete Erlösung und floh vor dem ganz realen Untergang.

Er rannte stundenlang nach Nordosten. Das Land wurde immer karger, es war zunehmend durchzogen von Erosionsrinnen und zerklüfteten Erhöhungen. Hier gab es bessere Möglichkeiten, sich zu verstecken. Er sah immer wieder zurück, zu den Kondensstreifen der zahllosen landenden Fahrzeuge. Kapseln gingen wie Wasserfälle nieder, gefolgt von Schwärmen von Schiffen. Verrinang war froh, dass er die wachsende Armee nicht sehen konnte. Er war froh, dass ihm dieser Ehrfurcht gebietende Anblick verwehrt blieb.

Was er jedoch sah, waren Anzeichen dafür, dass sich die Invasoren immer weiter ausbreiteten und niemanden verschonten. Angriffsflieger schwärmten über dem Norden und dem Osten aus und der Kampflärm versiegte nie vollständig. Vereinzelte Explosionen und das harte Knattern mächtiger Geschütze ertönten in der Ferne. Verrinang hörte sie zu seiner Linken und Rechten, jenseits seines eingeschränkten Horizonts. Manchmal sogar vor ihm, was dazu führte, dass er seine Laufrichtung änderte.

»Wer kämpft noch?«, fragte einer der Soldaten. Er war ein Offizier, frei von Drogen und in der Lage, zu sprechen.

»Niemand«, sagte Verrinang. Wer würde auch nur im Traum daran denken, sich dieser Macht entgegenzustellen? Wer konnte etwas anderes tun als fliehen, immer weiter fliehen? »Der Feind jagt uns.«

Er lief weiter. Sein einziger klarer Gedanke lautete, so viel Entfernung wie möglich zwischen sich und die allmächtigen Invasoren zu bringen. Einer der mit Chemikalien vollgepumpten Soldaten riss seinen Schutzanzug auf, während er über scharfkantiges Geröll kletterte. Er atmete die Luft von Galaspar ein und war in wenigen Minuten tot. Verrinang kniete sich neben den Leichnam und nahm die Sauerstoffkanister des Soldaten für sich mit.

Bei Anbruch der Nacht suchten er und die anderen entsetzten Soldaten Schutz in einer Rinne, wo sie sich eng an die Felswände kauerten. Ein kleines Bächlein, so stark verschmutzt, dass es zu ätzendem Schleim geworden war, floss zäh über den Boden. Es war nicht ansatzweise dunkel. Reflektiertes Feuer färbte den Himmel hellrot.

»Wohin ziehen wir, General?«, fragte der Offizier.

»Nach Entolar«, sagte Verrinang, »Verstärkung holen.«

Das war eine Lüge. Es gab keine weitere Armee, die man hätte versammeln können. Die einzigen Streitkräfte in der Stadt waren die Vollstrecker, die dafür sorgten, dass die Arbeitseinheiten weiterarbeiteten und ängstlich blieben.

In Wahrheit wusste Verrinang nicht, wohin er unterwegs war. Er lief instinktiv in die Richtung von Entolar, er hatte das Bedürfnis, an einen ihm bekannten Ort zu gelangen. Er hatte keinen Plan und keine Vorstellung davon, was er tun würde, sollte er die Stadt erreichen. Er wollte einfach nur fliehen und sich verstecken.

Angriffsflieger zogen brüllend über sie hinweg; ihre Lumen suchten das Land ab und tünchten es weiß. Verrinang und die Soldaten rührten sich nicht. Sie blieben in ihrer erstarrten, stummen Haltung, als die Flieger bereits wieder verschwunden waren und sich ihr Triebwerkslärm in der Ferne verlor.

Sie beachten uns nicht, dachte Verrinang. *Wir sind nicht zahlreich genug, um von Interesse zu sein. Wir sind keine Bedrohung. Wir sind sicher. Wir sind sicher.*

Er begann zu zittern und dann hörte er die Schritte von schweren Stiefeln auf Stein, die in seine Richtung marschierten.

Verrinang kletterte flach an den Felsen gedrückt die Rinne hinauf und spähte über den Rand. Ein Trupp der Eindringlinge kam direkt auf ihn zu. Sie sahen sich nicht suchend um. Sie wussten, wohin sie wollten. Es lag eine schreckliche Zielgerichtetheit in ihren Schritten.

Das konnten keine Menschen sein. Sie waren zu groß und zu schrecklich. Ihre finsteren Helme waren ihre wahren Gesichter und sie entsetzten Verrinang. In der tiefroten Nacht schien ihre trostlose, graue Rüstung mit Blut getränkt zu sein.

Er kletterte die Rinne wieder hinunter und rannte sie entlang. Er folgte dem giftigen Strom und die Soldaten folgten ihm, und er verfluchte sie für den Lärm, den sie machten. Nach einhundert Metern wurde die Rinne zu eng, sodass er wieder zurück auf die Ebene klettern musste.

Er hatte überhaupt keinen Vorsprung gewonnen. Die Invasoren hatten ihn fast erreicht. Er stöhnte verängstigt auf und lief weiter. Als er zurückblickte, war der Feind noch näher gekommen. Sie machten so viel größere Schritte als er.

Er konnte dieses Rennen nicht gewinnen.

Er stellte sich dem Schrecken entgegen und ließ sich auf die Knie fallen. Die anderen Soldaten taten es ihm gleich. Er hob seine Hände wie zum Gebet. »Gnade«, bat er. »Bitte, habt Gnade.«

Die Erwiderung bestand aus Mündungsblitzen.

In der Kommandozentrale von Peitharchia kämpfte Vecchiaz darum, nicht in Panik zu verfallen. Sie wollte nicht in Panik verfallen, weil es keinen Ort gab, an den sie fliehen konnte, und wenn sie überleben wollte, musste sie einen klaren Kopf bewahren.

Warum lassen sie nicht zu, dass wir uns ergeben?

Darauf gibt es keine Antwort. Hör auf, diese Frage zu stellen. Das hilft dir nicht.

Die Bildschirme in der Zentrale zeigten das Blutbad, das sich in der Makropole abspielte. Die Eindringlinge hatten die Mauern an mehreren Punkten durchbrochen. Sie sprengten die Verteidigungsanlagen auf der untersten Ebene und gepanzerte Transporter drängten rumpelnd auf die Hauptverkehrsstraßen der Stadt. Angriffsflieger setzten weitere Soldaten auf den mittleren Ebenen und nahe den Spitzen der diversen Türme ab. Automatisierte Verteidigungsanlagen waren nutzlos. Es war kaum jemand übrig, um den Feind zu bekämpfen. Nicht, dass Kämpfen einen Unterschied gemacht hätte. Die riesigen Krieger bewegten sich wie Maschinen durch die Hallen und Manufactorien von Peitharchia. Sie massakrierten sämtliche Aufseher, die sie fanden, und ließen die Arbeitseinheiten in Ruhe.

»Was tun wir jetzt? Was tun wir jetzt?« Taven Crassian, Hoher Auditor der Finanzen, war kurz davor, seinen Kampf gegen die Panik zu verlieren.

»Wir heißen sie willkommen«, sagte Vecchiaz. Ihr fiel nichts anderes ein.

»Aber sie werden unsere Kapitulation nicht akzeptieren.«

»Was können wir denn sonst tun? Wir können nicht kämpfen. Wir können nicht fliehen.« Alles, was ihnen blieb, war vollkommene, enthusiastische Konformität. »Wir werden ihnen die echte Ordnung zeigen. Wir zeigen ihnen, dass wir für sie von Nutzen sein können.«

»Das können wir!« Crassian umklammerte den Strohhalm mit aller Kraft. »Wir können sehr nützlich sein!«

»Öffnet die Tür«, befahl Vecchiaz und einer der Offiziere an den Bedienkonsolen gehorchte. »Wir werden keinen Widerstand leisten«, sagte sie. »Es wird keinen Grund geben, uns zu töten.« Sie stellte sich vor der Tür auf und blickte den Korridor hinab, der zur Kommandozentrale führte. Am gegenüberliegenden Ende lag die Tür des Antigravaufzugs.

Die Schussgeräusche kamen näher. Die Makropole brummte vom Lärm des brutalen Todes.

Sie hörte jetzt das Summen des Aufzuges. Sie blickte auf die Tür und machte sich auf das Entsetzen gefasst, dass sie beim Öffnen verspüren würde.

»Sie sind beinahe da«, sagte sie.

Crassian stöhnte.

Die Aufzugtür glitt auseinander und fünf Riesen in todesgrauer Rüstung marschierten den Gang entlang auf die Kommandozentrale zu. Sie hatten die Waffen erhoben.

Vecchiaz verbeugte sich und breitete ihre Arme aus, als

sie den Eingang zur Zentrale erreichten. »Ihr seid in Peitharchia willkommen«, sagte sie.

Auch auf ihre Worte folgten Mündungsblitze.

Wühl und Kratz versteckten sich mit den anderen im Schlafsaal, wo sie sich in der Dunkelheit zusammenkauerten, während die Welt bebte und heulte. Sie wussten nicht, was geschah, aber mit Sicherheit zerstörten die Götter Galaspar. Es blieb nichts zu tun, außer auf das Ende zu warten.

Und dann, nach einer Ewigkeit des Donnerns, war es ruhig. Die Stille war beinahe so beängstigend wie das Donnern und eine Zeit lang wagte niemand, die Tür zu öffnen und den Schutzraum zu verlassen. Schließlich trieben Hunger und Durst sie und die anderen Arbeitseinheiten in die Korridore.

Alles war dunkel, bis auf die Stellen, wo Feuer brannten. Wo Gasleitungen aufgerissen waren, war es sogar sehr grell. Kratz kannte die Korridore gut. Nachdem eine der anderen Arbeitseinheiten ihr Bestes gegeben hatte, Wühls Wunden zu verbinden, half Kratz ihr nun, durch die teils pechschwarze, teils flackernde Dunkelheit zu humpeln. Nachdem sie ein paar Ebenen nach unten vorgedrungen waren, erreichten sie ein Nahrungsmittel-Manufactorum. Die Maschinen lagen still, aber die Bottiche mit grauer, unfertiger Nahrung waren offen. Die Meute fiel über den Brei her. Es gab genug für jeden. Es war das erste Mal, soweit sich Wühl erinnerte, dass sie sich sattessen konnte. Sie schmeckte kaum etwas aufgrund der Schmerzen, die ihren Leib durchzogen. Die Schmerzen hielten sie allerdings bei Bewusstsein. Sie wusste nicht, ob sie noch lange leben würde, aber sie wollte unbedingt das Ende des Krieges mitansehen und das Ende der Ordnung.

Ohne Schichten war es unmöglich für Wühl, die Zeit einzuschätzen. Nach ihrer Ankunft im Manufactorum, vielleicht einen Tag, vielleicht nur ein paar Stunden später, schaffte es irgendwer, ein paar Sekundärgeneratoren zu aktivieren und für ein wenig Licht zu sorgen.

Es war genug Licht, um die Rückkehr der Götter zu sehen.

Die Götter brachten weitere Generatoren mit, und mit noch mehr Licht war es möglich, durch ganze Bereiche von Protarkos zu reisen. Die Manufactorien liefen wieder und produzierten Nahrung, allerdings war die Drogenzufuhr abgeschaltet.

Es gab auch Licht, das von außen kam, wo die Dächer und Wände der Stadt durch die Wut der Götter zerschmettert worden waren. Diese Bereiche waren zu giftig, um sie zu betreten, aber Wühl hielt die Luft an und ging mehrfach in die Nähe, gerade nah genug, um einen kurzen Blick auf ein so selten zu beobachtendes Licht zu werfen, das es geradezu mythenhaft wirkte.

Die Götter schritten durch Protarkos und versammelten die Überreste der Ordnung. Sie verkündeten die Gefangenen, führten die ehemaligen Herren durch die Gänge und zerrten sie zur großen Höhle, die das Schiff der Eindringlinge geschaffen hatte. Wühl und Kratz durchstöberten gerade Abfall, als eine Prozession an ihnen vorbeischritt. Wühl wusste, wer die Gefangenen waren. Es waren die Hohen Auditoren. Sogar der Lord-Auditor war da, in Ketten. Sie hatte deren Gesichter täglich auf Propagandabildschirmen in den Manufactorien gesehen, so lange sie zurückdenken konnte. Lord Stevangs Gesichtszüge waren die fleischgewordene Ordnung. Er war der Herrscher von Galaspar. Er würde immer der Herrscher von

Galaspar sein. Der Anblick von ihm als Gefangenem erstaunte sie, obwohl sich alles geändert hatte.

Sie und Kratz folgten ihnen und reihten sich in die riesige Masse von Arbeitseinheiten ein, die sich in der Höhle versammelt hatten.

Die Luft hier war nicht gut. Sie drang von außen ein und schmerzte sie in der Lunge, obwohl die Trümmer, die um das Schiff eingestürzt waren, als Siegel fungierten, wodurch die Luft atembar blieb.

Zehntausende der Arbeitseinheiten hatten sich hier versammelt, sie hockten auf jeder Oberfläche der Höhle und richteten ihre Aufmerksamkeit auf die Front des Schiffes. Dort stand der Tod halb auf der Rampe. Unter ihm, am Fuß der Rampe, wachte eine Reihe seiner Krieger über die gefangenen Herren.

Mit gesenkten Köpfen knieten die Herren vor den Arbeitseinheiten.

»Sie knien vor uns«, flüsterte Kratz voller Ehrfurcht. »Sie *knien* vor *uns*!«

Wühl nickte energisch.

Der Tod begann zu sprechen. Seine Stimme erfüllte die Höhle. Wühl hörte, wie sie in den Gängen widerhallte, und sie wusste, dass ihn jeder in Protarkos hörte. War seine Stimme auch in den anderen Städten zu hören? So musste es sein. Er sprach zu ganz Galaspar. Da war sie sich sicher.

Sie blickte zum Tod hinauf, und seine schreckliche Ruhe und Erhabenheit erfüllten sie mit feierlichem Entsetzen. Er war mehr als der Tod. Er war der wahre Herr von Galaspar. Er war der Tod und er war ein Lord. Er war der Fahle König.

»Ihr seid frei«, verkündete der Fahle König. »Die Ordnung ist nicht mehr. Sie kann nie zurückkehren. Diese

Jammergestalten hier vor Euch sind die letzten Eurer Herrscher in dieser Makropole. Erlebt jetzt ihr Ende.«

Die Krieger des Todes hoben ihre Sensen und ließen sie niedergehen. Es war, als wären sie alle gemeinsam ein einziger Hieb, und die Köpfe der Herren rollten über den Boden. Die Körper sackten zusammen, Blut spritzte aus ihren Hälsen.

Wühl keuchte. Sie war entsetzt, verängstigt und beschwingt. Sie starrte auf den Kopf von Lord Stevang und auf sein im letzten Entsetzen erstarrtes Gesicht.

Einer der Hohen Auditoren war verschont worden. Es war Lord Restavan, der Auditor der Manufactorien, der Mann, dessen Antlitz von den Bildschirmen auf das Elend der Arbeitseinheiten herabgeblickt hatte.

»In all den anderen Makropolen auf Galaspar«, fuhr der Fahle König fort, »ist dies das Schicksal der Ordnung. Nicht ein einziger Eurer ehemaligen Herren bleibt am Leben.« Er hielt inne. »Unsere Aufgabe hier ist beendet«, sagte er. In der Höhle war es vollkommen ruhig, einzig das leise Zischen seiner Atemmaske war zu hören.

»Eure Aufgabe beginnt«, sagte er und nickte.

Der Krieger, der Restavan hielt, ließ ihn los. Der Auditor rannte mit verzweifelt verzerrtem Gesicht vor seinen Häschern davon. Die Götter ließen ihn laufen. Er sah nicht, wohin er rannte. Er rannte einfach nur, er sprang und stolperte über Trümmer. Sein Weg führte ihn direkt auf Wühl zu.

Ein Geschenk. Ein Geschenk des Fahlen Königs.

Die Kraft der Wandlung, des Fanatismus, rauschte durch ihren verbrannten Leib. Sie schnappte sich mit ihrer übrig gebliebenen Hand einen Felsbetonbrocken und baute sich vor Restavan auf. Er blieb ruckartig stehen, offenbar überrascht. Wühl schlug mit dem Trümmerstück nach ihm. Das spitze Ende bohrte sich in seinen Schädel. Blut spritzte ihr ins Gesicht und Restavan sackte auf die Knie. Kratz sprang auf ihn, gefolgt von anderen.

Sie rissen ihn auseinander.

Mit dem Stein in der Hand und noch immer auf den Beinen, sah Wühl ehrfürchtig zum Fahlen König.

»Andere werden kommen«, verkündete er. »Sie werden Euch vollständig in die Konformität mit dem Imperium der Menschheit führen. Ich gebe Euch einen letzten Befehl. Zählt die Toten der Ordnung. Sie haben Euch nummeriert. Jetzt nummeriert Ihr sie. Findet all ihre Toten. Zählt sie alle. Lernt das Maß Eurer Versklavung kennen. Lernt das Maß Eurer Freiheit kennen.«

Dann wandte er sich um und ging in sein Schiff. Seine Krieger folgten ihm und ließen die Leichen der Ordnung an Ort und Stelle liegen.

Die Rampe hob sich hinter ihnen und die riesigen Türen des Schiffes schlossen sich knirschend und mit einem finalen Scheppern, das die Höhle erzittern ließ. Warnsirenen plärrten und heulten ohrenbetäubend laut und Wühl floh gemeinsam mit den anderen Arbeitseinheiten. Sie war eine der Letzten. Sie sah zurück in den Korridor, während sie rannte, und sah, wie die ersten Flammen aus den Antrieben des Schiffes brachen. Dann ließen die Vibrationen das Dach der Höhle einstürzen und sie humpelte weiter durch Staub und Dunkelheit.

Die Götter hatten abgehoben.

Später, als sie an eine Wand gelehnt saßen und über das Erlebte nachdachten, fragte Kratz: »Ist er fort?«

»Das ist nicht wichtig«, sagte Wühl. »Er weiß, was wir tun. Er weiß alles. Der Fahle König wird uns beobachten.«

Sie zitterte und konnte einzig daran denken, mit dem Zählen zu beginnen.

ZWÖLF

Die Primarchen betraten das Dach des Bunkers der Kommandozentrale. Es war nicht ganz eben. Die ganze Makropole war inzwischen geneigt. Der Wind zerrte kräftig an den Primarchen. Giftiger Nebel waberte in Fetzen um sie herum und strömte in das Loch, das Garro in die Decke gesprengt hatte. Es wurde langsam Abend und das Licht wechselte von einem Braun zu einem dunkleren Grau. Der Anblick der Zerstörung auf der Ebene wurde im Zwielicht nicht weniger dramatisch. Aus dieser Höhe verwandelten die Schatten die Ruinen in einen Friedhof.

Ein Storm Eagle schwebte mit offenen Seitentüren am südlichen Dachrand.

»Wir haben genug gesehen«, sagte Sanguinius. »Wir könnten Jahre damit verbringen, die Archive dieses Feldzuges durchzusehen. Aber ich glaube, dass wir erfahren haben, was wir hier in Erfahrung bringen wollten.«

»Ist es dann jetzt an der Zeit, mein Urteil zu erhalten?«, fragte Mortarion. Er blickte den Engel herausfordernd an.

»Wir sind nicht hier, um dich in Ketten zu legen.«

Mortarion sah mit zusammengekniffenen Augen zum Engel hinüber. »Das ist keine Antwort. Das ist eine feige Ausflucht. Ich hörte doch die Verurteilung in deiner Stimme und deinen Worten, *Bruder*.« Er ging zum Rand des Daches und drehte sich dann zu seinen Richtern um. »Nein, ihr seid nicht meine Henker. Ihr seid meine *Richter*. Aber wisset dies: *Ich* bin der *eure*. Eure Heuchelei sehe ich deutlich vor mir. Verstehen wir uns?«

»Ich glaube, das tun wir«, sagte Sanguinius.

»Ich habe eine letzte Frage«, sagte Horus. »Ich denke noch immer über die vollkommene Auslöschung der Ordnung nach. Es wäre vielleicht von praktischem Nutzen gewesen, einige der mittleren Funktionäre am Leben zu lassen. Oder stimmst du mir da nicht zu?«

»Nein, das tue ich nicht«, sagte Mortarion nachdrücklich. »Mit jedem Mitglied der Ordnung, das wir am Leben gelassen hätten, wäre ein Teil ihrer Struktur erhalten geblieben. Selbst die kleinsten Fragmente dieser Struktur wären giftiger gewesen als diese Luft. Ich habe die Ordnung nicht zerstört, um dann zuzulassen, dass sie möglicherweise in irgendeiner Form wieder zurückkehrt.«

Horus sah aus, als würde er noch etwas sagen wollen, aber er blieb ruhig.

»Es ist die Zählung, die mich beunruhigt«, sagte Sanguinius.

»Millionen kümmern sich darum«, sagte Mortarion. »Sie werden damit fertig werden. Es ist keine unmögliche Aufgabe.«

Sanguinius warf Horus einen Blick zu, der gequält aussah, aber nickte. »Sind wir uns einig, Sanguinius?«, fragte er. »Gibt es noch weitere Fragen, oder können wir ernsthaft sagen, dass wir verstehen?«

»Das können wir«, sagte Sanguinius.

»In Ordnung«, sagte Horus mit ernstem Gesicht. Er trat vor. »Wir sind gekommen, um zu verstehen. Wie wir gesagt haben. Und jetzt verstehen wir.«

»Ich frage mich, ob ihr das wirklich tut«, sagte Mortarion.

»Nein. Das ist *unsere* Frage. Verstehst *du*, was du hier getan hast?«

»Das tue ich. Ich habe es verstanden, seit ich diese Aufgabe begonnen habe. Das Galaspar, das ihr vorfindet, ist das Resultat, das ich vorhergesehen habe. Es ist das korrekte Resultat.«

»Dass du das hier so geplant hast, heißt nicht, dass du es vollkommen verstehst«, sagte Horus. »Es stimmt, dass die Kosten für das Imperium und den Galaspar-Sternhaufen bei einer Blockade und einer langen Belagerung viel größer gewesen wären.«

»Stimmst sogar du dem zu, Sanguinius?«, fragte Mortarion.

»Das tue ich«, sagte der Engel.

»Überrascht dich das?«, fragte Horus.

»Das tut es.«

»Dann verstehst du gar nichts. Und es gibt etwas schrecklich Wichtiges, was du verstehen können musst.« In Horus' Blick lag etwas von dem Kummer, den er bei seinem Vater gesehen hatte.

»Und das wäre?«, fragte Mortarion vorsichtig.

»Die anderen Kosten.«

»Für wen?«

»Für die Bevölkerung von Galaspar.«

Mortarion schnaufte ungläubig. »Sie sind befreit.«

»Physisch gesehen schon, ja«, sagte Horus. »In anderer

Hinsicht nicht. Sie sind traumatisiert. Sie haben gesehen, wie der Tod höchstpersönlich über ihre Welt gezogen ist. Sie wissen nicht, was Freiheit ist. Wie könnten sie? Wo sollen sie ihr begegnet sein? Die Macht, die sie unterdrückte, wurde durch eine noch größere vernichtet. Sie kennen nur Zerstörung.« Horus hielt inne. Er wandte sich dem Leichenberg zu. »Und dann ist da diese Zählung. Sie zählen, weil es ein Befehl war. Das ist die einzige Bedeutung, die sie darin sehen – die Bedeutung des Gehorsams, nicht, was die Zählung an sich für einen Sinn hat. Ich weiß nicht, was mit ihnen geschehen wird, wenn sie fertig sind und es keine Befehle mehr gibt. Verstehst du?« Horus klang beinahe flehentlich. »Befreiung bedeutet nicht einfach nur, den Unterdrücker zu vernichten. Wir können eine Tyrannei nicht durch eine andere ersetzen.«

Horus hielt inne und sein letzter Satz traf Mortarion wie ein vergifteter Dolch. Er spürte, wie sich der Effekt durch seine Adern ausbreitete, so kalt und mit einer so großen und schrecklichen Wahrheit beladen, dass er sie in diesem Augenblick in ihrer Gänze nicht begreifen konnte.

»Unser Vater wünscht, dass du genau das verstehst, Mortarion«, fuhr Horus fort. »Er möchte, dass du verstehst, warum Nuancen in diesem Kreuzzug so wichtig sind. Du kannst nicht immer die Sense sein. Sieh nach unten, Bruder. Sieh dir die Leichenberge an. Du kannst sie sogar von hier oben erkennen.«

Mortarion sah hinter sich nach unten, auf den entfernten Boden und die Hügel aus Toten. Darauf kroch das Volk, das er befreit hatte, wie Maden auf Leichnamen, und zählte und zählte. War das eine Befreiung?

Wir können eine Tyrannei nicht durch eine andere ersetzen.

Der Satz hallte in seinem Kopf wider. Er sorgte für

Echos, die er nicht hören wollte. Er zwang sich, jenen zuzuhören, von denen Horus wollte, dass er ihnen lauschte. Und vielleicht hatte Horus recht. Vielleicht war der Kummer seines Vaters berechtigt.

Der Blick in diesen Augen …

Hatte etwas anderes in ihnen gelegen als Kummer? Hatte es da die Hoffnung gegeben, dass Mortarion ein besseres Schicksal finden würde, als das, was ihm sein erster Vater vermacht hatte?

Er schüttelte den Gedanken und die Schwäche, die mit ihm kam, ab. Er wandte sich wieder an Horus. »Ich sehe das Volk von Galaspar«, sagte er. »Ich sehe, was ich getan habe. Ich würde es wieder tun. Ich habe die Tyrannei beendet, die sie in Ketten gelegt hatte. Die Zählung der Toten ist eine Aufgabe für ein Volk, das sehen und verstehen muss, dass seine ehemaligen Herren wirklich tot sind. Und was die Kosten angeht: Alles kostet etwas. Was glaubt ihr wäre geschehen, wenn wir die Kosten einer Blockade und Belagerung akzeptiert hätten?« Er prustete. »Wäre die Freiheit dieses Volkes nun ein üppiges Paradies? Vielleicht glauben Roboute und ähnlich Denkende an solch eine Vision, aber ich bin kein solcher Narr.«

»Das bist du sehr wohl, wenn du meinst, dass du der Einzige bist, der Erfahrungen mit einer tödlichen Heimatwelt gemacht hat«, sagte Sanguinius. »Und auch, wenn du glaubst, dass die Art deiner Eroberung keinen Einfluss hat, der über das Ende hinausgeht. Du bist als Engel des Todes nach Galaspar gekommen, Mortarion, nicht als Befreier. Das ist es, was dieser Angelegenheit zugrunde liegt.«

Falls sich der Engel der Ironie in seinen Worten bewusst war, zeigte er es nicht. »Missfällt dir das, Sanguinius?«, fragte Mortarion. »Vielleicht tut es das nicht. Vielleicht ist es nützlich, mich zu verwenden, um dein eigenes Selbstbild aufzupolieren.«

»Du hast die Exekution des Lord-Auditors an Milliarden übertragen«, sagte Sanguinius. »Du hast dieser Welt den Tod gebracht, und du hast den von dir so bezeichneten Augenblick der Befreiung ebenfalls mit dem Tod begonnen.«

»Und doch verbreitet die Achte Legion Angst und Schrecken auf jede ihr mögliche Weise. Sie hat ebenfalls genug Exekutionen übertragen. Ich habe ihre Mitglieder nicht vor Gericht gesehen.«

»Genug!«, rief Horus. »Genug«, wiederholte er etwas ruhiger und mit wahrhaftigem Kummer. »Das ist jetzt mehr als genug. Wir haben genug gesehen. Wir wissen genug. Mortarion, du hast genug getan.« Horus senkte kurz den Kopf, dann blickte er auf, bedauernd, aber entschlossen. »Unser Vater strebt die Konformität aller bewohnten Welten mit den Zielen und dem Traum des Imperiums an. Hier wurde Konformität geschaffen, aber nicht mit jenem Traum. Stattdessen gibt es hier ein Ödland und eine Bevölkerung, die von ihrer Furcht vor dem Imperium, vor der Verkörperung des Todes, verzehrt wird.

Höre mich an, Mortarion. Die Eroberung von Galaspar wird auf ewig als Tragödie des Großen Kreuzzugs gelten. Sie wird nie gefeiert werden. Es wird mehrere Generationen dauern, bis das Imperium das, was du hier angerichtet hast, rückgängig gemacht hat. Du wirst getadelt, Mortarion, und deines ersten Kommandos wird mit Trauer gedacht werden.«

Mortarion sagte nichts. Er war ruhig in seiner Wut. Er fühlte sich kalt wie ein Grab. *Ich habe auch dies vorhergesehen.*

»Gehabe dich wohl, Mortarion«, sagte Sanguinius. »Ich werde dich nun verlassen. Auch wenn ich bezweifle, dass du mir glauben wirst: Ich empfinde keine Freude über dieses Urteil oder an der Erfüllung dieser Aufgabe. Ich hoffe, dass du bei unserem nächsten Treffen zustimmen wirst, dass unsere heutige Entscheidung die gerechte Wahl war.«

Der Engel betrat den Storm Eagle. Horus bleib noch kurz zurück. »Bitte lerne etwas hieraus, Mortarion. Lerne, dass es noch einen anderen Weg für dich gibt.«

Mortarion blickte seinen Bruder abwartend an, bis Horus schließlich den Blick löste und zu Sanguinius an Bord des Angriffsfliegers stieg. Er flog brüllend davon und stieg rasch in den Himmel auf.

Mortarion blieb, wo er war, allein mit seiner Grabeswut.

Der Wind wehte. Gift waberte im Grau des frühen Abends. Mortarion blickte auf die Landschaft hinab, auf die endlose Weite aus Kratern und Wracks. Alles war zerstört, aber Zerstörung war immer noch besser als die Ordnung. In der Zerstörung lag eine gewisse Reinheit.

Etwas bewegte sich hinter ihm. Er drehte sich um und sah zwei der Leute, die er befreit hatte, zwei ehemalige Arbeitseinheiten der Ordnung. Einen Mann und eine Frau. An beiden haftete getrockneter Dreck. Der Mann stützte die Frau, deren halber Körper aus Brandnarben bestand. Ihr rechter Arm war ein geschwärzter Stumpf; ihr rechtes Bein war verkümmert und infiziert und würde bald amputiert werden müssen. Irgendwer hatte sie bereits vorläufig versorgt. Das Ende ihres Arms verschwand unter Gips und mehrere Lagen zerrissener Bandagen hingen von ihrem Bein. Der degenerative Verlauf ihrer Verletzungen war verlangsamt, aber nicht aufgehalten worden.

Die Verletzungen waren eindeutig das Resultat von Phosphex. Sie war eine der seltenen Überlebenden, die das Pech hatten, gerade so weit vom Phosphex entfernt gewesen zu sein, dass es sie nicht getötet und ihr Leiden beendet hatte.

Mortarion hörte Sanguinius' anklagende Stimme in seinen Gedanken. *Das ist dein Werk.*

Sie hielten mehrere Meter vor ihm an. Der Mann war eindeutig zu verängstigt, um näher zu kommen. Die Frau ließ ihn los. »Du kannst gehen, Kratz«, sagte sie undeutlich. Sie konnte nur die linke Seite ihres Mundes bewegen. Der Mann zog sich zurück, verbeugte sich vor Mortarion und floh. Die Frau stolperte ein paar Schritte vor, dann fiel sie auf die Knie. Sie senkte die Stirn auf den Felsbeton des Daches. »Mein Lord«, sagte sie. »Ihr seid zurückgekehrt. Nehmt Ihr meine Zählung an?«

»Deine Zählung«, wiederholte Mortarion.

»Ich habe den mir zugewiesenen Teil vollendet. Ich habe jeden Tag gezählt und gehofft, dass Ihr zurückkehren würdet, auf dass ich beweisen kann, dass ich Eure Lehren getreu befolgt habe.«

»Du darfst mir deine Zählung präsentieren«, sagte Mortarion. *Könntest du das hier nur sehen, Sanguinius. Die Zählung bedeutet ihr etwas. Was würdest du ihr sagen? Würdest du sie abweisen, weil sie dein Entsetzen nicht teilt?*

Sie sprach und währenddessen weinte ihr gesundes Auge vor Dankbarkeit. Die Zahl war groß, beeindruckend für eine Person mit ihren Verletzungen.

»Du hast gute Arbeit geleistet«, sagte Mortarion. Ihm fiel interessanterweise auf, dass er dieser elenden Überlebenden dankbar war. Sie war der Beweis, dass er recht gehabt hatte.

Es gibt noch einen anderen Weg für dich. Horus' Worte beunruhigten ihn. Diese Frau, die gegenüber Mortarion so dringend den Tribut ihrer Arbeit entrichten wollte, zeigte doch, dass diese Worte falsch waren, oder etwa nicht?

Die Frau streckte den Arm aus, als würde sie den Saum seines Umhangs berühren wollen, doch dann zog sie ihre Klaue von einer Hand schnell wieder zurück, da sie nicht wagte, so vermessen zu sein.

»Mein Lord …«, sagte sie.

»Wünschst du noch etwas?«, fragte Mortarion.

»Nehmt mich mit Euch, mein Lord«, sagte sie. »Nehmt mich in Eure Dienste auf.« Sie sah zu ihm auf, ihr gesundes Auge leuchtete. »Alle, die mich sehen, sollen Eure Grundsätze kennenlernen.«

Mortarion blickte auf sie hinab und aus seiner Dankbarkeit wurde Stolz. *Dass eine so kleine und schwache Sterbliche die Rechtfertigung meiner Taten sein würde …*

Sie soll meine Apostelin sein und meine Grundsätze lehren. Und warum auch nicht? Sie gelten schließlich nicht nur für meine Söhne.

»Wie lautet dein Name?«, fragte er.

»Die Ordnung hat mir eine Nummer gegeben.«

»Diese Nummer gibt es nicht mehr. Ich will sie nicht hören. Du hast mir deine Zählung präsentiert und das ist die einzige Nummer auf Galaspar, die zählt, denn sie bezeichnet das Ende dessen, was war.«

Sie atmete tief und zitternd ein. »Andere nennen mich Wühl.«

»Willst du diesen Namen tragen?«

Sie schüttelte den Kopf. »Er ist dem Dienst, den ich verrichten will, nicht würdig.«

»Nein, das ist er nicht«, sagte Mortarion. »Du hingegen schon. Und so werde ich dich Cinis nennen, und ich nehme deine Dienste an.«

Cinis weinte vor Dankbarkeit und schaffte es, sich auf ihr gesundes Bein aufzurichten. Ihr Körper war zerstört, doch sie war frei von den Fesseln der Ordnung.

Hier ist deine Antwort, Sanguinius. Hier ist meine Verteidigung, Horus.

Der Wind wehte kräftiger und sein Jaulen war ein Triumphgeheul. Die Landschaft von Galaspar war keine Tragödie. Sie war ein Sieg.

Es ist die Pracht des Verfalls.

EPILOG

Ein Jahr später

Wo einst die Hexenwelt Absyrtus gewesen war, war jetzt nur noch Leere. Die Reinheit der Dunkelheit, die Abwesenheit, die der Tod war. Mortarion blieb noch eine Weile vor dem Hauptsichtschirm. Die Dunkelheit vor dem *Vierten Reiter* war wie Balsam. Er hatte gut gehandelt. Er hatte mit Endgültigkeit gehandelt. Eine weitere Aufgabe war vollendet. Absyrtus war verschwunden und mit ihm seine Zweifel über seinen Weg.

»Ihr sagtet, dies symbolisiert das Ende einer Diskussion, mein Lord«, sagte Cinis. »Werdet Ihr sie wieder aufgreifen?«

Vertrauter Zorn zog wie der Atem eines Grabes über Mortarions Seele. »Nein«, sagte er. Er sprach leise, aber die Kälte in seiner Stimme sorgte dafür, dass Cinis einen halben Schritt zurück trat. »Ich habe meinen Brüdern in dieser Angelegenheit nichts mehr zu sagen. Ich kenne ihren Fehler. Sie werden meinen Entschluss durch meine

Taten erfahren. Sie werden die Wahrheit der Death Guard durch die Taten unserer Legion erfahren.«

»Es war falsch von ihnen, zu versuchen, Euch von Eurem Weg abzubringen«, sagte Cinis.

»Von unserem Weg.«

»Ja, mein Lord. Von Euren Worten bis hin zu all jenen, die Euch dienen. Unser Weg.«

»Meine Brüder haben mich zu Unrecht getadelt und ich habe mein Urteilsvermögen zu Unrecht durch die Schwäche ihres Mitgefühls beeinflussen lassen«, sagte Mortarion. *Ihr Mitgefühl und ihr kranker Tadel.* »Absyrtus war eine notwendige Korrektur. Es zeigte, wie falsch eine moderate Handlungsweise ist. Die Klinge darf nie zurückgehalten werden.« Der nächste Satz klang wie ein Schwur. »Wir werden immer die Sense sein.«

Das war eindeutig, was Cinis hören musste. Sie verbeugte sich dankbar und zog sich zurück.

Wir werden immer die Sense sein.

Es war auch ein Versprechen an sich selbst. Er würde nie von seinem Weg abweichen. Der Versuch, das zu tun, war ein Fehler gewesen. Mortarion hatte den Versuch, sich zu mäßigen, zum Glück bei Absyrtus unternommen, bei einer Welt, wo er rechtzeitig seinen Fehler erkennen konnte. Es war, als hätte ihn das Schicksal hierher geführt.

Vielleicht werden wir von den Einsätzen angezogen, die uns benötigen. Vielleicht gab es Welten, die von Vulkans Interessen profitierten. Oder welche, die Sanguinius' Vornehmheit benötigten.

Doch nicht die Welten, die auf meinen Weg liegen. Er dachte an die Worte, die er an die neu vereinte Death Guard gerichtet hatte. *Der Untergang wird eintausend Welten heimsuchen.*

Das würde er. Das Schicksal verlangte es.

Oder sein Vater. Die Feldzüge des Großen Kreuzzuges, darunter auch seiner, waren im Plan des Imperators festgelegt.

Auch Galaspar?

Der Kummer im Blick seines Vaters. Die Lektion, die Horus Mortarion auf Geheiß ihres Vaters beizubringen versucht hatte.

Der Pfad, von dem sein Vater scheinbar gehofft hatte, dass er ihm folgen würde.

Sein Vater könnte sich irren.

ÜBER DEN AUTOR

David Annandale ist der Autor der ›Horus Heresy‹-Romane *Die Verdammnis von Pythos* und Untergangssturm sowie der ›Primarchs‹-Romane *Roboute Guilliman: Der Letzte Schlachtenkönig* und *Vulkan: Der Herr der Drachen.* Für ›Die Bestie erwacht‹ schrieb er *Der Letzte Wall, Die Suche nach Vulkan* und *Für die Toten.* Er verfasste außerdem *Warlord: Der Zorn der Gottmaschine,* den ›Space Marine Battles‹-Roman *Das Verderben von Antagonis* sowie *Hüter der Schwarzen Klinge* und *Castellan* über die Grey Knights. Für Warhammer Age of Sigmar schrieb er den Kurzroman *Neferata: Mortarchin des Blutes* (enthalten in Fürsten des Todes) und *Neferata: Das Knochenreich.* David unterrichtet an einer kanadischen Universität Themen, die von englischer Literatur bis hin zu Horrorfilmen und Videospielen reichen.

DEIN NÄCHSTES BUCH

DER KRIEG UMS SOL-SYSTEM
von John French

Nach Jahren eines verheerenden Krieges, erreichen Horus und seine Streikräfte endlich Terra. Doch bevor sie Fuß auf die Thronwelt setzen können, müssen sie zunächst die Verteidigung des Sol-Systems durchbrechen. Kampfstarke Flotten und ausgeklügelte Abwehrsysteme stehen ihnen im Weg. Doch kann jetzt noch irgendetwas die Armada der Verräter aufhalten?

DIR HAT DIE STORY GEFALLEN?
ERLEBE SIE IN MINIATURFORM!
WARHAMMER
THE HORUS HERESY
Lege auf TheHorusHeresy.com los!